地獄
不再沉默

念 賁 長 篇 小 說

自序

以鬼事寫人事，反映廣大民眾最普通也最真實的生活，這在當今中國是唯一能夠真正反映民間疾苦的一種方法。這種方法或許只是民眾心裡的憧憬和奢望，但筆者想：這種輾轉傾瀉的釋放方法，或許也還能夠喚起眾多無助的民眾，讓他們產生無限的遐想並展開自救行動而不要久久的自誤。

人們常說：「為人莫做虧心事，就不怕半夜鬼敲門」。究其根本原因是塵世間有鬼？還是一些人的心裡面有鬼？在陰沈肅殺的奈何天外，有時亦有一縷陽光；而陽光燦爛的人世，到底有沒有鬼？有沒有神？有沒有上帝？這多少摻雜著道德良心的成分。否則，清代傑出的文學家柳泉居士——蒲松齡老先生，就絕不會假借狐、鬼之口而代言其意了。

在這茫茫宇宙之間，善惡到頭終有報，只分來早與來遲。如果等到天災人禍降臨，才曉得後悔，恐怕那時就已經來不及了。然而幾十年來，現實生活中切實令人悲哀的是，無論是違心作惡犯罪或者是成心作惡犯罪，犯罪從未間斷。這些犯罪有的是「合法不合理」，有的是「合理不合法」，有的是「情有可原」，有的是「所犯事小」，有的是「夠不成大罪」，還有的乾脆就順理成章打打法律的插邊球。

總之，在安陽這一畝三分土地上，似乎是「錢比理大，權比法大，善惡不分，是非莫辨」；雖然，堂上明鏡高懸，聲聲執法如山，可贓官卻權、錢、理、法稀裡糊塗，善惡不分、是非顛倒，有理也告不倒有權、有錢、有靠山、有背景的掌權執法的官！

接下來就讓我們看看在安陽這座千年古城發生的故事……

目次

01 百年禁地

盛夏酷暑三伏天

盛夏酷暑三伏天，偏西的日頭一點也沒有減弱它肆意塗炭大地的淫威。夕陽當空炙烤大地上的萬事萬物。一連好幾天，從早到晚都沒降過溫，從室內到室外，無處不散發著令人窒息的騰騰熱浪和炎炎暑氣。

熾熱的天空萬里無雲，冒著火焰一般的大地上，一棵棵小樹、一壟壟蒿草都曬得枯焦。假若有人劃上一根火柴，能夠燃起來的就絕不只是乾枯的樹和草，或許連那令人窒息的空氣也會給點燃，把天空都燃燒起來。

廣袤無垠的宇宙空間或許都在執行著上帝的旨意：要懲治已經背棄了獨一真神的罪人。蒼茫大地除了沈悶，就是燥熱。

熱！熱！熱！

在那樣惡劣的自然環境下，牛大雙眼冒火，口鼻眼耳也不斷轟鳴著。牛大神智也熱得有些恍惚了，可他的心裡卻依舊保留著一絲清醒。清醒的意識還在支撐著他，也就是那唯一僅存的意識，還在鼓勵著牛大，令他不要倒了下去。牛大努力地奔跑著，他要盡快地逃離那裡，擺脫那一片詭異得嚇死人的恐怖地帶，而且永遠擺脫那裡。

「只要能夠平安離開這個鬼地方」，牛大想，這輩子他都不願意再回那裡去了。

牛大不願不明不白的死在那地方。奔跑中的牛大也真希望有人來救他。從他殘存的理性中，牛大曉得有人救他的可能性微乎其微。或許出於求生的本能，也或許是潛意識的反應，牛大放開嗓子大聲喊叫起來，他想讓自己的聲音傳得很遠，很遠，傳到有人的地方去。可天不遂人願，任憑牛大如何使勁地喊叫，喊得腦殼都昏了，也沒能夠起到些許的作用。充其量他不過是給自己壯了壯膽，或者說正了一正神，稍微提高了一點陽剛氣。因為，牛大覺得稍稍一正神，那昏暗的天都似乎又亮堂了一些。

牛大很怕死，最起碼他極不願意現在就死去。他的光輝前程正錦繡無限，他的美滿生活亦如日中天。但由於工作和生活，再加上應酬等俗世雜務太過繁忙，以至於牛大還有很多的榮華富貴，花花世界他都還沒有來得及去一一嚐遍。

牛大不知身在何處

不是天不作美，而是權力權勢也有起不到作用的時候。牛大眼前所遭遇到的就那樣的邪門，無論牛大如何用力地喊叫，他嘴巴張得大大的，就是發不出聲音來。

看眼前的情形，亦曾久經仕途磨練而摔打過來的牛大，心裡非常的明白，他今天算是遇到了。第六感已告訴他，眼前的處境非常兇險，牛大不光是害怕，更是絕望。說到底牛大就是怕死，他怕得要死。

急於逃命的牛大，竭盡全力地奔跑。然而牛大只顧著瞎著眼亡命奔跑，根本不曉得他的努力並沒有起到丁點兒的實際作用；旁觀者一看就會明白，牛大其實是盲人瞎馬般的原地跑步……

慢慢的，牛大比之前的模樣像是改變了不少。仔細一看，簡直就是面目全非，一點兒生氣也沒有了。昔日他那種自命不凡的紳士風度和在普通教師面前趾高氣揚的管理者形象全都沒有了，完全沒有那種風光、體面、清爽、高傲並永遠正確的領導者的光輝形象。牛大那時侯還不如一個下苦力的工人，那些工人儘管辛苦、勞累，卻也有悠閑、自在、苦中作樂的時候。反觀牛大，竟與喪家犬無異。

牛大忙得不可開交，拼死累活地跑了那麼一陣子，他也只曉得是遇到了極度的兇險，卻不曉得究竟跑出了危險區域有多遠，距離安全地帶還有多遠？

「我這是在那裡呢？」牛大想。

跑得恍恍惚惚的牛大，腦子裡已經完全是一片空白了，根本就不曉得自己究竟身在何處。

安陽近郊一角

那裡是古城安陽近郊的一角，是地處安陽城東北方向有待開發的一塊寶地。已有不少資方願意投資建廠，但至今卻沒人能如願以償，可見那塊寶地是不可輕易出讓的。有人說是擁有決策權力的人故意留著它自有用途。至於究竟有什麼用途，沒人說得上來。

不過那確實是個好地方。空氣非常的清新，景色宜人，寧靜悠然。沒有市區的鋼筋水泥味與沒完沒了的車流揚塵，也沒有讓人久聽生厭的嘈雜喧嘩。那裡沿江的山丘縱横，山巒疊嶂，只要站在江巖上，舉目遠眺，便會看見浩瀚無垠的江面，行船犁江中，猶如一葉扁舟，真有一種「惟見長江天際流」……之雄偉氣勢。

這麼好的地方，按理說是塊搶手地。到底為何沒能開發啟用呢？相傳是因為那地方不乾淨。安陽本地碼頭上，腰纏萬貫的巨富財主也大有人在，可他們就怕鎮不住那個邪，所以不敢輕易下手。

洋務運動般的改革開放那麼多年來，不管是外來投資商，還是本地有的錢人，大凡曉得地方內情的人，沒幾個有膽淌這趟渾水。

傳說中的禁地

其實，事情的根本原因很簡單，就是這塊地裡，有座充滿煞氣的古墓。那座墳塋園就在江邊林間的陰山彎內深凹進之處，是安陽古城煞名遠播的黑煞地。數百年來，故事不斷，代代相傳。人們早把那當作禁忌之地，並且，還給它一個極不受歡迎的名字——「背陰凹」。

「背陰凹」有一座老墳塋園子，是本地望族老萬家的一處祖墳塋地，也是一處極大的陰宅。陰陽交替，地脈相連，恰恰為陰陽相連的出入口。同時，這裡也是一座冥邑，是一條屬於冥界地府的街市。數百年來，這片古老的墳塋園子受盡日精月華的熏陶和磨煉，自然形成鬼魂集結的黑煞山。

時代在變遷，山川卻依舊。歷史的變遷改變了現實生活中的很多，但沒怎麼改變黑煞山。

02 挑戰禁地

軍轉幹部不信邪

對於那處傳言久遠的禁地，也不光是一般的膽小群眾害怕，就連本鄉本土的基層領導，雖然不明著把話說透，可同樣也會謹慎待之。就是在當年，那藉著人多勢眾，與天鬥其樂無窮、與地鬥其樂無窮的天不怕地不怕的年代；在那講求同工同酬，按勞分配地集體勞動的年代；以及在那戰天鬥地的大革命時期裡，無論是哪一屆掌權的支部書記或者生產隊長，他們分派社員去黑煞凹勞作時，也都要派出大隊人馬，一同出工，一同收工。

社員多是本鄉本土的後生，大家東扯西拉的幾乎都還有點沾親帶故的關係，誰都不願意有人出事。因此，不光是集體出工，集體收工時更要講究清點人數這個環節。

當年還在「大破四舊、大立四新」的激情歲月裡，先鋒隊組織無時不在宣揚「破除封建迷信，解放群眾思想」時，曾有一位頗具個性的政治鬥士，說要挑戰那古老又荒唐的傳說。

那位幹部叫林紅志，當時正在被改名為紅光生產大隊的黑風村裡蹲點。從裡到外都紅透了的林紅志捨得一身剮，第一個挺身而出，要爭作時代的弄潮兒，為組織樹立一個模範的英雄形象。

林紅志不是本地人，他是外調來的軍轉幹部。有人嚼舌說他的背景比較複雜，也有人說他大有來頭，空投安陽只是鍍金，日後定有重用。林紅志忠於先鋒隊組織，很感激組織對他的信任，他也算是懷著對組織的赤誠和愚忠來到了安陽。到任後，林紅志決心要在工作中大做出一番成績，以報組織對他的培養。

一來到安陽，林紅志馬上就投入到了工作中。他自以為有兩樣東西可以過得硬：一是思想，二是體能。他以為，無論是在部隊還是在地方，他林紅志的思想境界、身體狀況堪稱上上之選。軍旅生涯不僅造就了他的思想，還磨練出他健壯的體魄和膽大的性格。對於黑煞凹養生地之說，林紅志一開始不以為意，後來又覺得是他一顯身手的難尋機會，決心獨自闖入這百年來無人敢涉足的禁地。

隻身獨自闖禁地

那一天，離天亮還很早。一陣急行軍後，林紅志早早地來到紅衛生產一隊的區域內。按照既定計劃，林紅志總算走出了艱難的第一步，開始獨探禁地、揭秘百年傳說的具體行動。

比起城裡，郊外的空氣特別新鮮。林紅志的腦袋本來有一些昏昏沈沈的，可在冷颼颼的晨風刺激下，很快又清醒起來。看那天色，距離天亮還好一段時間。

在黑楓橋的入林小徑處，林紅志站住了。霧太大太濃，十步開外，卻什麼都難以看清。怎麼辦呢？原本大膽又信心十足的林紅志有些犯難了。那個時候，他才陡然發覺，原來自己也是一個有血有肉的平常人。

四周一片靜寂，靜得令人心慌，寂得使人發毛。林野間竟然連蟲子鳴叫的聲音都沒有響起過，實在叫人匪夷所思。站了一會兒，林紅志感覺一切景物在濃霧籠罩下，隱隱綽綽，似夢似幻。他不曉得究竟什麼是真？什麼是假？但又能感覺到處處都充滿了詭異。

霧中的曠野，濕漉漉的一片；清新的空氣中也充滿潮濕的水分，長在路邊上的野花、雜草更不用說，幾乎片片莖葉上都似玉珠點點，珠淚汪汪，既像滾動的珍珠，又像哭泣的眼淚。

林紅志鬼使神差般的順著黑風橋下的鄉間小道，走入林間小徑，一個人獨自朝著江邊那片偌大的雜樹林裡慢慢地走了下去。

走著，走著，林紅志漸漸發現先前那股萬丈豪情已經蕩然無存了。沒了底氣的林紅志腳步也越來越慢。他像是故意拖延時間，又像是在等待著什麼。其實，那個時候的林紅志，與其說是躊躇，不如說是害怕。

「怎麼辦呢？」林紅志又站住了。

唉！究竟是進還是退呢？林紅志來時躊躇滿志，現在卻有些猶豫難決了。如果，社員看見他停下來等人結伴，難道不知道是他膽怯了？假若那樣，一切努力豈不全都白費？不行！絕不能那樣。拿定了主意，林紅志對自己下著命令：「清平世界朗朗乾坤，天底下哪來的鬼？都是自己在駭自己。算了，還是自己率先一步到林間去吧！看看到底有沒有鬼，沒有鬼最好，正好給鬼迷心竅的社員們一個驚喜。」

「來都來了，既來之，則安之。」林紅志想，「不就是一些可怕的傳說嗎？也未必可信。」林紅志命令著自己：「走！到林子裡去。」林紅志覺得是該破除封建迷信了，而且刻不容緩。黑煞凹禁地百年傳說，也應該通過我林紅志的手來畫上一個圓滿的句號。這次行動只能成功不能失敗。

步伐越來越堅定的林紅志一路急行軍，不緊不覺間來到雜樹林的幽深處。

林中祖孫更早到

「咚、咚、咚……」

突然江邊隱約傳來怪異的響聲。剛才還引吭高歌的林紅志站住了，他睜大了眼睛緊緊盯著看不見的前方。濃霧籠罩的禁地，先前還靜寂無聲，陡然卻傳來異響，那聲音就連林紅志都害怕了。

「咚……」

聽那聲音，林紅志分辨不清楚究竟是人在砍伐樹木，還是風吹樹動傳來的怪聲？或者是……剛剛鬆弛下來的緊張情緒一下子又揪緊了林紅志的心。

林紅志的神色急劇地變化著，越來越蒼白。他緊張地豎起耳朵，仔細辨聽。突然間，那怪異的咚、咚、咚聲竟又戲劇性地變成了一老一少的對話聲。

「你還要砍好久喲？」

「……快了……快了。」

「讓我也來試一下，要得不嘛？」

「莫要耽擱我，雞都快要叫了，要不然你一定要後悔的喲！」

再細聽下去，林紅志緊張的情緒就更加地放鬆了。

「我是怕你累倒了，還不領情。」

「莫礙事的，人老骨頭綿嘛，正好打板田呀！」

一個蒼老的聲音，說著著地地道道的本地話。發出另一聲音的是個女孩子，他們似乎在打趣取樂，相互調侃對方。

「嘻嘻！這可是您自己說的喲。」

「你敢消遣我老人家。」

「哈哈。

「嗨！」

打過招呼，林紅志長長地出了一口氣。他既高興又惆悵，終究還是忍俊不住的說道：「嚇了我一大跳哇，天！我差一點就被他們嚇死了。」

「老伯，您們好啊！」林紅志還沒看見任何人，就高興地朝著聲音來源問道：「你們是給隊裡出工嗎？」

一見沒人理，林紅志又追問：「你們怎麼起來的這麼早?天都還沒亮，難道你們每天都是這麼早出工？」

來到了近跟前，林紅志才清楚看到正在砍樹的真是一老一少祖孫兩人。

老者鬚眉盡白，老少二人精神很好，尤其是那老者，像是飽經世故又非常精明強幹，一點兒也沒有現代人調侃的傻農民味道。只是，祖孫倆實在有些古怪。他們的耳朵似乎有點兒背，都不愛搭理人。

還是那位小女孩明顯覺察到林紅志的到來。她調皮地眨巴著黑洞洞的眼睛，陰森森地望了望林紅志，而林紅志也努力地朝著她望了過去。

不看還好些，這一看，竟又看得林紅志不自在起來。他甚至不敢對視那個女孩子的眼睛，因為，那女孩的目光有些發綠，並且幽森森的。年紀輕輕的，臉上竟然蒼白得沒有一點血色，面目冷峻，陰氣中似乎又還透著仇視。

林紅志不明白他們遭到敵視的原因，他並沒有說錯話，他們為什麼無故仇視自己?林紅志實在難以釋懷。

再添一層詭異

林紅志希望老人或小女孩能給個面子，開開金口，與他對話。

「你們家住附近？這麼早吃飯了嗎？」

「我們就住這附近，已有一二十年都沒有吃過飯了。」

謝天謝地，總算是開口說話了。老者扭頭斜視了林紅志一眼，只是蒼白異常的臉上依舊沒有一點兒表情。老者總算冷冰冰地回了他一句話，也算是給了林紅志的一點兒薄面。

「你說什麼呀？……不吃……飯……？」

林紅志聞言訝然失色，他想老者或許有點認生，才冷冰冰的對待自己。

「不吃飯，您不是成神仙了嗎？」為了主動打破僵局，以便緩和極不和諧的氛圍，林紅志不去計較老者的態度，反倒大度地和祖孫倆開起了玩笑來。

「神仙倒也不是，我們是……」

「不是神仙，又不吃飯，那是什麼呢？」

「……是鬼！所以，他什麼都不吃了。」

小女孩不曉得是否有意嚇唬林紅志，她想看看林紅志三魂嚇掉兩魂的樣子。

林紅志也笑嘻嘻地反問小女孩：「你也是鬼嗎？也不吃飯？」

「是的，我早就不吃飯了。」小女孩一點兒也不隱晦，卻很感傷地說道：「可惜呀！我以前吃飯的時候，又沒得吃。唉！如今我不吃飯了，卻又有了很多吃的。唉！都十好幾年沒吃過飯了。」

小女孩的聲音突然間變得有點淒涼起來，傷感的聲音很低沈，但卻充滿了怨恨，如泣如訴實在催人淚下。看樣子，女孩兒演戲般背著臺詞似的。

林紅志被搞糊塗了，實在不曉得小女孩哪句話是真，哪句話是假？他反問道：「小妹妹，你現在有多大呀？如何說起話來這麼老氣橫秋的喲。」

「我多大？我如果還活著，肯定比你要大。」

小女孩的話讓林紅志大吃一驚。接著又說她生前就有十四歲了，如今呢？女孩像是記不清自己年齡，轉而求助老者：「爺爺，你曉不曉得我現在多大了呢？」

「你嘛，是吃伙食團第二年八月間，餓得實在熬不住了，在地裡偷生產隊的紅薯時，被基幹民兵追趕到這片林子邊，對了！就是從林邊那塊大巖石上掉下江裡淹死的。好可憐喲！生前餓得皮包骨頭，死後被江水泡得像胖官。喲，我算算，到如今，你該有好多歲了呢……」

林紅志聽得雲裡霧裡，先是丈二金剛，越聽越糊塗，爾後瞠目結舌，慢慢地越來越害怕。

「你，你們……是……是……？」

「你還不曉得！我們是……鬼嘛！」

小女孩一飄身，竟然無聲無息又陰森森地就飄到了林紅志面前，還把一張蒼白又泡漲得駭人的臉伸了過來。

鬼！一個鬼的特寫臉面，就在林紅志的眼前漂移著。

「我的媽呀！」林紅志一聲驚叫。

這位愚忠先鋒隊組織的無神論者，一旦真的直面鬼神時，並不比別人膽大。驚慌失措中，林紅志拼命奔跑，他一路驚叫著，慌不擇路逃到江邊那塊大巖石邊，響起「撲通」一聲，掉進了江水中。

至此以後，黑煞凹無形之中又被增添了一層神秘又詭異的面紗。古老的傳說、新近的故事，像瘟疫一樣再度蔓延開來。

03 世外桃源

牛大在宦海浮沉，只熱衷仕途，從不相信鬼神。對於因果報應之說，總認為是階級敵人在搧陰風點鬼火。更何況牛大平常也常來這裡遊憩，他每每由江邊雜樹林走到城郊公路上的大黑風石橋，只需要十來分鐘。

然而這次，牛大心裡明白，他遇到一場前所未有的兇險。為了活命，他死命地奔跑，試圖逃離這片死亡地帶。

頹唐沮喪自投羅網

牛大今天會來到黑煞凹，是因為這陣子心緒特別不佳。不為別的，就為這幾年裡，他所做的一些骯髒事被好事的刁民向上級舉報。這群刁民還把舉報材料公布在網路上。即使組織試圖阻止事情蔓延，但網路時代消息傳播得太快，想保護牛大的人也措手不及。

時至今日，牛大都不曉得那些不為人知的證據，究竟是怎麼被查到的。舉報者對來龍去脈一清二楚，並有錄音和文字為證：在什麼時候，在哪個地點，這些事情發生時都有哪些人物在場，他們各自都扮演著什麼角色，貪汙賄賂的款項各有多少，誰得了多少……這些內幕都清楚暴露在各級紀檢監察領導的案頭，公開在廣闊無垠的網路世界。

於是當官的曉得了，眾多的網民曉得了，似乎全天下的人都曉得了……曉得了黑山中學的腐敗，曉得了安陽市紀委和市教委，不願揭開腐敗的幕後原因，曉得了黑山中學琅琅書聲背後的無形黑洞。

愁悠悠愁更愁

民怨太大，牛大也終於曉得害怕了。牛大的害怕是來自於庇護他的上司，上司不願意禍火蔓延，更不願意因此而泛濫成災。

數年來，牛大在賄賂、孝敬上司的同時，無形中也把自己和比自己更貪婪的上司緊緊連在一起。任誰也離不開誰了，這就極像拴在一根繩上的螞蚱。牛大根本不用擔心，「告官」在現實生活中，還只有雷聲未見多少雨點，所謂民可以告官，不過是宣傳，是天方夜譚。只有那些傻兒才會信實了。

然而網絡實在太神奇了！運用網絡技術的人也夠大膽。於是乎，官不管，民來管，簡直是在造反！一時間，在無遠弗屆的互聯網上，竟被那些刁民蠱惑起來的不甘寂寞的好事者們鬧得個滿城風雨，沸沸揚揚，就連一向都不服輸的牛大也不得不慌亂了起來。而且沒想到黑山中學也有不信邪的人——倔強他就抱著捨得一身剮的信念，靠著民間輿論，在互聯網上曝光貪腐醜聞，揭露護短內幕，喚醒人們認清腐敗。牛大及其主子這才深深意識到：媒體的可怕，民心的背離才是最不安定的因素。

不過牛大為人太過精明，平常最喜歡上下打點，因而左右逢緣，所以，倒也樹立起了一副外表嚴厲、內心善良又還肯幫助別人的光輝的一面。如今雖然有了一些麻煩事，但他也有聲援者，甚至於還有著以組織支持為基礎的同盟軍。

曾幾何時，接班制度成為中國社會人事勞動制度領域裡的一大景觀。無比優越的社會主義制度曾經影響中國大陸每個角落，影響到許許多多的普通家庭。一個農村人能夠跳出農村，找到國營單位過上「吃皇糧，拿皇餉」的日子，成了當時中國人的最大追求。

工作，成了人們心裡最大的希望，而「接班」就是參加工作最直接的途徑，更是一種改變個人命運的機遇。不曉得是從哪一個具有影響力的單位開的這個頭，接下來，這種謂之「接班」的方式很快就遍及全國各行各業。先是工礦企業單位，後是學校、衛生等事業單位、政府部門以及一些發號施令的權力機關等等，都藉著以工代幹的方式解決該機關或單位幹部子女的接替工作。

「接班」成了當時中國社會盛行一時的歷史潮流。世間的事情就有這樣的怪，凡事有利必有弊。接班補員本來是一件好事，雖然解決了部分人的職業問題，但就其職業而言，也有好壞之分。因此，也就有了「龍生龍，鳳生鳳，老鼠養兒打洞洞」這一註定的現實。「接班」有了職業的好壞之分，也就意味著接班者的地位有高低貴賤之分野，並且同時產生各式各樣的家庭矛盾和社會矛盾。

那時侯，幾乎每個家庭的子女都是兩個或者兩個以上，一般少有獨兒獨女。一個家庭中能夠輪到哪一個子或者女有幸接到班，那就看他們各自在父母心目中所站的位置。於是乎，家庭之中也就很自然地產生了矛盾。這些矛盾大都產生在夫妻之間，父母子女之間，兄弟姐妹之間等等。一個普通人的家庭中，無論弟兄姐妹有多少，每個人都想自己接到班。特別是在農村，這種情況更甚。當時的農村人，尤其是農村裡的年輕人，除了好好讀書提名金榜或者等待老子退休接班補員，餘下的許多人唯有種田，出頭無望。

而接班正可以改變自己將來的命運。因此接班可說是人生歷程上的第一起跑線，接到班的，也就算是福星高照，成為社會驕子，家之驕子。接了班就等於端到了鐵飯碗，從此步入了吃皇糧拿皇餉的公門之內。所以，在那樣的歲月裡，也就因此而產生了許許多多有喜亦有悲，有笑有淚的真實故事。

斂財起始時

左委君是一個農村人，他好不容易才等到在郊區中學任教的父親熬到了退休年齡，自己卻也等得老大不小的了。雖然一雙兒女都已長大，但也算是皇天不負有心人，好歹讓他順利地接班，在教育局安排下到黑山中學作校工。

雖然只是一名校工，左委君卻也覺得很是殊榮，實在像是八百搞成了一吊。不管怎麼說，他也是堂堂學府中的一員，吃著皇糧拿著皇餉，這對一個來自農村又沒有多少文化的他來說，已經是受到了上蒼的眷顧。他已知足了，也自喻為是「老鼠由糠簸跳進了米簸」，天大的好事，何樂而不為呢。

左委君參加工作較晚，年齡倒是一大把，可工齡確實非常的短。眨眼之間，又到了退休年齡。他的工資總還是有點兒低，好在兒女皆已成人，還相繼參加了工作。對這樣的人，仁慈的牛大校長真的想幫他，可又總是無從幫起。

「怎麼辦呢？」牛大為難了。陡然間，牛大的心頭閃過一絲光亮，他對左委君如此這般一陣授意。於是，左委君在會計要替他開工資介紹時，突然拿出具有法律效力的「獨生子女」證。同在一個單位上，哪個又不曉得哪一個的家庭背景呢？會計看著左委君遞給他的「獨生子女」證時，一下子硬還給愣住了，瞪大一雙不相信的眼睛，一時反應不過來。

「這是你的『獨生證』呀？」會計覺得為難，不曉得該怎麼做好。

左委君到底還是不太圓滑，他躲開會計既懷疑又詫異的目光，驚慌失措的喃喃低語著「這個……這個……這……」

「什麼這個那個的喲？開吧！老左不是只有一個兒子嗎？」好在牛校長也及時的來到了財務辦公室，正好趕上打了個圓場。

牛大對會計說：「既有手續，就照章辦事。」

會計又是何等精明的人，一看那情形，心裡似乎亦明白了個中的關係，再聽牛校長的話中似乎也有話，既沒有點明，又給開了綠燈。成了精的會計又哪裡還不懂？就那樣，左委君退休後就名正言順的享受起多拿百分之五的工資待遇。

受人恩惠千年記，不感恩怎麼都是理虧的呀，身受大恩的左委君將會如何感謝牛大校長？而牛大校長心地善良、樂於助人的善舉行為還遠遠不僅僅於此。

輸贏都得實

民辦教師的大量出現大約是在五十年代中期，隨著時代的變遷，民辦教師的問題也顯得越來越突出了。年年師範院校畢業進校的新生一屆又一屆，民辦教師也到了該退出歷史舞臺的時期，更有甚者，有的「狡兔死，走狗烹」，落了個韓信的下場。

當然，任何時候也會演繹一些天無絕人之路的故事出來。即或是在民校教師下馬的那期間，也有藍衫脫去換紅袍的，他們甚至還是因禍得福，實現了多年的夙願。只不過是僧多粥少，名額有限而已；但若八仙過海各顯神通，那就要看自己的本事了。

民轉公又成了一個時期的焦點，成了廣大民辦教師明爭暗奪的目標。可惜呀，轉公指標太少，就局限了民辦教師的「轉公」通道，也引發了又一場沒有硝煙的殘酷戰爭。那時候，並不是每一位民辦教師都能夠有幸地「轉公」。而在事實上，還有相當一部分的民辦教師不得不直面「自動辭退」或「組織處理」的命運，即或是把民辦教師資格保留了下來，也只能夠是教師隊伍中的聽用。

在當時那種情況下，想要「轉公」的民辦教師不得不「八仙過海」，各顯神通了。否則，就只能坐失良機，愧對自己竭盡一身的奉獻。

人們調侃時愛說：「整好一個，戳瞎一個。」人不為己天誅地滅，違背良心的錯誤根結，還不是為了有一口飯吃。

刁海崔是黑山民中的民辦教師，也是一個極為聰明的人，黑山中學的教師們大都習慣於叫他老刁。這個老刁在生活的艱辛中學會了做聰明人，他的從教生涯好歹也過二十多年，可以算是老資格了，但真正比較起從教一身的老民師，他的資格卻又差了一截。可事實上人們都是以成敗論英雄！那個去管你來路正不正。當那機遇來到時，轉正的指標卻又是微乎其微，說到底還不是因為僧多粥少啊！十年難逢金板凳，只要搶得到，哪裡還管他虧心不虧心？

聰明的老刁腦殼就是比其他民辦教師轉得快。他曉得在諸多有待轉正的民辦教師中，若要論資排隊，一時半會兒輪不到他。倘若等待下一次甚至再下一次，也並非不可以，二十多年都等過來了，只要有希望，哪怕等呢？只不過，怕的就是在那政策瞬息萬變、機遇一縱即逝的歲月裡，天曉得還有沒有下一次又下一次呢。

好在腦子有牛大校長一樣靈活的刁海崔，這麼多年來，早就布下了秋風，現在只不過是終於等到了雨下。就是在這種情況之下，他才盯上了牛大校長，有求於牛大校長。也從這段時間起，老刁就開始更加的靠近牛大校長，親近牛大校長。

那天，老刁有意陪著牛大校長在房中欒棋，並趁著棋戰正酣之際，他竭盡全力地討好、奉承牛大校長，牛大也心照不宣的陪著頗有心事的老刁玩了下去。

「海催呀，你的棋技似乎沒有多少長進吶？」牛大看著戰況明顯的棋盤陣地問老刁。

「唉！校長你不曉得，我的棋技豈止是沒有長進，您沒發覺現今還倒退了不少嘛。」老刁有些打蛇順勢般的，無不感慨地慢聲說道。

「哦，那是為什麼事呢？」牛大似乎有所不解，心平氣和的問著緣由。

「唉！」刁海催嘆了一口氣，不覺對牛大很動容地說道：「心不在焉吶！說到底還不是因為這次轉公的事情煩死了，也不曉得我這次究竟爭不爭得贏那幾個。牛校長，您最曉得我的困難，要是您能幫忙拉我一把，我這輩子一定會銘刻在心，永世不忘。」

薑究竟還是老的辣，老刁真不愧是聰明人，說完那番話後就定定望著牛大。

「你呀，聰明一世怎麼犯起了糊塗呢？」牛大笑咪咪的看著有些茫然的刁海催，輕輕地說道：「你去雕刻一個已調離了的前任校長的私章蓋上。」牛大校長一語驚醒夢中人。

「我明白了。」老刁會心的一笑。

魚與熊掌都要

瞿桃老師從教幾十年了卻沒有相應的文憑，再怎麼努力，一直無法升遷。那年工資調整在即。瞿桃曉得，調也慪氣，不調也慪氣，自己這次又要比別人少調一大節。實在沒有法子了，只能花錢買了一紙文憑濫竽充數。病急亂投醫，瞿桃以為這還不失為一個好的辦法。

你不說，我不說，矇混或許可以過關。上面的審查都不重要，關鍵是下面的材料報送要得當，如今的組織原則是一級依靠一級。當然，瞿桃所做的那一切都是事先獲得了牛大校長的默許，並再三懇求牛大校長鼎力相助才採取的捷徑冒險法。

在牛大看來那也不過是順手的人情，就直接向市教委上報了瞿桃的晉升材料。幾許時日，市人事局、職改辦以及市教委等關卡總算都順利通過了。再待些許時日，上報材料批覆下來，瞿桃總算如願以償。這對於工薪階層來說，恩同再造，獲利者對牛大感激不便語表，只需拿出一些實際的行動就可以了。所以，牛大也算名利雙收，政績、業績都有了，還很有一些口碑。

俗話說「一個籬笆三個樁，一個好漢有三個幫」。劉雲就是牛大最為信賴的至親屬下兼摯友，牛大對他可說沒有秘密可言。這並非牛大度量大，而是其中有段鮮為人知的原委。

那一次，心跟著改革開放的步伐亦花了起來的牛大校長中年聊發少年狂，也趕潮流漫遊花街，閑逛髮廊柳巷間，最也先只圖玩玩新鮮，不料時間一久，就成了癮，也沒了警惕，全然沒意料到一個不經意的小疏忽，竟被人放了水，讓東城區王家樓子派出所突擊掃黃的警察當場抓了個正著。

實在是一次大意失荊州，簡直就虧出了王家沱。他沒有料到經辦他案子的警官叫做米文文，得知了牛大特殊的身份後，竟然不依不饒，作勢要以正常途徑通知學校，並且上報主管機關及政府紀檢部門。

平常天不怕地不怕的牛大，這一下總算是嚇壞了。

正當牛大一籌莫展之際，貼心的屬下兼摯友的劉雲出面了。劉雲找到在市屬實驗中學任教的倪擁。通過倪擁再輾轉找到直接經辦牛大嫖妓案的米警官交涉，請求化干戈為玉帛，於公於私亦皆都相宜。至於罰款可以多繳，但務必要米警官「幫幫忙」把事情悄悄地低調處理。

潛規則下，雙方協議都算達成了。不僅撤消了曝光處理方案，而且連記錄材料都以該改的就該，該毀的就銷毀，實在不能再毀棄的就用化名留下一些含糊的懸案資料。當然，天下是絕對不會有免費午餐的，倪擁與黑山中學做成了第一筆教輔資料生意——銷售《英程教才》。

潛規則下

當厭了校長，牛大花了很大一筆錢想進教委機關，亦曾頗具了一番周折。或許是差了一把力量，才沒能夠達成初衷。後來牛大又覺得奢望不現實，就降低了要求，只要進城就可以了。

哪曾想到，調動的關鍵時刻單書記又去省裡公幹，在家的領導卻又單單把他牛大給搞忘記了。事關自己的切身利益，牛大急了。情急之下，牛大趕到市教委對對直直找到時任教委主任的兆名畫，向兆主任公開攤牌申述。

「兆主任，我也給你們拜了年的！」牛大曾經忍不住赤裸裸地對兆名畫說道。

兆名畫本以為單罡雖然晉升市裡任政法委書記，但畢竟教委這片天地還是歸屬自己名下管理。此一時彼一時，這位兆主任竟比不得那一位單書記。兆名畫看到牛大氣急敗壞意欲拼命的樣子，就強壓住心裡對牛大的鄙夷和厭惡，很快就調換成了一副笑意可掬的嘴臉。

「牛校長啊！你是真的不曉得嘛，還是假裝不曉得喲？」

牛大聞言猛然一楞，他雖然不大相信與單書記貌合心離的兆名畫會幫他好大一個忙，但也想弄明白他究竟賣的什麼關子。

牛大反問道：「兆主任的意思是我還是要進委機關？」

「哪裡，哪裡。」兆名畫連連擺著手，倒是煞有介事的對牛大說道：「你認為是在機關裡喝茶好？還是繼任黑山中學獨當一面的好？想清楚了，你再來和我說，一切好商量。」

就這樣，心存希望的牛大，在沒有任何具體承諾的口水話中，還是只得悻悻的離開了教委機關。

雖然牛大未能進得城或教委機關，但是，他無論悲歡多少，依然還是瘦死的駱駝比馬大。折了本錢，卻無收益。牛大以為無論如何折騰，浪費的都是納稅人的錢財，一分一厘都不會要他牛大掏私人腰包。

潛規則下，黑山中學有哪一個獲得高級職稱的教師沒有孝敬過他牛大校長呢？若有，除非是你孝敬了能夠管得住牛大校長的更高層的管理者。即或如此，也都還不一定就能如你所願。難怪安陽人總是愛說：「人的一生都是靠命呀，五行八字命生成。由天由地，就是由不得人。」

黑山中學的曾有一位教師余誌喜，原以為嫡親表兄是安陽市教委的老科長，有他和牛大打招呼，那一年度的高級職稱理當會排給他的。牛大也曾滿口答應余老師表兄的要求，說是這位子非他表弟莫屬，按說來余誌喜老師這次晉升應該是穩操勝券了。

還是安陽老百姓街頭巷尾嘀咕閑話的歇後語道得好，說什麼計劃沒得變化快，現今當官的有幾句話說的是真的？都是忽悠老百姓的，忽悠起來，他們連自己圈內的人也都一樣忽悠。當職評揭曉的最終結果一出來，大出他們意料之外——本年度的高級職稱「平給了」市裡一家銀行駐黑山營業所主任的老婆——在黑山中學任教的付合璧老師。

這才叫做事情多有變數，余誌喜也不得不承認教委一位將要退休了的科長究竟不如銀行的一位營業所主任吃香。

不知是冥冥之中自有定數，也或許是上蒼別具深意的故意安排，余老師的家屬竟然無意中發現了那位捷足先登的傅老師正在感謝牛大校長的鼎力相助。親眼目睹了傅老師送給牛大校長夫人一掛黃澄澄的項鏈和同色澤的戒子時，余太太才明白了本來穩當當的事情，怎麼會臨近揭曉又變了卦。

原來是「乾指拇沾不起來鹽」啊！可這位余太太也並不是一盞省油的燈，她馬上就憤怒了起來，變得怒不可遏！他們的家裡，只有那麼大的一點能力呀！拿不出來金銀巴結上司。

冷噤片刻，余太太無不尖酸亦充滿辛酸地對牛大校長恨聲吶喊道：「喲——牛校長，原來你是要金貨呀！你先給我說明嘛，明年子你再把高級教師的職稱給我的老公，我哪怕把房子賣了都要買金東西來送給你，要不要得……」

04 鍥而不捨

古今倔強人

儘管世界難有說實話的人，但時間是一位最嚴厲、最公正的審判官，被激怒了的歷史永遠都不會忘記一切的不公！無論什麼時代，永遠有人會為了真理與正義，挺身而出……。

無獨有偶，黑山中學就有這麼一個人。

疾惡如仇

他叫倔強，大家都叫他強老師。

倔強秉性耿直、不畏強權，甚至比敢於背叛組織的張誌新還多了鍥而不舍的倔強成分。腐敗的官說倔強是吃了雄心豹子膽，其實，倔強卻說他的勇氣是來源於一個叫做白金的同行前輩，也來自於他自己的良心。

倔強是一個不識時務的叛逆者，但他絕非是一個天生的叛逆者。以牛大為代表的黑山中學領導們，總說他是一個不熱愛學校，專愛揀過納錯的刁民；教委的領導亦說他是一個不熱愛教育，只會給學校和安陽教育系統招來麻煩的造事者。背地裡，那些官們更還送給了他一個雅號——禍坨子。其實，倔強只是痛恨貪官勾結上司把持學校，禍害教育，玷污教育事業。他看不慣貪官污吏橫行，看不慣學生的靈魂被扭曲，被玷污，被誘入染缸。

多少年來，倔強不願意屈服於權勢，不願意與當今主流同流合污，而是在默默地做著一件實實在在的事情。他以天下人都知道的事實事例，把黑山中學近幾年一樁樁鮮為人知的腐敗系列通過書信、網絡等不同形式向省、市乃至中央紀檢、監察機關舉報，檢舉黑山中學校長牛大等人違法亂紀的事實，目的就是要讓全天下的人都曉得黑山中學種種貪汙腐敗的內幕。

安陽教委在倔強身上「軟的，硬的」都已試過，把「拖、推、哄、騙、嚇、壓」等一切手段都發揮得淋漓至盡。可是，耍盡了手段，就是不做出公正的處理。唯一能做的最和平的方法，就是「拖」，拖的時間越長久，牽涉到的人和事越多，是非曲直的辨明難度越大。

都說人言可畏，可黑山中學的官不怕人言，因為有牛大校長掌舵，而牛大校長又有市政法委書記及教委幾個領導為他導航，所以，黑山中學這艘賭博的航船就不會沈沒。

不過倔強仍持之以恒的揭發黑山中學鮮為人知的貪汙腐敗。有人說倔強是在摸老虎的屁股，也有人說是在玩火。可倔強自己卻聲稱他是在大膽地嘗試「一個捨得一身剮，敢把皇帝拉下馬」

的寓言典故。他要以此嘗試典故之寓意，藉以見證世間究竟有無天道公理。

時過境遷，升官的升官，貪官也還在貪。而敢於反貪官抗強權的倔強，卻在他的人生荊棘和泥濘中一步一步艱難地踽踽獨行著……

這是一條走得非常艱難的反腐敗告貪官的犯上歷程。其中的艱辛、曲折殊非易事。原因簡單明了，世人皆都曉得黑山中學的腐敗，天下人都曉得，就是各級紀委不曉得。

倔強在他人生的這段極為艱難的歷程中，安陽教委行使的權力最大，真可謂耍盡了手段，也不作出公正的處理。唯一能做的最和平的方法，就是「拖」，拖的時間越長久，牽涉到的人和事亦越來越多，是非曲直辨明難度亦越來越大。

其中涉及到安陽市副市長，黑山鎮書記、鎮長、安陽市的教委的書記、主任等大大小小的官吏。國家一再倡導所謂的「領導幹部要廉潔奉公服務於民」的政策，然而，那一些些變了質的領導們，卻不僅不廉潔，反而還貪得無厭，慾壑難填。這些叫貪欲蒙蔽了心竅的貪官們，他們不惜政治生命，不惜老百姓的利益，為了貪汙受賄、以權謀私，竟不惜公然與所謂的國家法律相背離。為逃避那些僅僅是寫在紙上的紀律懲罰，甚至互相勾結，串通一氣，踐踏若有若無的國家法律，損害著本來民信度就很低了的政府形象。最終還是達到了那些貪官的目的，讓一次次雨還沒下雷聲頗大的調查全都夭折了，他們也一次次僥幸地逃脫了所謂的法律制裁。

意外的邀約

時間過得真快，轉眼之間又是一年過去了。不知不覺中，又到了歲末年尾。這一天，天氣特別的冷，臨近江邊的街道由於江風地侵襲甚至還顯得有些冷清。肆無忌憚的風不住地喧囂著，怒吼著，使勁地勁掃著臨江的街面，瘋狂地撕裂著橫跨馬路的條幅標語和店鋪前面的廣告招牌。那風啊，過於猖獗，狂呼亂嘯的勢頭，好像是在發泄著長久的積怨。那嘯聲如同宣言，像是在告訴世人，它要報復！那勢頭更像宣言後地行動，簡直就是要把擋在它面前的一切障礙都得徹底地吹垮、颳散……。

倔強放慢慢腳步，看樣子他是要去某一個地方，因為天氣的關係又有些躊躇了。片刻之後，倔強可能是下定了決心，義無反顧地繼續往前走去。

老一輩人總是愛說：「窮的是命，冷的是風」啊！就像眼前，是來自大自然又一次的冷酷洗禮。而倔強的近況就像眼前的空氣指數一般，說好亦好，說差亦差。只是他絕未想到的是，一直與自己鬧得很僵的牛大一夥主動要與自己冰釋前嫌。昨天倔強莫名其妙地受到了以牛大為首的學校領導班子的邀請，他們邀倔強老師談話，說是為了共同謀求黑山中學的和諧發展而交流互動。

時間定在今天上午十點鐘，地點是北濱道上臨近江邊一間檔次高雅的茶坊——《沁芳齋》。倔強是個守時的人，十點鐘剛到，他就來到了約定地點。

「倔強老師，您來了！」比倔強早到的牛大校長笑容可掬地握著倔強的手，那態度熱情得有些過分。

「來了。」倔強一時還適應不了，但他還是禮貌地回答道：「領導通知的時間，我不會耽擱的。」

「哪裡！哪裡！」牛校長熱情的說：「放假這麼多天了，大家都還是很想念的，一起來聚一聚。對！聚一聚。」

倔強一輩子都不曾在這樣的環境中與人抗衡過，對於這樣的交流，倔強好比是在活受洋罪。在倔強的心裡，有的只是一股看不見的怨氣。倔強開始恨自己，要麼就不該答應來，既然來了又不爭氣。倔強在心裡罵著自己，他覺得自己像是一個尿褲子包的，真的是沒有出息。在這樣高檔的地方接受學校領導禮貌性的召見，花費的還不是大家的錢。所以，他一點兒也不覺得這是一種享受，倒是在活受罪。

「倔強！」辦公室主任一時還改變不了對倔強的一貫態度，厲聲地吆喝著倔強，並且很自然地用上了平時那種習慣性的口吻對倔強譏諷道：「學校對得起你嘛，強老師！找你談個話，還要把你請到這麼高檔的茶坊來，你該要知足喲！要不是牛校長關照你，你自己又幾時玩過這樣的味兒？」

倔強先是一楞，接著也就很習慣地回答道：「不！若不是你們有事要我來，我還實在沒這分雅興來這種地方。」

任憑哪一個，這時都難以轉過這個彎。只有牛大才是個做大事情的人，他曉得拿捏分寸。一見跑了題，馬上喝住不曉事的辦公室主任：「你是昨天喝醉了今天還沒有醒，還是鑽進糟裡了不曉得回頭？」

「開玩笑，開玩笑！」主任馬上換了一張笑臉，輕鬆地解釋著。

「開玩笑！開玩笑也不分個時候！」牛校長不依不饒，又轉向倔強，「你們平常也愛開個小玩笑。」

「開玩笑！」倔強不知趣，不客氣地反問道：「我和你們開過玩笑嗎？」

「同事間開玩笑，增進團結，也利於健康。」

「是嗎？」

接著又是一陣寒暄，以及更肉麻的一連串表揚。領導們一致對倔強老師讚揚有加，但都是一些俗氣的客套話。倔強在心裡默默地禱告著上帝，祈求上帝施展神奇的力量，儘快地結束這場談話，保守他快快逃離這本來就不是他該來的地方。看牛大他們那副不緊不慢的神態，只是憤懣但並不犯傻的倔強，馬上就明白了自己眼前的處境。倔強讀懂了領導們根本就沒有儘快結束這場談話的意圖，糾纏之下，他們肯定還有其他目的。

牛大他們費盡心思把倔強通知了來的真正目的究竟是什麼呢？

倔強不言不語地靜聽著領導對自己輪番地贊揚，不反駁，也不認可，完全是一派無所謂的神態，一副高深莫測的樣子。他這樣一種難以破譯的神色，讓牛大等人難以猜度他的內心反應，不曉得他的心裡究竟想什麼。

牛大以為倔強的鋒芒已經被磨得差不多了，才淡淡地把話鋒一轉，言歸正傳，開始了今天的正式談話。

倔強逐漸茅塞頓開，他算是徹底明白了牛大他們的意圖。是牛大帶著他那一班子領導成員來代表學校動員他下學期不去班，在家休息。這麼好的事情，條件也僅只一個，就是要求倔強不要再去告他們了。

「倔老師呀，您只有一兩年就要退休了，身體不大好呢！還是回家休息吧。」牛大校長態度懇切，關懷備至，就連動員倔強休息的話也說得入情入理。

「倔老師，您在家裡耍起多好嘛！把身體保養得好好的，多拿他幾十年退休錢。在學校上班的時侯，免得有些事情你看不慣，又要去向上面反映，搞不好你又要把一些消息發布在網路上。那樣影響多不好啊！大家這樣苦口婆心的勸你，也是為了你的身體。」牛大校長完全一副語重心長的樣子，很是動情的地規勸著倔強：「您想嘛，你老人家的滑鼠一動，我們又要遭受一次震駭，大家都不愉快。學校照顧你在家裡休息，你就莫再辜負學校好意了。沒得事了早晚去逛逛濱江花園，轉轉光復廣場；平常還可以在家裡養養花草，餵餵貓兒狗兒。」

「感謝牛校長！也感謝所有的領導對我的關心！我的身體現在還很好。」倔強終於開口說話了。

倔強說：「其實，工作的擔子並不算太重，我離正常退休還有個兩三年，按現在的體力和精力，我完全可以工作到實際退休年齡。到那個時侯，我再按正常程序退休不遲。至於我舉報揭發學校的貪汙腐敗，所有材料如不翔實，我願負法律責任。假若要我停止舉報、揭發也可以，但學校的腐敗也必須停止。」

「這個，這個……」

倔強自己也感到非常不好意思，而領導們更是感到了從沒有過的尷尬。一時間，大家都傻了眼，除倔強之外，他們完全都沒有想到一番好心竟然付諸了流水。

05 新年依舊

正面交鋒

很快的，新的一學期又開始了。

新學期應該有一個新的開端，新的起色。可是，黑山中學還是外甥打燈籠——照舊（照舅）。

「倔強，教委通知你馬上去一下，領導要找你談話。」牛大校長沒好口氣地對正向教室走去的倔強高聲喊道，完全沒有了年前在《沁芳齋》時的那種動之以情和曉之以理了。

「我還有課呢。」倔強問牛大：「教委領導找我有什麼事？」

「你問我，我去問哪個？到教委去了，自然會有人告訴你。」牛大沒有好氣的對倔強說「揀起不吃夾起吃，不曉得好歹就是要付出代價。」

「學生還等我還要上課嘛」倔強分辯著。

「只怕由不得你！」牛大校長吼了起來，他只要一想起那次偷雞不成倒蝕了一把米的狼狽過程，一腔怨氣就不打一處來。通知他進教委談話難道不是山雨欲來風滿樓？這塊死木頭，他就死定了，還要對他客氣嗎？牛大厲聲地呵斥道：「馬上去教委，讓政工處長陪著你去。」

倔強只能放下手裡的工作和班上七十來個學生，即時地隨同學校政工處長乘車前往市教委。二十來分鐘車速的里程，一轉眼即到。

負責與倔強談話的教委書記單罡黑著一張臉，見到倔強亦是氣不打一處來。氣憤中的領導連半點禮貌性的客套都沒有，見面就開門見山，直入主題。

「如果你覺得你現在的工作環境好很了，組織上可以考慮調你到比現在條件艱苦些的邊遠學校；如果你認為你現在的工作輕鬆了，我們可以讓你所在學校重新考量你的工作量。」

單書記氣急敗壞，近乎赤裸裸地威脅讓倔強本來嚴峻又緊張的神色慢慢地變得冷漠了起來。看著眼前這位在公眾場合下一副道貌岸然的偽君子書記，竟沒有說出一句話為自己申辯，只是在勉為其難的接受者領導的諄諄教誨。

「如果你再要往上面反映所謂的腐敗，尤其是越級反映，組織上將以毀謗罪反告你。」氣得發了瘋的書記在繼續咆哮著「如果下次再傳你到教委來，就不只是我們教委的人在場了。到那時，將有公安人員在場向你問話。」

見倔強不驚不怒，不言不語，竟視自己為無物，單書記反倒爆發不出來更大的怒氣了。他原本就充滿了憤怒的臉，一下子又變成了一副死豬肝，一副瞠目結舌的滑稽相。氣暈了的單書記一時之間又像一只洩了氣的皮球，癱倒在他那豪華辦公桌前的轉椅上，也只有靜靜地望著不喜不怒的倔強。

「書記的意思，是不準我繼續揭發舉報黑山中學的貪污腐敗了？」一直沒有開口說話的倔強，這會兒反倒忍耐不住了。他見驕橫跋扈的教委書記已經像是鬥敗了的公雞，翻著一對死魚眼睛望著自己喘粗氣。一絲憐憫之心油然而生，才使有仁者之為的倔強強行壓住了在心裡熊熊燃燒了好幾年的怒火，和一竄竄本待伺機反駁的鋒利言辭。

倔強不願意放棄自己的原則，忍了一忍，又繼續陳訴道：「加重工作量我一點都不打推遲，教書是我的職責，我拿的是納稅人的錢，就該做我的事；調我到邊遠學校，我也無可非議，甚至我還可以去新疆、西藏支教，那些地方更需要教師；找公安人員來與我談話，我正好向公安人員也講講黑山中學校長與安陽教委一些腐敗領導相互勾結、貪汙腐敗的罪惡勾當……」

「你說，牛校長借拜年為名，給兆主任、余書記送錢，就拿出當時送錢，和接錢的最直接證據來。否則，你就是對領導的誣陷，是毀謗。」

「單書記，我沒誣陷，也沒毀謗，但我說的完全經受得住調查了解和查證落實。而且，您還說掉了，收受拜年費的領導還有您耶。」

「好！好！你……你硬……」教委書記氣暈了。

摘瓜亦斷藤

在當時那種情況下，假若不識相的倔強可以吞得下去的話，單書記極有可能會一口就把他整個人都吞下肚子裡去，以解心頭之恨。而強死牛的倔強卻也像是豁出去了似的，仍然針鋒相對地反駁著書記：「你說的那種最直接證據，除了行賄受賄人自己願意提供，我拿不出來，也沒有任何人拿得出來。況且已經時過境遷，現在更沒有哪一個能夠拿得出來。及或有，也已經毀了。我想，舉報者就要像春秋戰國時期，齊國專門紀錄國家大事的太使伯弟兄三人一樣，如實向政府當局的紀律檢查機關以及有關監察部門如實舉報，並提供可查線索。至於該怎樣著手去查證落實，只有紀檢監察機關才有這個權利。」

實在是人各有志，也實在是話不投機半句多，一場頗帶殺氣的所謂談話就在很不愉快的氛圍中結束了。可人都是血肉之軀，都有弱點。倔強不怕見到公安警察，不怕調往邊遠山區甚至失去飯碗，也不是怕與腐敗貪官及其主子對簿公堂……可倔強卻怕看見淚眼婆娑的每一個家人。

原來倔強的家人，不已經止一次的接收到了來自各方面的壓力，警覺到了危險的信號。流氓早早就編織好了罪名要拿他開刀了，大流氓利用小流氓，政治流氓慫恿街頭流氓，流氓動員流氓，流氓利用流氓，它們一起總動員，威逼脅迫倔強的家人不得不哀求倔強放棄原則，明哲保身，明哲保家。

倔強空有一身錚錚硬骨，空有一腔反抗貪腐的決心，卻沒有辦法推翻為貪汙腐敗以及利益集團護短牆的保護牆。在世俗折騰下，在權貴的淫威下，在白與黑，官與匪同唱共演的二黃雙重配合下，素以剛直不阿直面世人的倔強也緘默了，從不輕易流淚的倔強也流淚了。

從此，倔強將退出反腐行列。從此，倔強將兩耳不聞窗外事，一心只做能讓領導放心，但也讓自己一輩子都痛心的唯唯若是的木人。然而，世間事情委實難以預料。俗語說得好「水打浪雜柴，浪去又浪了回來」。

倔強把自己難言的苦楚卸載了博客上，在互聯網上發布了一篇〈罷！罷！罷！停止舉報腐敗〉的個人聲明。認識和不認識的朋友們；告訴世界上一切善良的人們，倔強面臨著「訂告腐敗」，還是「妥協權貴」的艱難而又痛苦地選擇時，利害權衡再三後，「山窮水盡疑無路」的倔強終於被迫選擇了後者——妥協權貴。

黑山中學的反腐倡廉行動猶如星星之火，經歷了一千多個日日夜夜艱難的掙扎，仍被一場人為的疾風暴雨撲滅了。牛大校長安心了，教委的單書記、兆主任以及余副書記等一干領導也安心了，就連安陽市紀委也安心了。「鮮花、奬狀、榮譽、好處」，安陽政府、黑山中學，一部部大的小的行政機器都照常運轉不息。

不過，世間的事情委實難以預料。有人不相信，熟悉倔強與黑山中學貪汙腐敗集團爭鬥始末，熟悉倔強於牛大及其主子數年來不見硝煙的爭戰，沒有多少熟悉倔強的人相信嫉惡如仇的倔強會屈膝變節，停止反抗，放縱邪惡。

山窮水盡

在歷時數年可至今仍無結果地持久反腐大行動中，倔強經歷過一次次地被「拉攏、哄騙、許願、威嚇」，直至最後的通牒。倔強雖然人如其名地率直倔強，並且不畏強暴，但有血有肉的人，也無奈不了「天時、地利、人和」等諸多條件地持久磋磨。更有甚者，孤立無助的倔強還得忍受同是天涯淪落人的部分同仁地非議。

「唉！告什麼喲？如今哪個又不貪喲？」

「都幾十歲的人了，忍耐一下，心態平靜一些。」

更有人說，看不慣，就自己也去混個官來當。恰如民諺所曰，連二桿（小腿）終究還是強不贏大胯。否則，教委要第二次找倔強談去話的時候，就將會「不止代表教委的人，『還會有公安』人員」在場。

多嚇人啊！教委將會以組織決定「嫌工作輕鬆了，就要加大倔強的「工作量」，或許是一人頂兩三人用，再或許是把全校的教學任務加在倔強一個人的身上。用工作壓得倔強喘不過氣來，好讓倔強總會沒得時間和精力去告領導的惡狀，去反什麼腐敗。

到那時，教委也將把倔強調到市內最邊遠、最艱難的條件極端艱苦的學校；並因證據不足，反告倔強的誣告罪。果真如此，是判刑坐牢？還是上斷頭臺？最多亦只是讓茫茫塵世再多一縷冤魂，讓那些被人為操縱，並能夠隨心所欲的律法典章，堂而皇之地代替藏奸滅口的行動。

「細細算來，這的很划不來。」於是，倔強就不得不違心地認同領導們的高深度地見解，「給領導送個四五千塊錢，亦不過是如今的社會上，人與人之間的正常交往，屬於禮尚往來；一幫一活動中據捐助款為子侄所得，亦不過是一點小小的私心作祟，這也是可以理解的；普九結束，做假賬多報個幾萬塊錢私吞了，是有點違背財金制度，應該批評；給領導拜個年，送點拜年費，可沒有送和收的雙方最直接證據，僅以當事人的音像材料，不能成其為證據。

羞愧之餘，倔強錐心地嘆息：告官難，告大權在握的官更難！教育部門的官，權傾各處，有許許多多的人的妻、兒、子、女在當教師，他們也需要照顧和呵護啊！官官相護，此乃人之常情。

天父說：我不入地獄，誰入地獄！人們也愛說「升旗也輝煌，下旗也悲壯！」倔強退出反腐行為前，只想對全天下的人轉述電視劇中康熙爺的一句話：「做貪官也好，做惡人也好，不要以為別人看不見。」

黑洞無形

在那黑暗的深淵裡，在權力和金錢的作用下，現實生活中存在的黑洞，吞噬形形色色的領導幹部和權力機構的工作人員……。

牛大校長所經歷的事情太多。努力回憶往事，想得牛大的頭皮都痛了起來，炸刺刺的，連冷汗都冒了出來。可是，牛大無論如何努力去想，硬是理不通順那些盤根錯節的事情原委。牛大越想頭越痛，也就越想越犯糊塗。真的就像萬緒千頭，莫衷一是，沒有辦法理得理清。

想的事情太多了，牛大覺得越急腦子越不好用，甚至分辨不出哪些事情才足以應付眼前的危機。所以，牛大異常憂慮焦躁。慢慢地，他開始變得有些糊塗了。

這幾天，牛大近乎於絕望了。他被叫江邊林子當成了一處避風港。這一段時間裡，沮喪與頹唐幾乎讓牛大的體力精神全數殆盡，愁煩和憤懣也早就撅過了牛大旺盛的鬥志。但是牛大卻不想認輸，他只想找到一種盡快解決眼前困境的救急辦法。

那些不能暴露在陽光下的秘事陋聞，被倔強和別的一些也跟著瞎起鬨的不甘寂寞者逮到了就不放手。牛大又覺得自己是時運下滑，趕上高層有了一些不利於自己的舉措，而倔強的材料正好迎上了這個政治浪頭。這情況，似乎在黑山中學引起了一些騷動，更引起了市裡一些領導的焦慮。牛大起先還不如何當做一回事，可是，當教委來人要他「暫時迴避休息」，並告訴他是組織決定的時侯，他才慌了手腳。從憂慮到焦躁，繼而又恐慌了起來。

牛大想，這一切的始作俑者就是倔強。在教委和市裡領導眼裡，牛大也只是一個小角色。市裡領導害怕因牛大的牽連而受到魚池之殃，他們惱恨牛大成事不足，盡擺攤子。剛剛升任市政法委書記的單罡長期被牛大拱為恩師，往常倒是覺得牛大還可以，可如今牛大引起的禍火快要燒到了自己，方才覺得牛大其實是一個禍坨子。

鹽吃的口渴

一想到那一筆錢，牛大心裡就特別不是滋味。正當牛大灰心喪志時，兀地，像一道電流猛烈地鞭策著牛大的良心：是啊，最該享用這筆錢的，應該是當時任總務主任兼管會計的龔英。

曾經是龔英東奔西走，跑上跑下，跑去跑來，四處去找假票據做賬面憑證。在她的努力下找到一些經銷商和房產商，幫忙出示能起證實作用的假材料，還答應黑山中學為其擔保，承諾日後需要時可以出面作偽證。龔英的成績更在於她周旋教委計財處和許多的關鍵部門，以便長期財源滾滾。

龔英的確是個好同志。時過境遷，牛大校長才終於想到該給前主管會計龔英一個好評。她在職期間可謂工作辛苦，用心良苦。而且最難能可貴的是，在利益面前，她又被自己信任並為之賣力的領導無情地撇在一邊涼拌了，竟然還沒有多大的怨言。

「可是，哪個又敢保證，她真的就不會記恨呢？」回想起往事，牛大校長略帶悔意地問著自己：「在這種關鍵時候，她又會不會落井下石呢？」

沒想到如今的漏子越捅越大了，那一切變化卻又是牛大所始料不及的。他非常害怕自己賴以依靠的「上級」，比如單罡書記他們，頂不住來至更上一級的壓力時，是不是還會出面為他牛大鼎力相助，鐵鐵相幫呢？

審時度勢，牛大非常清楚牆倒眾人推的道理。他曉得，不要看自己在位時有權有勢又風光得意。假使走下坡路呢？一定會有人順勢推搡。

「完全有這個可能！」牛大打心眼裡承認。根據官場上的「潛規則」，牛大再結合自己一度視「人不為己天誅地滅」為座右銘的處事邏輯，他把這些融匯到自己多年來在仕途上摔打中摸索出來的經驗之中，再加以自己的揣摩、分析，最後方才得出結論：倘若東窗事發，自己將是第一個被拋出去作墊背的。

牛大越來越堅信自己的想法沒有錯。非常清楚自己就是老麼。在他們那個圈子內，只有他牛大沒有籌碼，領導們都是贏不輸，他們全都是「接得媳婦，嫁不得女」的精靈寶。

久經仕途磨合摔打的牛大彷彿看見了前車之鑒。

06 萬事悠悠

難忘第一次

「既有今日又何必當初呢？」

牛大後悔當初的貪婪！後悔第一次在河邊濕了腳的時候不知道收斂而一錯再錯。可是，如今他就是悔青了腸子，也悔恨不轉來了。

牛大至今都還記憶猶新，難以忘懷。那是在二十來年前，牛大還剛當校長的時候，一位剛被分配進學校的員工方印來到黑山中學。該怎麼安排他的工作呢？牛大校長有些躊躇，他還是打著官腔例行公事般的對方印說：「年輕人，好好搞。你們朝氣蓬勃；年青就是本錢，年青就充滿了希望，一定前途無量。」

領導愛開玩笑，既幽默，也風趣。而熟知人情世故的方印又豈能感受不出領導對他的看好來？思維比牛大校長還要敏捷的方印，從談話中看出了領導對他的好。於是，在牛大校長的辦公室裡，方印從從容容地拿出一個別致的大信封，信封裡面裝有一疊嶄新連號的六千元現鈔。或許是在部隊裡見得多了，方印一點也不像個年輕人，反倒像是一個老於世故的公關幹才。只見他大大方方地把信封遞給了當時還沒有完全沉淪的牛大校長，並且以平靜得不能再平靜的口吻，對牛大充滿了人情味般地說道：「校長，我是一個當兵的，從部隊來到學校，實在是隔行如隔山啊，今後就要在您的領導下工作了。我這個人呢，又沒有多少文化，在學校裡工作，有很多東西都不懂，今後有勞牛校長照顧的地方還很多。」

「這……！」第一次吃螃蟹，牛大多少都有點兒膽怯。

「這只是一點小意思」方印老練地說：「表達一下我真誠的謝意，請牛校長千萬不要推辭。」

別看方印年輕，從鋼鐵長城那座大熔爐裡鍛煉出來的他倒是很會交際，亦還善於察言觀色。他一見牛大校長面有難色，顯得有點兒尷尬，馬上就輕鬆地解釋道：「校長，您就不要多心嘛！這真的只是一點兒心意，是我們倆作為上下級之間的情感交流，絕不違背政策原則和諸多規定，您只把它理解為是合乎情理的真誠互動。」

方印言簡意明，態度從容不迫，方印就在漫不經心的交談中叮囑牛大，也在叮囑中顯示出他少年老成又熟知冷熱的人文個性。

那是牛大的第一次。牛大自從當上校長以來，還是第一次拿到這麼多不屬於自己的錢。也就是那一次讓他嚐到了甜頭，從此也就變得更加的貪婪起來。

不管怎麼說，第一次究竟還是心慌。牛大一接過錢來，他的手就在微微地抖動著。說來也奇怪，一向穩重的牛大校長竟然也會如此驚慌失措，像是偷了別人的東西一般。

「真是一個土包子！」還是方印見多識廣，又很沈得住氣。雖然他把這一切全都看在眼裡，卻沒露一點聲色。

後來好一段時間裡，牛大只要一看見方印，都覺得很不自在，甚至有種見不得人的感覺。可是方印就不同了，儘管他沒有說，並且，從表面上看，他也好像沒事人一樣，可是，內心裡他卻是喜滋滋的。

牛大觀察方印沒有一點兒反應，好像他們之間什麼事都沒有發生過。時間見長，牛大也就漸漸地淡忘了這件事情。只不過，牛大的膽子此後卻漸漸大了起來。

時光飛逝，歲月匆匆。隨著時代的快速變遷以及社會風氣的飛躍畸變，牛大校長也在那越來越複雜的社會環境中加快了自我改變的力度。有了第一次，牛大就沒有拒絕第二次，還從容不迫的接受了第三次⋯⋯。

在牛大校長的仕途生涯中，他也曾經清白過，也曾經靠勤奮和努力奮鬥過。那些時候卻是牛大一生中最為清白，也沒有獸跡惡行的一段艱難創業史。到如今，那些曾經真真實實的存在過、過擁有過的一切好行，如今卻過早的成為了歷史，成為了偶爾還有人能記得起來的回憶美好。

時過境遷空枉然，驀然回首倍感焦急。

死獅不如活狗

「我是農民的兒子」，一位先鋒隊組織的黨魁曾經這樣說過。領袖放的屁都是香的，牛大就是把這句忽悠了多少良善百姓的話深深地記在了心裡。在會前或會後，在一切能產生影響的場合中，牛大就喜歡東施效顰的學說這位黨魁的蠱惑語。

「我是農民的兒子」。就算是鸚鵡學舌也不是一般的人敢於嘗試的，因為，那不光是需要一定的勇氣，也還需要臉皮厚才行。而牛大就有這樣的膽識，也有這麼厚的臉皮。他為了抬舉自己，也不怕玷汙了這位被同門拜為神靈的黨魁英名。因為，牛大認為緊跟總比落伍好，活活著的狗比死了的獅子更划算，也更值錢。

出生在農村的牛大，也真的就是農民的兒子。雖然他如今是權錢皆有，可兒時的情景卻也歷歷在目。牛大記得，是有別於傳統模式的家庭教育和潛移默化的階級教育，為他奠定了今日掌握紅色印把子的基礎，而那一切又彷彿就在昨天。

牛大的父親叫牛莽，老家裡人背地都叫他莽錘。牛莽雖然是農村幹部，但卻非常的精明強幹，在老家也算得上是個跺一腳地都得搖一搖的角色。

老牛莽喜歡人稱他老革命，自以為是南嶺一帶幹得最早、也幹得最久的支部書記。他明白自己之所以能夠成為統治南嶺的霸主，除了先鋒隊組織賦予給他的權力外，追根溯底還得感謝早已作古了的南嶺秀才柳二先生。只是每每想起柳二先生，他都覺得自己是一個卑鄙的小人。

南嶺與黑山是遙遙相對的兩大去處。舊時裡人們總是說「黑山物豐，南嶺人濟」。柳二先生就生於斯長於斯，柳家在南嶺可謂世代書香，亦是清朝末年最後一次省間會考獲得秀才身份的人物。古人說秀才本是宰相根苗，可柳二先生卻因自己生性耿直，愛管閒事亦打抱不平而淡薄官場。他平生酷愛讀書，四方五鄰沒有哪個不曉得柳二先生的。因為柳二先生常常給鄰里鄉親主持儀式，書寫對聯；助人積善，扶貧濟世。

老牛蟒，就曾經是柳二先生家裡的放牛娃。牛大祖父是遊方郎中，平時不大成器，總在四鄉遊走不顧家裡。牛奶奶讓小牛蟒去柳家放牛，也算是一舉兩得：既可以讓牛莽混一口飽飯吃，還能以此表示對二先生幫助自己一家人的感恩回報。所以，牛奶奶常告誡小牛蟒在柳家要勤快、聽話，要曉得知恩圖報。而小牛蟒也確實聰明絕頂，很快贏得柳家一屋子人的喜歡。

小牛蟒從小就頗有心計，更還具有非凡的號召力，孩提時代就是哪一方的娃娃頭。但他為人乖巧亦很討人喜歡。柳二先生就是因為在他家裡當放牛娃的小牛蟒聰明伶俐，才閑暇無事之時，總會有意無或意指點小牛蟒一二……。

小牛蟒住在柳二先生家一住就是好幾年，除了抵債、糊口，還跟著學了不少知識。

柳二先生的栽培，為牛蟒日後的施展才能打下堅實的基礎。可牛蟒是隻中山狼、無情獸，他把所學引以為豪，卻完全不顧念當年，甚至還落井下石，昧著良心迫害柳二先生一家。

當歷史走到了那一天，中共建國，翅膀硬了的牛莽便在關鍵時刻站出來振臂一呼！實在是「急不擇人」，所謂「新生政權」急於需要用人，因而，流氓、無賴和惡棍也就順理成章的成了最上乘的人選。

四方鄉鄰沒有牛蟒的腦子轉得快，他們都還在觀望。但是，那些地痞無賴和好吃懶做的二流子卻跟著他站了出來！鄉親們看見站出來的都是這麼一些貨色，大家都搖頭嘆息，默默無語的各自歸去。

牛蟒站出來了，就不願意離去。那時，他正站在砸爛舊世界迎接新世界的最前端，展開他一身中最值得炫耀的革命大行動。隨後在那一些腥風血雨的歲月，牛蟒帶頭迎接工作組，帶頭衝進地主家。他帶頭給工作組的外鄉人講解這裡的地理環境、風土人情和歷史背景。

大勢所趨，活動革命不斷升溫，牛蟒還帶頭鬥爭對他有再造之恩的惡霸地主柳二先生。直到把柳二先生逼在僅夠棲身的小偏房裡吃了掛麵，牛蟒才讓地主婆把惡霸地主柳二先生給下吊掩埋。有人背地裡說牛蟒把事情做絕了，違背了天良、天理；牛蟒卻說他是識大體，顧大局，一再表示要堅定不移的跟著無產階級先鋒隊組織幹革命。

在代表紅色新生政權的工作組面前，牛蟒從容不迫地鬥爭於他有恩的地主，顯示了他大義滅親的革命壯舉和永遠跟著先鋒隊組織鬧革命的決心。據老輩人後來傳述，當時的地方新生政權也剛組建，一切皆在百廢待舉之際。在天剛變紅的時候，牛莽就完全符合新生政權的發展條件，他一下子成了鶴立雞群的群眾領袖。

人民公社後，牛蟒就開始當大隊支部書記。社員們都怕牛蟒，只有牛大不怕他。牛大不信服他的父親，甚至還看不起他，認為父親充其量也就這麼大一點能耐，動口、動手，以粗暴行為統治屬下。

要說也真是，牛大想不通並非不無道理。至今牛大都還沒搞清楚，他那個原本很有發展潛力的父親，究竟為什麼沒有爬上去？一晃已是暑去寒來幾十載，春夏秋冬半個多世紀了，父親的政治前程仍在原地踏步，沒有些許再發展過。

以為自己很有一些本事的牛大，看不起他那個眼光短淺的父親。他覺得老牛莽根本是一個時代的棄兒，更是一個政治的棄兒。牛大比起他的三個兄弟都要機靈，可牛大也不過是個師專生。他沒有想過，假若沒有牛蟒給他的那一紙蓋有支部公章的介紹信，牛大起跑的落腳點在哪裡呢？他還有現在的錦繡前程嗎？

牛大是根正心紅的苗，是紅太陽下的小紅花。可一切皆源於門戶的鋪路奠基，父輩的為師為範，時代的推波助瀾等等非人為條件確實為牛大的仕途鋪下了一道並非誰都可以擁有的起跑線。就是這種高貴的這種出身，造就了這位支部書記大公子跳躍龍門的錦繡前程。只是，牛大根本就沒想到有一天，他也會去占別人的一點便宜。更沒有想到，他牛大還會逐漸地變得更加的貪婪起來，乃至後來的貪得無厭。

可世事真難料啊！

血色印章

一紙寥寥幾字的組織介紹信，一顆血色的大隊支委會印章，就成了保送牛大步入洋學堂並打開商品糧油庫的金鑰匙，也成了牛大進入公門，脫掉藍衣換上白領再穿著紅袍的通行證。

牛大雖然看不起牛蟒，但牛大也清楚，假若牛蟒不是支部書記，他牛大也不大可能是今日的「官二代」。

像牛蟒這種基層的官，官位雖然不大，還排不上品位，但空許的級別還是不低。一般都是由先鋒隊組織一年一度地召集他們，開一次市級規模的「三級幹部會」，簡稱「三幹會」。幾十年來，儘管最高權力機構還沒有給他們界定級別，確立官銜。但是，他們在基層的權力確實非常的大啊！

難怪有人說怪話：「大官容易見，小鬼難纏」；更有一種說法叫做「一人當官，雞犬升天」。牛莽轄下所管，好歹有五六百多戶的家庭，數以一兩千兒口子人的婚娶論嫁、紅白喜事、吃喝拉撒以及當兵、務工等諸多公私瑣事，都在牛大父親也就是老牛莽支部書記的權力掌管之下。

剛剛入仕時，牛大還是想稍稍清廉一點兒。他覺得每個做了官的都有私心，但最好恪守眾怒難犯的原則，也不要去觸犯法律，認認真真地做一番事業，讓成績來為自己換取更大的前程。

牛大說：「領導也好，官也好，我認為做官就要做一個好官！這輩子我有了機會做官，不說能夠名留青史，我也不想讓下面的同志在背後指指點點的戳我脊梁骨。」這是牛大就職演講中說過的一句話。

可是牛大也記得，第一次嚐到權力帶給自己甜頭時，他是那麼地激動，那麼地興奮。「總算熬出來了！」牛大在心裡感嘆，他想對天狂喊：「出人頭地了！手裡有權就是好啊！」牛大一想到這些，就是睡著了，他都笑醒了。那些日子裡，他好像喝多了酒，似醉非醉，飄飄然然愜意無比。

隨著牛大逐漸有權有錢，貪心也就跟著大了起來，由初時單一的貪變成了後來多元化的貪。他貪色比起貪財一點也不遜色，牛大失手的就只有那一次，不曉得被哪一個好事的刁民透了消息，讓警察毫不費勁的現場活逮，稀裡糊塗被抓進派出所給關著。但他牛大硬是有本事，溝通協調後總算花錢買到平安，從容的全身而退。

然而樹大招風，在好事者鍥而不舍地舉報、揭發之下，面臨各界輿論的強大壓力，牛大終於有種山雨欲來風滿樓的感覺。就是這種感覺支配著牛大，讓他覺得唯有避開人群，方能解脫眼前的煩惱。不過說到底牛大還是離不開那個所謂的「群」，他最怕的是失去了對他青睞有佳的上司賞識，如果失去上級的垂青，就意味著他將要失去既能左右下屬又能籠絡人心的權力。這種權力萬萬不能丟！不光是他牛大，包括牛大的上司，上司的上司；從下至上，直至集權金子塔的最高權力都不能丟。因為，牛大必須仰仗他們，依附他們，他們的命運是休戚相關的。

眼前最要緊的事情，是要儘快想出一個可行的法子，怎麼才能避免讓自己成為犧牲品。要不然他牛大真的就慘了，不光是失去自己擁有的一切，還會落得鳳凰落毛不如雞的可悲下場。真要落得那樣一個下場，他牛大又將怎麼打發今後的日子呢？

夢裡依舊

牛大無法釋懷過重的心事，獨自來到這遠離鬧市的寂靜地。一個人雖然孤獨，但牛大卻覺得很清淨。時間過去得很快，牛大孤零零地在那棵樹下坐了半下午，都還沒有想出一個能脫厄運的具體辦法來。此時，牛大的心裡除了激憤，就是鬱悶。

多年來，牛大從來沒有想過自己也有焦頭爛額的一天。平常往日裡，牛大彷彿覺得他是貓兒轉世，應該有九條命。可是這一次，他還能夠逢兇化吉，轉危為安嗎？牛大實在沒有了那種自信。

思來想去，牛大都不願意失去已經擁有了的一切。用牛大的話說，是他們的前輩流血犧牲，換來了他們今天所擁有的一切，他絕不能輕易失去這一切。

牛大想要保住既得利益，卻又不願意一個人當大家的替罪羊。他想：什麼亡羊補牢？能補則補，實在不能補，乾脆就敞開牢門，任其狼羊大戰。最多兩敗俱傷，大家都脫不了關係，又不是他一個人的事情。

牛大覺得與其讓他獨自背過，倒不如破罐子破摔，大不了大家夥兒一同出庭受審，一起進監坐牢……。

終於，牛大想通了，從苦苦掙扎中又回到了現實來。可是，等待牛大的依舊還是火燒火烤般的現狀。

07 禍水在延伸

寂靜的森林

偌大的樹林裡，顯得非常的深幽，非常的靜寂。寂靜的林子裡連鳥兒、蟲子都像是死絕了一般，都沒像往常那樣發出聲音來。夕陽開始西下，剛才還肆虐塗炭大地的陽光亦沒有了熱辣辣的耀眼。林裡樹影婆娑，風聲鶴唳，詭異飄渺，彷彿變得更加空曠、更加神秘。林中雜樹在下山夕陽地映襯下，亦更加滄桑、更加肅穆。

牛大落坐的林中腹就是百年老陵園。盛夏中依舊還是涼風習習，陰氣森森。一座座墳塚就像一只只巨大的癩蛤蟆，靜悄悄地蹲在那詭異的陵園中，正陰森森地瞅著不遠處的牛大，而牛大卻全然沒有警覺。

林中那些墳冢一堆堆，一座座的錯落有致、稀疏有秩，只是分不清楚了哪座是先埋的老墳，哪座又是後埋的新墳。牛大此時就坐在數不清的墳頭包圍下。

死一般沈寂的氛圍中，牛大的處境究竟如何呢？

遠看山景蒼蒼，水色茫茫；烈日當空，萬裡無雲。在烈日無情地肆虐下，天是光亮亮的，林是火辣辣的，就連大江水面也在一閃一閃地跳躍著火焰般的光芒。整個大地一片青灰，一片蒼白，一片赤色。毒熱在天空，在水面，在大地，在林間。使得雜樹林間一派枯萎，一團熱浪。

精通玄學曉知地理的陰陽先生說，黑煞凹那一方的地形地勢不僅僅是陰森幽靜，並且又是先天帶著一股股極濃的煞氣。可是，那裡的地形地脈較之其他地方雖然不能說是天下第一，但也確實是非常的少有，甚至於是無法相比擬的，因此，亦才鑄就了諸多的恐怖故事。

民間傳說普天之下的人死後，都必先來黑煞凹報到，再由這裡發配到冥間地府各個去處。

酒醉誤入禁地

出了名的「鉤子嘴」就是牛大的親老表。

鉤子嘴這個人鑽營可以，做正事卻不行，就是一個只想錢長路短人又輕鬆的好逸惡勞之徒。儘管鉤子嘴的日子過得差，可他的嘴巴卻特別的厲害。時常裡，「鉤子嘴」愛炫耀自己膽子有天大，而牛大卻很看不起他，從不與他交往。

有一回，街道組織根據上面布置教育群眾崇尚科學破除迷信的活動。鉤子嘴像嘩眾取寵般的現身說法去幫助組織教育別人，說相信黑煞凹有鬼就是傳播封建迷信，他曾去過黑煞凹而安然無恙就是最好的見證。

可是，說話的短，記話的長。

那天晚上，鉤子嘴去找一幫人蹭酒喝。從一開始他就推杯換盞，不客氣地盡量海喝。平常大家都擠兌他，這次卻很大方，每人都輪番勸地酒。於是，喝了一杯又一杯。很快就把這個鉤子嘴喝了個稀巴爛醉。

貪杯卻又醉了酒的「鉤子嘴」，被眾酒友連扶帶拽地給扭送到城外北郊野外後，大家就全然腳底抹油，不曉得去了哪裡。剩下喝得爛醉的「鉤子嘴」還像在雲裡霧裡一般。他不是藝高人膽大，而是酒壯英雄膽。在酒精的作用下，他以為自己真的膽子大，竟然獨自一個人飄飄然地直向前面禁地衝闖了過去。

或許是鬼怕酒瘋子，酒醉的「鉤子嘴」高腳低腳飄飄、跌跌撞撞地兌現著自己的大膽宣言。也合該鉤子嘴有事，讓他當不了破除迷信的英雄，也失去了再給群眾作現身教育的機會。

「鉤子嘴」竟誤打誤撞地獨自來到了黑煞凹內。

明星朗月的夜晚，周圍發出一陣陣嗚嗚咽咽的響聲。風吹樹影動，陰風令人寒啊！不久，不曉得從哪兒飄來了一片黑雲，把月亮藏在了身後。「鉤子嘴」突然覺得一陣寒冷，醒來還沒把眼睛睜開，就聽到「砰」然一聲炸響，把鉤子嘴徹底驚醒過來。

被驚醒了的「鉤子嘴」發現自己正倚靠在一座墳頭上，天上月亮依舊，只是暗淡了許多，但卻陰森森地懸掛在天空。月光如銀沙籠罩著整整一座山，顯得既皎潔又恐怖。那時候，「鉤子嘴」在群眾面前的那股所謂的正氣，卻已經蕩然無存了。他努力地屏住呼吸，身子也在不爭氣地簌簌顫抖。

突然，鉤子嘴看到山上竟然大開著兩扇巨大無比的黑色大門，門牆左右兩邊各有一聯對仗工整的對子，在漆黑的夜幕中放射著綠墨幽幽的光暈，那閃光的字體讓鉤子嘴看了個清清楚楚。鬥邊繁體草書：陽世奸雄為非作歹皆由你熱鐵洋銅手摸胸膛怕不怕

橫批赫然寫著：「你可來了」四個令人望而心驚，久看膽寒的黑金鬥字。

「鉤子嘴」昏死了過去……。

待到他悠悠醒轉過來時，太陽已經升得老高了。「鉤子嘴」睜開眼睛一看，四周圍除了他自己再沒有其他任何人。從墳頭爬起來，「鉤子嘴」帶著驚魂沒定的怕意，跌跌撞撞地跑上公路，回到了自己家裡。

從那以後，鉤子嘴變了，變得不再積極，再也不肯去幫助街道組織現身教育落後群眾了。

淵乎其冤

牛大帶著無法排遣的矛盾心情，獨自來到這遠離城市的寂靜之地。一個人在這裡，雖然孤獨但卻清淨。大半天都還沒有理清繁雜的思緒，這裡不僅清靜，似乎亦安全，牛大的思維遲鈍了，完全達不到正常地發揮。

被怒火燒昏了頭的牛大，心裡騰升起一股莫名其妙的怨恨。他恨單罡等無心幫助他，甚至還怕推他出去墊背。想去想來，那種怨恨竟在牛大心裡不斷地膨脹著，才使得牛大鑽進了牛角尖，走進了死胡同，而抱定了「一存俱存，一亡俱亡」的偏激心理。

在偏激心理的作用下，牛大又不停地給自己打氣、壯膽。他抱定厄運中只要他牛大一個人不能夠善了其事，那就莫怪他牛大沒有獨自擔當的大肚量。與其一人獨自背過，倒不如幹乾脆脆破罐子破摔，大不了大家夥兒一同出庭受審，一起進監坐牢，共同充當犧牲品。

沈重的心事不知不覺迷糊了牛大原本聰明的頭腦，雖然精明強幹，卻也鬼使神差地在寂靜無人的荒郊樹林久久地坐著，根本就沒有想到他所處的那地方，卻並非是一個好去處。

不管是過去的安陽府，還是現在的安陽市，大凡官方處決人犯，都絕對會選擇在這處既偏僻又幽靜的黑煞凹。雜樹林邊的那塊很大很大的巖石上，不曉得處決過多少個人犯，也算是浸透了人的鮮血。清匪反霸時，大巖石上殺過好多的地主，宰過不少的惡霸；鎮反運動時，大巖石上處決過一批批的反革命。歷次的運動中，有數不勝數的各式人物都是從這塊大巖石上走入的黃泉路。就是在那場被偉大的導師和舵手挑動起來的大革命中，愚忠的革命群眾曾像咬狗似的在這塊大巖石上，咬死過很多革命的和反革命的……。

就憑那一次次充滿了血腥地殺戮，那一縷縷無辜的冤魂鎖定，怨鬼冤魂久聚於此，難道還有哪一個敢說這乾淨嗎？

魔由心生

這裡墳冢重疊，草木淒淒；這裡殘碑、粹碗、寸香、紙灰等物圍著一座座的墳比比皆是。這裡的水色山景在竭盡全力地遮掩著有損自然風光的滿目灰色，一片狼藉。這裡水色山景亦含瘡痍，一股怪異的氣息正在瀰漫其間，而且越來越濃⋯⋯。

一種莫名其妙的恐懼陡然之間襲上心來，牛大本能地感覺到了有危險的到來。

「⋯⋯阿⋯⋯噓⋯⋯噓⋯⋯」

驟然間，一股陰森森的冷風襲了過來，牛大惡狠狠地打了幾個噴嚏。那一瞬間，竟從心裡感到了害怕。牛大覺得有雙眼睛在盯著他。那一雙眼睛就像一把鋒利的刀子，牛大從心裡感覺到了明顯地刺痛，也感到了非常的害怕。

心魔由心生，意念一旦至此，感覺也越來越盛了，彷彿那警覺中的危險也更加地濃了起來。接下來，陽光沒有了，悶熱也消失了⋯⋯。接踵而至的陰風襲了過來，牛大的心裡生起了一股寒意，很快就冷入骨髓，稍後卻又像火燒火燎一般。

「嗚⋯⋯嗚⋯⋯」

一陣悠揚沈悶的輪船汽笛聲，突然之間從逆江而上的江輪上陰森森地鳴放了出來。汽笛聲嚇壞了牛大，同時也喚回了牛大離竅的靈魂，把牛大召回到了駭人的現實中來。

已經是日薄西山之際，可傍晚卻是暑氣依舊，下山的太陽餘熱依舊很熾。牛大四下一望，但見金黃色的夕陽不曉在哪時候又布滿了大地，把林間的樹木映襯得更加陰森，更加詭異。

「嘎啦……哇……，嘎啦……哇……」

呱噪聲聲，陰森恐怖。牛大頭皮發炸、心裡發毛，一陣陣地哆嗦，渾身都像篩糠似地抖動了起來。

陡然間，眼前的情勢已經一變再變。林間開始了騷動起來，幾種不同的聲音交錯在一起，混合著造就出了一陣陣刺耳的雜音。牛大聽著，陡然覺得那聲音像是很多種聲音合而為一，即像哀鳴，又像合唱，還像憤怒地吶喊。不！更像是人的聲音。那聲音，時而高亢，時而低沈，時而如泣如訴，時而如怨如慕。哭訴的聲音低沈時很微弱，但也很有耐性，如哽如咽，令牛大聽著就想吐血。可那聲音高亢起來的時候也很尖銳，還很恐怖，聽得牛大甚至想要一頭撞死。而更多的時候，那聲音聽起來倒是很嘶啞，由低到高，很有侵略性地叫囂著，大有一種懾人魂魄的魔力作用。總之，那聲音詭異無比，無論音量是高或是低，一進入牛大的耳內，乾脆就變成了陰森恐懼、攝人心魄地獰笑聲和撕心裂肺、肝腸寸斷地哭泣聲。

「撞了個鬼喲！」牛大想要大聲地吆喝一聲，以便給自己提提陽氣，壯壯膽氣。可是，牛大很快又下了一大跳。因為，牛大儘管把嘴巴張得很大，可就是發不出一點兒聲音來。

「嗨……嗨……」

「呀……呀……」

牛大凝神聚氣，出聲再喊，還是沒有一點聲音。這一來，牛大真的又嚇了一大跳。牛大命令自己不要害怕！到了這個份上，一到怕不了的時候，牛大倒充滿了英雄氣。他想毛了，準備就把這一條命不算數，看鬼要如何來對付他。

心裡一鼓勁，陽氣也壯了，那攝人心魄的聲音消失了。牛大精神一鬆弛，剛才提起來的勇氣也不曉得跑到哪兒了。

驟然之間，怪異的哭笑之聲又響了起來。是一個女子哀怨的哭聲，夾著另一女子猙獰的笑聲，時有時無，時遠時近，可聽起來竟比先前還更加的清楚了，聽在牛大的耳朵裡竟然還不是那麼陌生，反倒是似曾相識一般。

幽怨的哭訴原來就在距離牛大不遠處的散冢叢中。驟然間，牛大看見聲音來源處慢慢地湧起了一股股可以看得見的如煙一般的氣流。一股，兩股……，對！足足有四股。四股看得見的氣流有形有狀，相交輝映，真真實實地顯現在牛大的眼面前，向著牛大慢慢地逼了過來……。

「你……是什麼……東……西……？」

牛大總算喊出了聲來。隨即，牛大拔腿便朝著即有人戶就有人氣的公路橋頭方向飛快地跑了起來。牛大拼命地跑……跑……。

08 遠親不如近鄰

和諧的小區

牛大住家所在的社區，大人小孩都愛熱鬧，愛在傍晚聚集起來談天說地。多年來，社區花園成為附近民眾聚會的公開場所，也是這一帶的政治文化中心。大家在一起擺龍門陣，聽龍門陣，都已經成了這個小區的一種休閑娛樂，一種時尚交流。

晚飯過後是這個小區的街坊鄰居聚會擺白的時間，也是一天之中最鬧熱也最有意思的一段時間。今天雖然酷熱依舊難耐，可剛過晚飯時間，就陸續有人下樓去玩耍了。

樓下那處不算很大的休閑廣場，被這個小區的住戶們習慣性的叫做小區花園。小區的居民自覺、遵紀、守時。他們是男女老幼同樂，街坊鄰居共榮，但是沒有共贏，因為，他們大都是屬於弱勢群體，沒有利益分配權利。

每天都是如此的那一陣子沒有目的和壓力的自由閑聊，還能夠大家隨著極富吸引力的氣氛去思想，去感受，去用心的體會一些在當今社會實在難能可貴的真和諧、真情誼。

大家聚在一起談天、說地、擺龍門陣。他們每一個人，不分尊卑老幼都有發言權，還是絕對的言論自由，絕對的不用防備和害怕有人會栽贓陷害於你。在那塊充滿了民主氛圍的小區域裡，倘若真有心懷叵測的人敢冒小區人之大不韙，破壞他們那種貴如精金甘霖般的民主自由，那他就一定會受到全體小區民眾深惡痛絕地譴責和唾棄，甚至是長久時間的集體聲討和冷遇。

儘管小區的活動多種多樣，民眾的興趣也各有所好，可是，大家更多的時候都是圍在一起聽A幢樓二單元裡三樓居住的劉四大爺擺古說今。

四大爺為人熱情又健談，人生閱歷亦極為豐富，記憶力也特別的強，他不光是會講故事，亦還有著一副很好的口才。老人家開言吐詞、談天說地都很具有說服力和煽動性。因此，小區的老老少少都很喜歡四大爺，尤其是喜歡聽四大爺講那些似乎永遠也講不完的故事。

有些故事，對於年輕一代猶如天方夜潭。不是年輕人的疑心重，而是故事本身過於離奇。有時侯，那一些喜歡聽劉四大爺講故事的年輕人，雖然信任劉四大爺，可還是聽得將信將疑故事的真實性。因此，他們只當作是閑來無事，彼此消遣。然而，對於那些時過境遷的曾經置身在那個特殊時近代的另一些帶了一點歲數得人來說，他們倒是覺得劉四大爺所講的故事，一切盡是那麼的真實，那麼的貼近，那麼的容易勾起人們痛苦的回憶。而且，還彷彿覺得，這些就發生在昨天。

這些故事近乎於老生常談，可是，人們每次聽來，竟然還是那麼的津津有味……。

什麼總路線方針下的大辦鋼鐵運動：為了煉出趕超英美的爭氣鋼鐵，在家家戶戶去收繳百姓所有的金銀銅鐵金屬器皿，甚至連老百姓賴以生存的炊具和燈具等都被拿到土高爐去煉「回爐鐵」。

什麼「三年自然災害」鬧糧荒而餓殍遍野時的慘狀和跟著始作俑者怪罪老天的愚昧無知；當時人們瘋狂地大辦鋼鐵而荒廢於地裡的莊稼作物，腹內空空的饑民背著人就去刨墳掘屍吃死人。

什麼文革派系成果保衛持久戰：史無前例的無產階級文化大革命時期，每一派都在「誓死保衛先鋒隊組織，誓死保衛大領袖的暴力革命口號下，兩派對壘火拼廝殺……

這些都是劉四大爺閑來無事時，講給小區的鄰裡街坊們百聽不厭的故事。雖然同在一片天地裡，牛大卻是例外。他從不參與這種活動。牛大認為，這些活動無非是些閑來無事之人的聚會，若和這些既無文化修養又無社會地位的一般民眾為伍，不僅有失身份，還平白的浪費時間。與其如此，他還不如去多幹點正事。當然，他所幹的正事，不過是老百姓深惡痛覺的那些骯髒與缺德的事。

那晚，社區聚會又是滿滿的人，唯獨只有牛大一家還沒下樓來。牛大的女兒洋洋其實最喜歡聽四大爺說故事了，每次都要媽媽催才不情願的上樓回家。

今天，她們母女倆為了等久不歸家的牛大回來吃飯，遲遲沒下樓參加聚會。洋洋彷彿熱鍋上的螞蟻，等得心焦，卻又沒有一點兒辦法。

楊玉一如往常，炒完最後一道菜就擺好碗筷，母女倆在等待著牛大的歸來。

久不見牛大歸

「嘀……嗒……嘀……嗒……」

客廳掛鐘上的指針不緊不慢地走過了一圈又一圈，滴答、滴答的聲響如同重鼓一樣，聲聲敲打在楊玉的心坎上。

望穿了雙眼的楊玉母女還是沒有等到牛大的歸來，楊玉的心裡越來越焦急！越著急就越害怕。她在擔心牛大的遲遲不歸，卻又無處去尋。沒辦法，楊玉唯有倚窗翹首，久久地注視著窗下馬路上的平湖大道公交車站。

焦急的等待中，楊玉眼睛都不眨地注視著每一趟到站的車輛。

這裡，是一個主幹岔路公交樞紐站。停靠這處車站的公交車有好幾路之多，因而，在這裡下車的人也就很多。然而，匆匆的人流中就是看不見牛大那富貴、臃腫的矮胖身影。

焦急的等待中，已經是暮色以現，華燈初上了。天已經黑了下來，而牛大還是沒有回來。

「老漢今天到哪兒去了呢？都這麼大一天了，還不會來。」

「我哪裡曉得呢？」楊玉極力克制住自己心底的焦慮，輕柔地對洋洋說：「今天是有點兒扯皮呢……」

看著逐漸深沈了的夜幕，女兒或許是受母親情緒的感染，以經不再是感覺到饑餓，也開始了著急。

時間在焦急又沈悶的期盼中不緊不慢地過去了，在楊玉洋母女倆眼巴巴的注視中，始終沒有牛大的身影出現。

牛大還是沒有回家來……。

「是有點不對頭喲！」

「是不對頭耶，老漢莫不是出了什麼事呀？……」

同樣是心焦，可洋洋畢竟是個娃兒家，她的個性也爽快些。望眼欲穿中，洋洋到底忍不住了，就明明白白地道出了她心裡的擔憂。

由憂心開始警覺，同時也滋生出了一種不安的情緒。這種情緒一旦表露了出來，楊玉也條件反射般地想到牛大或許是出了什麼事故。

楊玉母女倆真的著起了急來。

洋洋的話在楊玉的心裡像是打了一個重音符號，也像鐵錘一樣狠狠地在楊玉心裡猛敲了一下。心裡本來就焦急，聽了洋洋的話，楊玉再也坐不住了。於是乎，母女倆四下告急，求親戚，找朋友，邀請街坊鄰里，多方打探、尋找。

這個小區真的像是紅色天朝的一方淨土，純風樸素、團結互助，鄰裡鄉親都愛樂於助人。大家本來都在聽四大爺講故事，聽說了牛大久出未歸、吉凶未卜的消息後，就像痲子打哈欠，無需人來組織動員，大夥兒自發地集結起來，開始尋人總動員。

可是一段時間過去，大夥兒到處打聽不到牛大的消息，有人建議報案，楊玉卻很害怕，就是不願意報案。她曉得牛大眼時的處境。所以，楊玉害怕牛大遭到了報復性的打擊，或者是遇到其它什麼不幸的事。當然，也害怕牛大自己想不開，去尋了短見，自絕於人。

「牛大！你在哪兒？」楊玉像招魂一般地呼喚著。

衆人闖禁地

「我曉得他可能到那兒去了。」

終於有人想起了一絲線索，但是，提供線索的人還不敢肯定。所以，躊躇了半天，他才試著把線索提供了出來。

「你曉得！」

人們的心裡都冒出了希望的火光，哪裡還有空閑的時間去責備他提供訊息不及時呢。

「今天中午，我好像是看見過他。」在人們焦急地一再追問下，提供線索的人努力地回憶著。思想了一會兒，終於想起來了。

他說：「錯不了！我真的看見過牛校長，對！應該是他。在今天中午的時候，我看見過他的。那是在……郊外，在北郊……」

「北郊？」大夥兒都感到詫異。

「中午的時候，毒辣辣的太陽特別大，牛校長好像是一個人，對！就是他一個人，好像是從橋上下了小路，朝著萬家老墳山方向的江邊那一片樹林子裡去了。」這位目睹的司機完全回憶起中午見到牛大的經過。

「去了萬家老墳山?!」人們聞之變色，不約而同地疾聲追問道。

「不會錯！」

「牛校長去黑煞凹做什麼呢？」

「他闖了個鬼喲，一個人跑到禁地去。」人群中有人大聲說出了誰都不願說出來的話。

司機覺得是自己的話惹了禍一般，連忙又對大家解釋著：「是什麼狀況我不曉得，但牛校長的確是朝萬家老墳山那一方去的。」

鄰居們聽完這一席話，都不知所措，一起轉過頭望著楊玉。可是，楊玉也沒法解釋得清楚明了。更何況，當務之急是儘快搞清楚牛大眼前究竟在哪裡等具體情況。

牛大究竟在哪裡？

前面曾經說到，在古城安陽近郊處的東北山脈走向處，有著很大的一片雜木樹林地。萬家老墳塋園就座落在這片雜林深處的陰山彎凹地，這座老陵園有著百年長的歷史。世居城郊北山的人大都曉得，萬家老墳陵園不乾淨。

不過社區街坊是去找人，也是去救人。救人如救火，即便是闖了禁地，也是事出無奈，而非招搖撞騙，更不是惹鬼撩神。上蒼都有好生之德，牛大的街坊四鄰為了找到牛大，救出牛大，也實在是顧不到那麼多了。好在人多陽氣自然就旺盛，這群尋找牛大的人就連平常膽子最小的，也都不覺得害怕了。

大家將開來的車子一溜煙的排列在公路邊上，沿著黑風橋下的小路輾轉而行，僅僅只花了十來分鐘的時間，就來到了以萬家老陵園為中心點的雜樹林間黑煞山地域之中。

這裡，也真不愧為黑煞之稱。漆黑的夜，寂靜的山，陰森恐怖的墳冢夾著一陣陣陰陰森森的冷風正大張著漆黑的大口迎接著這一大隊人馬。車燈所射的光柱非常有限，雖然是大隊人馬，可面對的卻是黑沈沈的一大片樹林，該到哪裡去找呢？

「大家先不要慌，我們分成幾路去尋找。」

「牛……校……長……」

「牛……大……」

「你……在……哪……兒……」

兩大路人群散了開來，或五個人一組，或八個人一隊，大家打著手電筒，提著路燈，像梳子梳虱子一般地在林間梳來理去。還真是皇天不負苦心人，有兩個人真的在距離萬家老墳不遠處的一座墳冢前，找到了斜倚在墳頭的牛大。在無數條手電的光柱照射下，牛大的樣子顯得非常的詭秘，也很滑稽。他僵直著身子，眼光直直地盯著墳頭，人一動也不動的像個泥雕一般。可是，不管你從哪個角度去看，牛大都是對著墳頭而跪立著的，那姿勢極像岳飛墓前的秦檜夫婦。

在無數束如注的手電筒光束照耀下，只見牛大瞪眼張嘴，五官扭曲，臉色煞白，氣息皆無，完全是一副死相。

禍福亦難料

無論大家如何叫他，喊他，牛大都不應聲；千呼萬喚——他亦沒有了半點反應。

「牛校長……」

「唉！……死……了……」

有人嘆息道。忍不住悠悠地說出了那樣一句極不受人聽，可又似乎是事實的話。

人們都一起蜷縮著牛大的那一處墳包，急切地呼喚著……。

更多的人走近了，大夥兒很快地向牛大圍了攏來。看著面目猙獰可怖，四肢僵硬冰涼的牛大，誰都會看得出來他已經沒有了絲毫的生命跡象。在場的人都在歎息，感受著人生的苦短，人的生命真脆弱。才多久的時間，牛大亦曾活得好好的，較之普通小百姓依然算是有滋有味。可才半日不見，就這樣糊裡糊塗地走了，實在可惜呀！

僅以牛大為例，每個人都禁不住條件反射般的傷感不止。人們感嘆，人生禍福難料，生命如此此脆弱，世間的富貴榮華亦不過是過往雲煙，人們又還有什麼不可以放開的呢？

牛大平常是那麼的春風得意，錢權皆有，也還不是落得如此下場。一時之間，大家亦都悲從心來，感嘆不盡相同，卻都有一種「三春去後諸芳盡，各自雖尋各自門」的厭世之感。平常往日裡和牛大稍有成見的，這個時候，也都謹守著生人不記死人過的人生哲理，忘記了牛大平日裡的那副清高，傲慢、瞧不起人，甚至無理和對鄰裡街坊的冷漠、蔑視與不屑。

有人感嘆「人這一輩子呀，實在沒有什麼意思。」不信，你看嘛，一個活蹦亂跳的鮮活人，一個權錢地位皆具備的領導幹部做什麼說死就死了呢？是上帝在有意警醒世人，讓人們明白：世間一切並非是永恒不變的，世上也沒有萬年富貴樹。只有「水打浪渣柴，浪去又浪來」，只有「小兒遊戲做皇帝，一個有一會兒」。

不管人們的心裡有多麼的酸楚，有多麼的感嘆，面對著如此這般的牛大，哪一個也不敢否認世事無常態。比較起其他生物來，人的生命力非但不會比其他生物強，反而還要太脆弱了些。想通了這些，大家亦都禁不住悲從心來，黯然感傷。感傷自己，感傷牛大，感傷那些還沒有警醒的官和吏。

「牛……大……」

「老漢……」

楊玉和洋洋趕了過來。街坊四鄰自覺地讓開了一條通道，讓母女倆過去。楊玉懷著「一則以喜，二則亦懼」的複雜心情來到牛大面前時，才有人輕聲地告訴她說牛大死了。

「不！不！不會的……」

「他沒有死……」

「沒有……」

死裡逃生

楊玉和洋洋撲向牛大，母女倆失聲痛哭。她們嘶聲呼喚……要把牛大喊起轉來。揪心地哭喊聲響徹夜空，使人聽之無不心酸落淚。

在條件反射的作用下，每個人都悲從心起，跟著牛大遺孀孤女傷心難過起來。有的跟著抽泣，有的極力勸慰楊玉，人死不能復生，還有很多事情需要她料理……。

一時之間，人們完全忘記了恐懼和害怕，都跟著楊玉和洋洋一起悲，一起痛。禁地裡，原本充滿著恐怖與詭異的夜空，竟然被這異樣的傷感與悲痛所轉換，那些感情豐富的女人合著楊玉母女地哀號、悲戚，也一一陪著她泣泣哀哀。

「莫哭了！他還沒有死呢，快些讓開點兒……」

四大爺一聲斷喝，把每一個在場的人都震住了。

圍著牛大的人全都被轟了開去，空間寬敞了，空氣更流通了。

「沒死？」有人質疑，但沒敢出聲質疑。大家心裡都有些困惑。

「你們都是瞎胡鬧！都什麼時候了，還不快點想法救人，圍在這裡胡扯淡，哭哭啼啼頂個屁用。」郝大伯向人群直擺手，後面那句話是沖著陪著楊玉哭鬧的女人們說的。

「人又沒死，你們哭什麼呀？」

「牛校長真的活著！你要相信四大爺，也要相信我。」郝大伯對著楊玉，也對對著在場的每一個人說，他敢肯定四大爺的判斷是正確的，他也相信牛大只是假死。

四大爺一輩子走南闖北，見多識廣；與郝大伯一樣也當過兵，扛過槍，還到過韓戰戰場。唯一不同的是六四大爺還參加過「文攻武衛」；受過批判，遊過大街，一身也曾經歷過無數次命運坎坷的磋磨。到老來郝大伯自己還開了一間診所，而四大爺卻依舊在蹉跎歲月中苦鬥。

郝大伯也是一個成了精的人物，除了四大爺，就數他的膽子大了。在當時那種環境及境況下，四大爺最有震懾力，也是大家的主心骨。可是他卻不是醫生，本著職業的關係，郝大伯的話才最有權威性。

郝大柏翻翻牛大的眼皮，做了一些救急的處置。然後對著四圍的人急聲叫道：「快！快！把他送上公路去，快點用車把他送到醫院裡去搶救。」郝大伯鎮靜自若地指揮著人們地行動。

此時，他捏著牛大的脈搏，再一次翻了翻牛大的眼皮，然後告訴楊玉母女和大家，說要快一點兒把牛大送到最近的醫院去搶救。

實在是柳暗花明又一村。突然的轉機令傷心欲絕的楊玉和洋洋由悲轉喜，大夥兒的心情也跟著一下子變得激動了起來。於是，大家便刻不容緩地行動起來。在郝大伯的指揮下，有人拿著手電、礦燈照路。有人扶起僵跪在墳頭的牛大，膀大腰圓的街坊大柱一把背起人事不省的牛大，幾下子就把牛大背到了公路上。

很快汽車被發動起來了。載著牛大的面包車朝著城裡的方向飛快地疾駛而去。車廂里沒有一個人說話。司機看著沒有了主張的楊玉，不曉得該把車開到哪裡去。郝大伯也拿不定主意，只能和四大爺商量著派該送往哪家醫院為好。

「去市立二院，那裡最近。」郝大伯對四大爺說，四大爺看了一眼楊玉，再對郝大柏無言的點點了頭。

那時候，牛大面目死灰，周身冰涼，映著車廂內昏黃的燈光，哪裡還能看得出半點活著的極像？可是，經驗豐富的郝大伯竟非常認真地說牛大沒有死，真的還活著。

一路上，郝大伯不住手的給牛大按著「和谷」，掐著「人中」，一直不停止地忙著給牛大施救。也許是郝大伯確實有著超乎常人地搶救經驗。就在郝大伯那一系列地施救動作中，楊玉的心一直懸在嗓眼裡時。皇天不負苦心人，牛大竟然在大家地期盼中，悠悠地又醒了轉來。只不過，他呼吸非常的微弱，神色也呆滯，一雙死魚般的眼睛翻拜翻白的，完全沒有了往日的精明與自信；也沒有了往日的狡詐與冷酷。像是使了好大的勁，他才把泛白的眼睛緩緩地眨巴一下，而後又無力地閉了起來。

「牛大……牛大……」

「老漢！」

帶著哭腔，也帶著驚喜，楊玉附在牛大的耳邊不停地呼喚著牛大的名字……。

牛大又艱難地睜開了眼睛，定地望著自己的妻女，似乎他有話要跟楊玉說。可是，他除了定定的看著楊玉，又實在說不出話來。

「牛校長醒了？」郝大柏和四大爺幾乎是同時問道。

「你不想去醫院？」知夫莫過於妻，楊玉很快就讀懂了牛大的意思，她貼著耳朵問牛大道：

「你是不是想要回家。」

「送……送……我回……家……去。」

09 夜請天師

禍水在蔓延

神秘的夜，卻又是那麼的不可思議。

自古以來，人們對夜都有著不同的解讀。在一些人的眼中，夜是很恐怖的；而在另一些人的眼中，夜又是非常淒美的。總之，夜充滿了神秘，也令人感到害怕。不管是恐怖也好，淒美也好，總之，夜確實有著它所獨具的特性。老人、小娃兒、還有大凡患有病痛災難的人以及家勢境況不太順利的人等，幾乎都不如何喜歡夜晚，尤其是不大喜歡黑夜。

有一種人，不僅是不喜歡黑夜，還非常懼怕黑夜。反之，又有一種人，好像對黑夜還情有獨鐘似的，覺得黑夜很美。其實，黑夜既不像是一些人想象的那麼可怕，也不像是另一些人以為的那麼美，就像塵世間的任何一件事情那樣，說好亦好，說不好亦不好。或許，這就是人們出於習慣意識的關係。從古至今，人們總是視晝為陽，視夜為陰。陰陽並無多大矛盾，而是需要搭配，可以調和，而事實上喜歡黑夜的人畢竟沒有喜歡白晝的人多。

凡是能夠識別陰陽，曉得好壞的正常人，既有人喜歡朗朗乾坤滿地紅，也有人喜歡青天白日艷陽天，可就是沒有多少人去喜歡風高月黑夜。因為，與月黑風高夜緊有關聯的，除了暴力就是血腥，或者就是陰謀和詭計……就像生存在紅色世界裡的人厭惡紅色一樣。要不，又何來「把事情暴露在光天化日之下」之說？而從沒有過「在月黑風高的夜幕下去見證天地良心」之說？

不喜歡黑夜大有人在，而對黑夜心存懼怕的人倒也確實不少。但並不是喜歡黑夜的人就心懷不軌，也不是害怕黑夜的人心裡就有鬼，更不是這兩類人的心裡都有病。

一般人都向往光明，喜歡陽光。總而言之，一些人不喜歡黑夜，一些人還害怕黑夜。但不排除另有一些人倒是更樂於在黑夜裡活動。因為，他們的才能，也只有在夜色的掩護下，才能夠得到淋漓至盡地發揮。這個世上有了一些人喜製造謊言，就必然會有一些人相信謊言，一些人更喜歡冒天下之大不韙。他們喜歡黑暗的夜，喜歡夜的黑暗。

那些厭惡黑夜，對黑夜不感冒的人，他們或許是吃過黑夜的虧，受過黑夜的整，黑夜裡的罪惡在他們的思想裡落下了深深地烙印。他們根深蒂固地記住了黑夜與暗箱操作如同一轍；他們永遠都記得，黑沈沈，夜漫漫，長夜恐怖黑暗無邊……他們聽見過，經歷過的那一些些令人毛骨悚然的血腥事故，怪異荒誕的詭譎傳說大都是孕育在黑夜之中，也發生在黑夜之中。

所有不喜歡黑夜的人，幾乎都把黑夜當做了犯罪的源頭，把一切的未知當成了黑夜的代名詞。不僅如此，甚至有的時侯，一些人還習慣性的把黑夜當做了懲罰小娃兒不聽從大人調教，不順從大人意旨的籌碼：

「再哭！再哭就把你放到屋子外面黑洞洞的夜幕中去。」

「再哭！你再哭一定把你關在黑屋子裡去。」

「再哭！再哭就讓黑夜裡的麻貓把你背了去。」

這些瘆人的話就是大人對付好哭的娃兒最嚴厲的警告，也是大人對娃兒最觸及靈魂的體罰。一些膽小的娃兒在大人厲聲厲色地吆喝或痛斥之下，儘管小臉蛋上還吊著傷心的淚珠，可一聞得這些言語都會感覺到害怕。機靈一點兒的，卻更善於察言觀色，馬上就會停止哭泣，佯裝出不再委屈，一副乖乖聽話的樣子，而絕不敢再在大人的面前繼續放刁、撒潑、使小性兒。

一般的小娃兒都會瞧大人的臉色，他們生怕被激怒了的大人，在盛怒之下把他丟進黑夜之中不去管他。這種高壓政策下，娃兒家對夜的害怕往往勝於大人本身，就像小老百姓在那些苛政惡法乃至不公平的待遇面前，畏懼心理往往勝於這些政策法令的制定者一樣。沒辦法，鐵蹄之下，明哲保身嘛。

在千百年來根深蒂固的傳統意識支配下，人類對於未知本來就有著很自然地恐懼，這種固執是很不容易改變的。正如人們所說，江山易改，本性難移。更何況於，黑夜——竟是一天的終結，而死亡亦是一生的終結。然而，哪一個又敢說不是又一天的開始，下一生的開始呢？仔細想來，這兩者之間，竟然有著如此驚人的相似，那一些人又如何會去喜歡茫茫沈沈的黑夜呢？

綜合上面所有的事由，兩下一相比較，試問：放眼天下，還有哪一個敢說他一點都不害怕黑夜呢？

不是你怕不怕，而是你必須怕！或許，這也就是客觀世界中存在著的霸王規定、遊戲規則。只要你還需要在這個世界上生存，你就必須得遵守這些你認為不太合理的遊戲規則，年復一年，苟且偷生地蹉跎下去。

牛大就非常的怕黑，可那晚的夜卻又很黑，很黑。漆黑的夜幕籠罩著大地，濃墨一樣的天空，連一絲絲月光、一縷縷星光都沒有看見。黑沈沈的天空中，偶爾有過一顆流星，卻又沒有一點聲音，它竟以極快地速度從夜空中默默地劃了過去。流星消失得很快，只一剎那間就照亮了夜空的熾白的光亮，瞬間也就隨著流星地消失而熄滅了。無不讓人感到遺憾，那流星帶給黑夜的光明竟是那樣的短暫，那樣的淒涼，那樣的慘淡。

恐怖兇險夜

夜半時分萬籟聚寂，廣袤無垠的夜空好像是被人潑了濃墨一樣，漆黑黑的，陰森森的。

牛大的書房黑沈沈的一片，從窗戶望向大街，那微弱的街燈黯淡了許多，一切景物都只有憑著記憶去判斷，而沒有辦法用眼睛去辨別。較之以往不同的是，馬路兩邊的街燈在漆黑的夜幕下顯得很迷濛，微弱的光照不著馬路，也照不著人行道，卻讓馬路和人行道顯得那麼的空曠和的靜寂，就連緊鄰路邊公交站的廣場也是那麼的死氣沈沈。

整座城市上空一片青灰，大街上不僅沒有了往日的喧囂，也沒有了先前還有的夜行人的腳步聲和話語聲，似乎也沒有了多少絲絲縷縷的氣息。

空寂的夜幕下，街上空蕩蕩的，偶爾也有一兩聲夜行車單調的嘶鳴。於是，寧靜的夜又被驚醒了，好像是一個人在平靜的水面上投進了一兩塊石頭，隨著兩聲沉悶的「撲通……撲通……」響，水面留下了一圈一圈的漣漪。汽車在深夜鳴號，聲音響徹了寂靜的夜空中，聽著非常的刺耳，實在擾人清夢，逗人怨恨。

或許只是途經安陽的外地車輛。駕駛員完全不曉得疲憊一般，還沒有被長時間地辛苦勞作所拖累。就連被人操縱的馬達，好像是它也不願意停下來，還想繼續咆哮、掙扎在塵世間。

不曉得是外來車輛駛過城區時的習慣意識，要打破所到之處原有的寂靜與冷清；或者是那些不甘寂寞的外地駕駛員故意所為，長時間單調又枯燥的行車迫使著他們尋找刺激，駕駛員才像挑戰黑夜的鬥士一般，正在以征服者的姿態在挑戰並掃蕩著黑暗中的一切邪惡勢力，讓刺耳的喇叭聲肆無忌憚的響徹在空蕩蕩的馬路上，響徹在無邊無際的夜色中……。

喇叭聲把人從睡夢中驚醒了過來，讓熟睡中的人散了神，吵得睡眠不好的人根本就沒法入睡，讓難以成眠的人更是煩上加煩。只有牛大家裡一直都是燈火通明，人影綽綽。多數的人都已經散了開去，留下只有少數幾個沒有離去，還在陪著楊玉觀察牛大。夜雖難熬，可人多士氣卻很旺。留下來的人們一邊守候著牛大，一邊你一句我一句地聊天閑話。大家是在為楊玉分憂解愁，陪著她來打發漫長的夜。為她們壯著膽。

還沒有離去的街坊看似無事，實在是楊玉還有很多事情需要幫助。首先，楊玉對今晚所發生的一切不曉得內情，經過了那麼大一晚上地折騰，楊玉早已失去了方寸，根本就沒有足夠的精力來處理和善後一切還不曉得完結了沒有的事情。而那一些老成的近鄰們，正好能夠幫忙與楊玉一同處理那些事情。否則，他們早就各自回家去了，沒有理由一直陪著楊玉母女在客廳裡坐著熬夜守候。

客廳裡面雖然燈火通明，人氣亦然還算很旺盛，但夜空中的大地卻是空空曠曠，清冷無比。那樣的靜，那樣的冷，若在以往盛夏的夜裡，倒是極其少有的現象。

大家聚集在在一起，聊天打磨時光。大家心裡都都有一個願望，希望今晚就一直這樣清靜地度過，希望在天亮前千萬不要再發生狀況就好了。

客廳裡面還有私語聲，牛大的書房裡面卻是真正的寧靜，靜得沒有半點兒聲息。可是，非同尋常的寧靜又實在有些令人擔心，天曉得那樣安寧的又能維持得多久呢？因為，那樣的安靜就像是大戰前的沈寂，實在叫留守的人心裡發慌，感到害怕。

有些事情是想都想不得。真不曉得是天不作美，還是註定的劫數難逃？那表面上的寧靜終於沒有維持到多久，就被環境的變化慢慢的改變了，那令人感到害怕的寧靜終於被後來的騷動給徹底的改變了。

沒多久，樓房的外面開始有了動靜，熱鬧又開始了。

不曉得從哪個時候起又起風了，那風吹得有些古怪，一開始還不是很大，只在窗戶的外面活動，雖然是緊貼著窗戶在外面拂來拂去，也還沒有引起守夜人的多大注意。可到後來，風勢加大了力度，一直聚集在牛大書房的窗戶外面，嗚嗚有聲地低聲嚎叫著。卷浮起不曉得是從哪裡搬來的石子、砂粒，直拍拍地打在窗戶上的玻璃，發出乒乒乓乓地撞擊聲響，像是要把窗戶給撞開一樣。

窗戶外面的風，好像是不曉得疲勞似的越刮越起勁。時間一久，風勢不僅沒見減弱，反倒迅猛和強勁了起來。擰著勁的風勢，幾乎有著野牛一樣地兇蠻，就在書房的窗戶外面漫卷著，奔突著……。

越來越猖獗

聽著窗戶外面的風嘯，守夜的街坊和四大爺一樣，心裡總是覺到今夜的風好怪。怪風亦像是很有靈氣一般，還在不斷的升級，好像既有思維又有目的一樣，更在用它那極有針對性的行動告訴屋裡人，今晚它們是來者不善。

聽那風聲，一直就在書房的窗戶外面呼嘯著，盤旋著，並且還在猛烈地撞擊著窗戶上的玻璃，讓玻璃久久地承受著來自窗外地撞擊。那風頗具靈性，因為它並不急在一時，反倒像在積蓄更大的力量，準備著隨時孤注一擲地破窗而入，撲進牛大住的屋子裡面來。

書房裡的牛大，是似睡非睡，比滿屋子裡的哪一個人都要警惕。雖然他緊閉著眼睛，那他是在靜靜地調息消耗過大的體力，意欲慢慢地恢復幾近崩潰了的精神。其實，牛大的耳朵一直都張開著，他始終保持著一份警惕。

俗話說，是禍躲不脫，躲脫不是禍。令牛大沒想到的是，這一切真的沒有讓他白等。牛大憑著心靈感應感覺到了新的危險已經到來，楊玉進得書房來的時候，牛大正圓睜著雙眼，神情詭異地緊緊盯著窗戶，那神態顯得非常地緊張……

好在大家早有著思想準備，只是牛大的恐懼程度還是讓守護他的人感到吃驚。牛大好像是曉得，這一些情形都一定會發生似的。他究竟在怕些什麼呢？是心有余悸，還是心力交碎？其實是牛大一想起白天所發生的一切，就從心裡感到了害怕。

既想回顧，又怕回顧。牛大怕在這恐怖的黑夜裡回顧起才過去不久的惡夢，怕見證黑夜是恐怖的源頭，也是罪惡的根源。從噩夢中驚醒了過來的牛大絕對相信了他從前否認的東西，也相信了這些東西不僅存在，而且還超乎常理。

牛大緊盯著窗口，眼光顯得呆滯又木然。無論大家如何問他，他都不肯開口說出原委。但他心裡卻很明白，大家都不敢肯定窗外究竟有不有東西，牛大卻相信。他相信窗戶外面一定有東西存在，只是不曉得究竟是什麼東西。

牛大的書房是一間不太小的房間，窗戶臨街有張書案，在窗口的兩邊各自掛著一把陳舊的魯班尺和木匠彈線用的墨鬥。安陽人都相信木匠用的魯班尺和墨鬥都能辟邪，牛大透過窗簾就能感覺到窗外漆黑的夜色以及夜色中有他害怕的東西。只是那東西被窗前的神器所隔，暫時還不能夠侵入房間裡來，但一定還在虎視眈眈地緊盯著他和房中所有的人。

「老天？究竟是什麼孽結得這麼深嘛？」牛大在絕望地呼喊著。

「是不是把他送進醫院裡去喲？」有人建議。

也有人主張試一下迷信的方法。

「找那個來信呢？」楊玉喃喃地自語著。

「我看還是信一下迷信」最有主見的四大爺嚴肅地對楊玉說道：

「事不宜遲，趕緊找個陰陽天師來，給牛校長驅邪收驚。」

「驅邪收驚……」楊玉聽不懂。

「是的，驅邪收驚」四大爺肯定地說道：「也是做法事。」

「對頭！就是收驚。」另一老人，也在一旁幫忙解釋著：「有的叫『跳端公』或者叫做『罡馬腳』，其實就是陰陽天師。辦法雖然是迷信，但也實在管用。」

「看牛校長這種情形，醫院裡根本就拿他沒辦法。」

「我去幫你找」四大爺告訴楊玉說：「我曉得在沙樹崗市場的旁邊，有一個長期擺算命攤子的陰陽天師叫張瞎子，他就是個極厲害的腳色。我倆是熟人，還頗有一些交情，不管多晚，我想都能把他請來。」四大爺不久就準備去杉樹崗市場附近尋找張瞎子。

四大爺是下江人

四大爺是這個小區的主心骨，他姓劉名雲峰。可是，沒有人見過他的家人，不知為什麼，老人卻孑然一身，獨自住在這個小區。有人說他過去是一個反動軍官，也有人說他是一個賺了大錢的落魄大亨，還有人說他是一個黑白兩道都吃得開的江湖豪客。總之，劉四大爺絕非一個泛泛之輩。或許，劉四大爺真的曾是一個百呼百應的臺面人物。

據說在那一場保衛了中華民族命脈的衛國戰爭期間，當時還很年輕的劉雲峰就跟著母親，從下江隨著西遷的國民政府流亡到了後方陪都。後來，雲峰考入了七星國中，在就讀高一的時候，他的父親卻在一九四三年的常德大會戰中血灑疆場為國捐軀了。然而，禍不單行，母親也丟下了剛算成人的雲峰，獨自西去尋找雲峰父親。可憐！正值學生時代的雲峰頂多也只能夠算做一個大娃兒，但他個性卻也極像他父親一樣的剛毅和固執。沒經多少猶豫，雲峰就毅然決然地投筆從戎，跟著東進部隊出川抗日去了。

從那以後，年輕的雲峰就一直跟隨著國軍部隊馳騁疆場，轉戰南北，幾乎逐鹿了大半個中國。大陸淪陷後，他沒能隨軍敗退，卻在紅朝黨國的歷次運動中飽受過磨難，最終還是活了下來。

就是這個四大爺，在玄學方面算是一個懂行的老人。老人家一身命運坎坷，年輕時走南闖北，也可謂見多識廣。像牛大所遇到的這種情況，就是走南闖北的四大爺也實在沒有經歷過，就是類似這種情況，他也只聽人說起過。

在他們那個小區裡，樓上樓下，哪一家有了事情不請四大爺幫忙的？四大爺自己也曾說，不是他能幹，而是因為他一生經歷坎坷，閱歷雖然無數，但卻嘗盡了人間的苦辣甜酸。但是，若要從另外一個角度來看待四大爺，他也算是一個成了精的老青松，真的就是逢災受難，經磨歷劫，傷痕累累，斑跡重重⋯⋯。

曾經顛沛流離一生的四大爺，真正歷盡了滄桑，飽受過磨難。他在面對自己人生路上的挫折與苦難時，儘管很勇敢，對任何事情都算看得開也放得下。可是，天公總是不作美，他畢竟也曾心灰意冷過。但是，倔強的四大爺終究沒有趴下來，也沒有知難而退，更沒有怨天尤人。他就像是一個打不死的程妖精，雖然處在逆境中，可從來都不怪張三，亦不怨李四，更不自憐自棄，對月傷懷。

四大爺就是四大爺，他比那些靠特殊材料做成，並且還有著所謂鋼鐵意志的人都要真正堅強得多。四大爺有時候也會通過所講故事告訴人說，每當他身處逆境乃至絕境的時候，他總是痛定思痛，咬緊牙關苦撐過去。在艱難的人生路上，四大爺就像那能夠繞過擋道頑石的溪水，不是遇難而退，卻是知難而進。「上善若水⋯⋯」，強者的個性就是不屈不撓。而不屈不撓的個性始終又相伴了四大爺艱難的一身，忠實地幫助四大爺戰勝了一切災難和挫折。以四大爺的這種死不認輸的個性，似乎是後輩人應該多加效仿的楷模。

老人家的命運也確實不佳，風風雨雨幾十年⋯⋯。

假若有人問四大爺，在他一身中最遺憾的事情是什麼？他一定會毫不猶豫地告訴你：由於他的父親橫屍常德，母親埋骨陪都；更由於自己迷戀故土的執著情懷，他才沒有和弟兄們一道跟隨著戰敗了的政府退守到臺灣，乃至落得今日忠非忠，奸非奸的尷尬地步。

用劉四大爺的話說，他如今不是在生活，而是在殘踹湊合；在苟且偷生，在艱難度日。當然，他也更南望王師凱旋歸。而今，四大爺以一生走南闖北而見多識廣的資深，挺認真地對沒了主見的楊玉說：「牛大眼前這種情況並不是送去醫院裡吃藥打針能解決問題的事。」

天師適時而至

時針在嘀噠嘀噠地遊走，時間在不緊不覺中逝去。夜越來越深，也越來越黑，黑沉沉的夜寂靜得有些怕人。

四大爺在大柱的陪同下去找人還沒回來。剛才還人氣鼎盛的牛大家，一下子就非常冷清了。除了燈火依外，只有楊玉母女倆人，陪守著似睡非睡的牛大。

窗戶外面，風還在怒號，還在咆哮。

「嗡……嗡……」一陣清脆的門鈴聲，恰恰在那時響了起來。是四大爺和大柱他們回來了，一行三人魚貫而入。四大爺很快地掃視了屋裡一遍，把眼睛緊盯著楊玉，他們去專程請來做法事的陰陽天師張瞎子，在大柱的攙扶下也一同走進了客廳。不待四大爺問楊玉，張瞎子站在客廳中間就不再往前行了。他不言不語，一副嚴肅又神秘的樣子顯得有些高深莫測。少許，他好像在聞香臭一般地用鼻子向空間使勁地嗅著。

片刻後，在四大爺等人地牽引下，張瞎子走進了牛大暫時安睡的書房裡。

先不說張瞎子究竟有多大能耐，僅僅只是屋子裡一下多了兩三個人，那陽氣就明顯的旺盛了起來。或許也是張瞎子確實有鎮邪降魔的法術，自他們一進屋，屋裡的情況竟然就有了戲劇性的變化，不僅原本特別緊張的氛圍得到緩解，甚至連屋裡的燈光也隨著他們的到來而亮堂了起來。一時間，牛大家裡又是燈光大熾、人氣頗旺的鬧熱場面。更神奇的是窗外的風聲，一會兒都失去了先前肆無忌憚的挑釁和號叫。而風勢也隨著聲勢的低落而陡然小了下來。

飽受驚嚇和過度折騰的牛大，這時還蜷縮在床鋪的一頭，也安靜多了。可能是剛才嚇怕了，這會兒雖然有了安全感，他還是用夏被腦殼給蒙了起來，全身依舊止不住地顫抖著。儘管隔著一層單被，牛大的嘴裡卻還在嗚咽有聲，像是習慣性的不能停止。

「何方冤孽！你最好自己退去，免得我們今世結孽成怨！」張瞎子杵棍動棒的一走進牛大的書房，就站在窗前一聲斷喝。

真的很靈驗，喝聲之聲具有非的常震懾作用似的，哭聲消失了，笑聲消失了，呼嘯著風都小了下來，就連牛大一聞其聲也連忙閉住了嘴巴，不再發出嗚嗚咽咽的呻吟不像呻吟、吼叫不像吼叫的怪叫聲。而張瞎子更是適時地咬破了尖，讓熱血和著唾液，再把具有法力效應的血水像箭一般地噴射在書房的窗戶上。

窗戶外面，哭聲笑聲夾著風聲還在呼嘯，聞得張瞎子的呵斥聲後，低落了片刻卻又高漲起來。哭笑聲在風的作用下直撞窗玻璃，發出砰然巨響。然而，響聲之後的哭笑聲隨著風勢，又明顯的低落了下去。只是它們好像不甘心似的，依舊徘徊在書房外面的窗口，翻上翻下地打著旋，也不肯輕易的離去。

「這風不對勁！好強硬的勢頭喲。」天師張瞎子皺著眉頭，擔憂地說：「是什麼冤孽呀，結得這麼的深沉？」

張瞎子說：「今天有些麻煩，怕不是難得善了喲。」

劉四大爺心裡一沉，楞了一會兒，忍不住向張瞎子問道：「張師傅，邪氣……不是被你施法壓下去了嗎？」

「哪會有這麼簡單的事？」

「我不懂。」

「你也是不懂。」

好一個張瞎子，剛才還在不住地搖頭嘆，息對口仗。可陡然之間，他竟比一個健全人都還要敏捷，只見他閃電似的一個旋轉身，一飄身就來到了牛大床前。動作比睜眼人還要準確，瞬間伸出右手掌，對對直直的平伸了出去，緩緩向上推著牛大的前額。一遍，兩遍……，如此三遍後，又是一聲斷喝。隨即便又一口再咬破了右手中指，在牛大面前舞動著中指姆，口裡更還在嘟嘟嚕嚕地念念有詞，給牛大施展起玄門法術來。

10 積怨深沉

難解的冤孽

不管是巫術也好，道法也好，說起來也還真的很神。僅只片時功夫，剛才還在顫抖和嗚咽的牛大，就在張瞎子連喝帶舞地動作後，竟然像是被催眠似的睡著了。

牛大又安靜了，慢慢的，屋子裡面的氛圍也暫時輕鬆了些。那時候，窗外的風也漸漸地小了；夾著哭笑聲的風慢慢地變成了拖得很長的抽噎、悲泣和嗚咽。再過一會兒，連那抽噎、悲泣和嗚咽的聲音也漸漸遠去，最後消失了……。

牛大不喊不叫了，慢慢變成了老牛一般地偶爾喘息一下。

趁著牛大安睡那會兒，留守的街坊都鬆了一口氣，有的開始向主人告辭想要離去。

「多謝您了，張師傅！現在好了……」楊玉鳳眼含淚，連聲道謝，還給張瞎子深深地鞠了一躬。

「莫忙！莫忙！你先不要忙著謝我……」張瞎子推託著。

楊玉不解其意，大家都不理解，但曉得絕不會是好事。張瞎子用他那有眼無珠的眼眶久久地「盯著」漸趨平靜的牛大，好似若有所思。

其實張瞎子也在盤算著，該怎麼把話給他們說清楚。片刻後，張瞎子到底還是忍不住地對大家沉聲說道：「唉！你們不要高興的太早了，只怕麻煩還在後頭。」

包括四大爺在內的街坊鄰居們，原本以為情況有了好轉，可張瞎子的話卻讓大家的心裡又變得沉重了起來。四大爺無不擔心地問道：

「張師傅，不是兇險都已經過去了嗎？」

「那只是暫時的，」張瞎子回答說：「只怕後來會越鬧越兇，不是我能收拾得了的……」

驟然間，屋子裡的空氣似乎又緊張了起來，在場的每一個人，好像都處在既尷尬又無奈的境況中。就連四大爺也像是沒有了語言，在等待著，等待合適的時候再打破僵局。

沈寂了一會兒後，張瞎子對著劉四大爺和楊玉二人沈聲回說，他雖然願意幫忙，但估計事情並非他們想的那麼簡單。

四大爺向張瞎子懇求道：「張師傅，求你一定要幫幫忙！救救牛校長。若有難處，你能不能夠給我說個明白。您看一個女人家，她不懂這些。我還是希望你幫忙，有冤化冤；有孽解孽。主事人病倒，兩個女人攤上這一檔子事情，也怪可憐的。張師傅，你千萬要這個幫忙！」

張瞎子想了想，對劉四大爺說道：「老哥子，不是你想的那樣簡單啊！你請我來，哪怕深更半夜的，我二話都不說就跟著你跑。既然來了，我又哪有不盡力的道理呢？這一點，你應該心裡有數，也要放心。只是照眼前的情景來看，只怕是我想幫你的忙，也沒有那麼大的本事，實在是幫不了你。」

張瞎子的話很誠懇，也頗有深意，在場的人都曉得不會是好事，只是不大明白其中的利害。可四大爺就不同了，他越聽越覺得心裡沉重。但他還是不死心，接著問道：「那……，能不能給我說，牛校長究竟是結的什麼冤孽呢？」

「不瞞你說，這也正是我想要曉得的呢。」張瞎子回答說。

「冤孽！你曉不曉得？」張瞎子半點也不為四大爺的遊說所動，反而很深沈地對四大爺說道：「冤孽有冤孽的不同，像這種冤孽絕不是一般的冤孽。結怨太深呀！不曉得它們生前跟這家主人有什麼深仇大恨？只怕是結的死孽喲。既然你一再要我設法，我也願意竭盡全力來幫他們化解。不過，你們心裡要有一個數，做好最壞的打算。再就是要跟我說老實話，結怨的主人家，他究竟做過一些什麼缺德事？看來這股怨氣就是索命的冤魂怨鬼，這等冤魂怨鬼都很頑固，它們不索得命債決難罷休。」

張瞎子的一番話說得斬釘切鐵，先是把大家都引入了雲裡霧裡之中，繼而又讓大家陷入了深深的絕望之中。

四大爺代楊玉哀求道：「張師傅，請你一定要幫忙……」

「是啊！張師傅，你就幫幫忙嘛！」街坊鄰居都幫著求情。

「對了，佛都還渡有緣人嘛！你們的善心在改變著我，但我也只能盡力而為，看天意嘛。」張瞎子實在感動了，他對滿屋裡人說道：「若要救他，就必須得先理清頭緒，主人家在出事以前，究竟做過一些什麼缺德的事情……。」

「這很重要嗎？」楊玉怯生生地問道。

「當然重要，要不然我如何去與它們交涉呢？」

「造孽呀！」

看著大家一再地陷入尷尬，楊玉才開口說出了那句無頭無腦的話來。爾後，楊玉彷彿是酒醉初醒的人一樣，展現在大家面前的竟是一臉的詫異，一臉的茫然，更多的還是一臉的傷痛。

除了張瞎子看不見楊玉那一臉的委屈，一臉的痛苦，在場的每一個人都為楊玉的感傷而動容。一句充滿了醋味和怨恨的「造孽」一聲，除了眼瞎心不瞎的張瞎子和四大爺心裡早有數外，每一個人都聽得一臉的霧水，一臉的驚愕。

良心譴責

「造孽呀！」牛大並沒有睡著，他聽見了楊玉的哀歎。是牛大只怪當初自己作孽，方才引發了眼前的橫禍兇災。自己被逼得沒有了退路，還牽連無辜的家小跟著他一起擔驚害怕。可憐的牛大，縱使想把實情告訴天師張瞎子，可他也難以開口述說那不便讓外人所曉得的那些實情。

牛大在良心譴責下，默默的一層層解剖自己早已骯髒的靈魂。隨著思緒地深入，那塵封已久了的歲月的記憶閘門，也隨著回憶慢慢地打開來。

幾經折騰和驚嚇，牛大真的是陽元殆盡，體力皆無，沒有了一絲一點兒的精神和氣力。

他雖然閉著雙眼不敢吭聲，但卻清楚地聽見了每一個人的對話，牛大心裡很明白以他的所作所為，即使躲過了今天，日後也不一定沒有其他報應來臨？只是還沒有想到那報應竟會來得那麼的快。

在飽受驚嚇後，牛大那僅存的良知令他內疚和自責。只是暫時忘記了恐怖，但卻害怕自己的靈魂被赤裸裸地剝析在人面前。尤其是擔心當著女兒的面，讓自己骯髒的靈魂暴露無遺。他想啊，假若真的那樣，不是比死還要難堪嗎？

人若不做虧心事，就不怕半夜鬼敲門。可牛大就怕鬼敲門，更怕鬼來討債，來索命。是啊！多年來，牛大做過的虧心事還少嗎？

雖然，還沒有幾個人曉得牛大所做過的那些見不得陽光的事情，但是，人在做，天在看呀！

「這些年來結下的冤孽還還少嗎？」牛大在努力的回憶著：「有一件隱藏在自己心底的秘事，不是已經過去了好些年嗎，連那精明得勝過狐狸的單罡也沒有發現丁點兒端倪，沒產生過一絲疑慮，難道不是她，還會是哪一個呢？」

「唉！真的是紅顏禍水。」沒有擔待性的牛大，剛剛才有些悔悟，便又在道德的天平上出現了偏差。他把過錯全都歸罪在一個冤死的弱女子身上。牛大認為，當初要不是她自己想不開，又何來今日之危？可哪個又想得到，報應近在眼前，還來得那樣的急，來得那樣的快？牛大心裡不平，也不服，但也參雜著一些懊悔。

牛大在回憶中，有後悔，有遺憾，也有委屈。如今卻是悔恨已晚，覆水難收，大錯皆以鑄成。「造孽呀！」痛心疾首的牛大，真的悔恨起來。悔不該當初的一時之貪。還在很小的時候，牛大就曾聽見老家那位被鄉鄰們戲稱為打不死的程咬金，整不死的老壽星——柳二奶奶，給還是小娃兒的他講過的故事：

「一個小娃兒因為貪便宜的母親不僅不制止他的第一次偷盜行為，反而還表揚他會偷東西，很得能幹。於是，小偷娃第一次偷，沒受到母親的責罰而受到表揚；在母親的縱容和慫恿下，這個會偷的小娃兒終於成了慣偷，成了賊。終於有一天，賊娃偷到了盡頭而闖下殺身之禍。生命盡頭時，作賊的兒子痛恨始作俑者的母親，要求監斬官讓他母親允許他最後飲一口母乳，借此機會，賊娃滿懷恨意地一口咬下了他母親的乳頭……。」

故事雖然很血腥，但卻頗具哲理性。拿古老的故事來比較幾乎陷入絕境的自己，覺得有些恰如其分。因此，牛大的心裡也充滿了恨！

牛大悔恨自己，也怨恨引他入道的始作俑者。可是，那使牛大陷入萬劫不復之地的，絕不只是有權有勢的單罡等人，而應該是賦予了他們權力的邪惡權力。

牛大在良心地譴責下，一層層地解剖著自己早就變得非常骯髒了的靈魂。隨著思緒地深入，那塵封已久了的歲月的記憶閘門也隨著回憶慢慢地打了開來。

黑山白水

數千年的歷史造就了華夏大地廣袤遼闊的疆土，亦造就了曾經流著蜜一般富饒的一座座城邑。僅僅一座安陽古城，就多山、多水、多風光。在安陽的轄區內，最令安陽人為之驕傲的名勝古跡就是以人間仙境著稱的黑山白水風景旅遊區。

黑山白水的山光水色絢麗多彩，風情景致魅力無窮，不僅留得住去那裡鍍金的培養對象，也還引去了數不勝數的天下遊客。而黑山白水的一切，全都是上帝對安陽民眾最大的悅納與厚待。上帝不僅賜予了那裡豐厚的出產，也更讓那裡的風光景致絕倫天下。僅以「黑山依白水，牛頭對馬面」的古跡勝景，就足以說明那一方真的是塵世間絕對少有的奇觀異景。

黑山白水雖無桂林山水那樣甲天下之美名，但絕不會比桂林山水遜色些許；牛頭馬面雖無黃山、廬山那樣美名遠播，但完全可以與黃山、廬山之美平分秋色。黑山白水的廟宇、道觀甚多，基督教、天主教在此區域建立教堂，傳播福音的歷史也非常之早。

曾幾何時？那些海外的傳教士和多國的神甫、牧師，亦幾番遠渡重洋，因慕名黑山白水之名而駐足黑山景區，在那裡修建教堂，向民眾講經傳道，引渡眾民成為主的羔羊。黑山鎮民眾，除了先鋒隊的優秀幹部外，絕大多數都曉得十字架上璀璨的星光，曉得上帝與魔鬼的權杖故事，曉得撒旦是專門與上帝作對而禍害百姓的魔鬼。百姓幾乎都會傳播天國的福音，能弘揚天父嫉惡如仇的正道精神，還會勸導罪人悔改，引導他們轉離惡行，為自己，也為家人留一條後路。

不管是遠觀或者是近看，黑山白水總是山水相依，峰峰相對。巍峨蒼勁的牛頭山與秀峻挺拔的馬腦殼所形成的絢麗的風光，無不處處透視著奇特與絕妙，無不時時地令人遐想並神往。而那經久不衰地傳說更是叫人追憶不窮，回味不止。

世居黑山白水的人都知道，黑山的每一處名勝，每一處風景，處處都有著神奇的地方，處處都流傳著感人的故事。

據古老的傳說……。

當年，孫大聖受觀音菩薩點化，奉命力保唐僧去西天取經途徑黑山時，剛好遇上白馬怪和黑牛精兩個妖孽，正在對山民進行敲詐勒索，大施淫威還不惜殺傷害命。那該死的馬怪與牛精聚在一起，就更加地殘暴驕橫，它們連路見不平的孫大聖也全然不放在眼裡。大聖聽得被他救下的山民講，此處周邊四圍，方圓百里的山民，無一不長期處在二怪及其爪牙走狗的剝削與榨壓之下，民眾真正就是處於水深火熱之中。

被妖孽欺壓的民眾有苦無處說，有冤也無處伸，大家唯有默默地忍受著邪魔妖怪無休無止地壓榨和摧殘。

秉性阿直、不畏強暴，而且也不善變通的齊天大聖孫悟空，不曉得這一些則罷，既然遇上了這一檔子事，他又豈有放過之理？因此，好一個孫大聖，它就決心要為民除害。在那節骨眼上，孫大聖也顧不得正值卻又迂腐，仁慈竟又糊塗的師傅唐三藏不分是非曲直，只為抵死保護欺壓百姓的妖魔鬼怪而對其施行緊箍咒地折磨。

孫大聖為了替山民除害，竟然強自忍住猴頭鑽心地痛楚而於不顧。一心要殺妖怪，就毅然而然地手起棒落，幾棒下去，終於殺死了馬精和牛怪這兩個妖孽。

可是，由於當時孫大聖是忍受著鑽心的痛楚，加上又還是負氣出手。因而，用力就過重了一些，竟把兩個妖孽的腦袋活生生地齊頸項處給斬斷了。沒曾料到，就在孫大聖用力過度地幾棒之下，那白馬怪和黑牛精的兩顆頭顱竟已飛墜於此間。一個面南，一個對北，那倆個畜生的兩顆頭顱依然面面相覷。

隨著歷史的變遷，歲月的流逝，二個妖精的頭顱就在落頭之地日漸長大起來，天長日久也就很自然地形成了如今的牛頭山對馬腦殼。兩山相對，即以成名，牛精和馬怪被孫大聖怒殺於此的故事就一代一代地傳了下來。牛頭山和馬腦殼的名聲亦然更加遠播，最終形成了「黑山依白水，牛頭對馬面」的相互對峙之天然奇觀異景的絕美優勢。

那牛精馬怪雖然屬於妖孽，但它們也是有著數以千年的道行和靈氣。因此，山民們為了預防並阻止二怪再度危害人間，就特地在牛頭與馬面，黑山和白水之正中，修建了一座名揚四方的大聖廟。

大聖廟歷史悠久，範圍較大，廟前立有一座鎮妖塔，一為鎮妖，二為佑民，香火亦然很旺盛。千百年來，大聖廟盛名遠播海內外，引來無數香客朝廟拜神。

這座千年古剎從建至今，不僅飽受過善男信女的虔誠香火，亦曾飽受過光陰流逝的風霜雨雪；不僅經歷過廟門蕭條無人問津的清冷歲月，亦還遭受過砸神像毀殿堂的空前厄運。古剎歷盡了千百年的風雨，更見證了幾十年的磨難。在「土地革命」和「文化革命」這兩大民族災難恣意氾濫的時候，大聖廟也險遭那些不敬天地、不畏鬼神的無神論者之毒手而毀於一旦。千年古剎能夠幸存至今，不能不說這本身就是一個天大的奇蹟。

罪在懷璧

黑山莽莽山巒疊嶂，白水清幽江碧水秀，黑山鎮就坐落在黑山白水之間，而黑山中學的環境卻更像是仙境中的仙境。

寧靜是校園裡的一種境界，也是一種恬靜和諧的綜合表現，如果套用現實忽悠民眾的黨文化來說，寧靜更是校園裡精神文明的真實寫照。因為，寧靜真實地反映出了黑山中學校園表面上的恬靜與祥和。

從表面上看，黑山中學真的很寧靜。寧靜的校園尤其是在少有學生還在校的雙休日裡，校園到處都是靜悄悄的，亦空蕩蕩的，顯得非常的靜寂。寧靜如果不能夠帶給一個人心裡的平靜，就反而會帶給人一種高深莫測的感覺，甚至叫人惴惴不安，總覺得會有什麼事會發生。

那一天，白雲沒有像往常那樣急著回去。

是老天安排了白雲留在學校裡，她怕在大熱的天裡往返辛苦才沒有回家去。在所有的教師中，白雲最聽話，對工作也很負責任。牛校長說她將要講授的公開課講義還有幾個方面存在著一些小問題，需要研究商討一下。就這樣，白雲又多了一個留下來的理由，她才自個留在了她信賴並以為非常安全的學校。

晌午的校園裡靜悄悄的，一點兒都沒有聲息。

白雲以為，她周圍的一切都充滿了陽光，她也覺得生活雖然比較艱苦，可她卻又感到了暫時的愜意。校園裡雖然也和其他地方一樣的炎熱，但是卻非常的寧靜。而白雲的棲身之處卻更是景色宜人，氣候亦宜人。較之前面兩個院落和寬敞的教學區域，偏僻的西苑簡直就是陶淵明筆下的「桃源仙境」一度再現。

人們的習慣意識都認為，好人定當有好報。白雲是個心地善良又充滿著仁愛，充滿著陽光的好姑娘。她愛生活，愛這個對她一家都不太公平的世界；她也愛她的學生，愛理想中的和平美好，更愛世上所有值得她去愛的人們。可是，這麼好的姑娘，卻沒法得到好的報酬。

五年前，還在學生時代的白雲，就是這所學校裡的應屆高中畢業生。大學時代，白雲雖然成了一代驕子，可她還是那麼吃苦耐勞，奮鬥依然。由於白雲成績突出，出類拔萃，象中學時代一樣，她還是同學們效仿的楷模，還是大家注目的焦點。

畢業時，以白雲優異的成績和專業水準，她本來可以在繁華發達的國際大都市某得一份高薪美差，或者就留在她就讀的那所學校裡任職或者深造。同時，也還有另外一些條件不菲的大單位，也都想要擇優錄用白雲。

留校是每一個高校畢業生夢寐以求的期望，而機關衙門和大單位也同樣是畢業生求職的夢中目標。可是，對於白雲的去留，同學們本來是即嫉妒又羨慕。但是，結果卻完全出乎了人們的意料之外。哪一個也說不清楚究竟是出於什麼原因，白雲並沒有走同學們即嫉妒又羨慕的那一條鋪滿了鮮花的神仙道路，都沒有想到白雲不僅沒有選擇高就要職，反而是奔回了安陽老家。

一向都不任性，更不自私的白雲，究竟是被一股什麼吸引力所牽引，才使這麼優秀的一個高材生像是鐵了心一般呢？就連藍天——白雲至親至愛的童年朋友兼大學同學，也是她心已相許的另一半，都勸不轉她，更左右不了她。為此，藍天即惋惜，也很有一些生氣！甚至還口不擇言地傷害過她，冷落過她。

白雲告訴藍天，她是為著心中的理想和一份家鄉情結，她才選擇了回到安陽並奔黑山中學而來。大家不可置疑，也不要認為是白雲的腦殼「搭了鐵」，或者是有一點傻了。

由於家庭貧寒，白雲的膽子很小。她曉得有些事情是越解釋越糊塗，更難得說個清楚。因此，白雲還是心甘情願的接受事實，她很欣賞弗洛倫薩詩人但丁先生的一句格言：「走你的路，讓人們說去」。

就這樣，白雲無條件地接受了教委的安排，終於就在她昔日的母校——黑山中學開始了她的粉筆生涯，當上了一名她覺得應該為之驕傲並自豪的語文老師兼班主任。

白雲對黑山中學有感情，她愛這所學校。一來是這所學校的牌子過得硬，屬於省級重點中學；二來這所學校辦學歷史悠久，旺盛的生源直居全市前茅。白雲選擇黑山中學，更有一個鮮為人知的原因，白雲的父親曾經是這所學校的教師，後來被調到一所偏僻的中學，也永遠消失在那所學校。白雲從沒向人提起，讓它成了無人知曉的秘密。

幾度思考，幾相對比之下，白雲覺得是上蒼幫助她選擇了黑山中學。支持白雲萌生隨遇而安的平靜心態的重要原因還是，白雲本人就是這所學校培養、造就出來的。白雲曉得感恩惜福，她覺得吃水不忘挖井人；做人就要曉得知恩圖報，要懂得報恩。

只可惜，白雲自死都沒法和同學們辯論、交流，她的這次選擇，究竟是一次錯誤的選擇或是正確的選擇。

不過，世界上有許多的事情並非都能如人所願。她那一屆所有的畢業同學，都以為憑著白雲的才華，也憑著用人單位對人才的需求，白雲念書的高校，以及高校所在地的都市，都是白雲駐足其之地。

無論是對事業的忠誠或對應選人才的青睞，那個時候的白雲真的是個香餑餑，是個搶手貨。可是，無論白雲是如何樣的個能幹法，她的各科學業再是如何的一個好法，美中不足的就是她不會換位看事待物，她不曉得這個世界上還有此一時，彼一時的說法。

白雲儘管是憑著感恩的心情，憑著她自己橫溢的才華來到了昔日的母校。她不曉得，要想在事業上，前程上有所發展和有所建樹，的確殊非易事。

古人說「匹夫本無罪，其罪在懷璧」。各方面的條件都很優秀的白雲，在黑山中學很逗人喜歡。不管是同事，學生或者是學校周邊的群眾以及眾多的學生家長……還有學校內外的領導們，也喜歡白雲。

11 一錯千古恨

雙休日裡

「白老師。」

「您在嗎？……」

「白老師……」

一個男生，一個女生，在喊著他們的班主任老師。可以看得出來，這倆個學生雖然喜歡白雲，但他們卻不大喜歡白雲住的這個地方。學生顯得極不自在，小心翼翼很受約束。

在一棵老槐樹下，倆人就不再向前走了。女生膽怯地望著寢室方向喊了幾聲，根本就沒有回應。

「沒在屋裡？」男生嘟嚕著。

「這裡好幽靜喲」女生說「白老師住在這裡不怕呀？」

男生回答說：「好像有一點陰風慘慘的耶。」

「莫亂說。」女生及時制止男生出言不遜，想要放棄繼續叫喊。說：「我敢肯定，白老師一定是沒有在屋裡。」

「你敢肯定？」

「你想嘛。」

「那我們轉去回復牛校長的話，就說白老師沒在寢室裡面。」

「會不會在附近哪個地方轉悠？」

「那也該聽到叫喊聲了嘛。」

「白老師，您在嗎？……」兩個學生放開了嗓子，同大聲地又喊叫了起來。「白老師，你在嗎？」

「好了，我們回去吧。」

「走……。」

說走就走，倆個學生轉身又朝著來的方向疾步而去了。可見，他們比來的時候要快得多了。

其實，白雲在家，只是沒有聽見有人在叫她。那倆個學生來喊白雲的時候，白雲還在，正在寢室裡。可是，白雲卻沒有聽到，她和學生完完全全的錯過了今生。

白雲住的那幢樓叫做「紅洋樓」。

白雲住的那幢樓叫做「紅洋樓」。紅洋樓是黑山中學西院深處的教師宿舍。這是黑山中學最僻靜的一隅，學校分配寢室都是看人說話，大凡安排到這裡的不是還沒站穩腳步的新來者，就是說不出來狠話的老實人。假若稍微有點兒個性、脾氣的，即或把他安排到了紅洋樓，一般都不大願意住在這裡兒。白雲可就不同了。因為，她沒有選擇，也由不得她去選擇。白雲很聽話，她服從組織的分配，所以她的寢室註定落在那偏僻幽靜的老宿舍。

紅洋樓遠離教學區，遠離生活區，像是黑山中學的一座孤島。

白雲的寢室就在靠近圍牆的最末一間。寢室外面是山野，繞著校園有一圈轉長長的圍牆，圍牆與寢室的中間是一溜不寬的空曠地帶。風吹過空曠地帶時，總會發出一陣陣嗚嗚的聲響，有人說那聲音像鬼魂哀怨地哭叫。白雲的家沒在這裡，理所當然她就只有常駐沙家浜了。除白雲的寢室外，餘下的三間空房，一間堆放著一些雜物，沒堆上東西的空餘地方正好被白雲利用起來作為衛生間用。另外兩間算是有主的，已經被分配給了後調來的兩位新教師。

可是，這兩間寢室的室主卻沒有白雲那樣好打發。她們雖然也是立足未穩，但卻沒有白雲那樣聽話，更不甘願任人擺布。雖然同是被安排在紅洋樓，卻根本就耐不住那裡的寂寞。長期以來，那兩位具有反叛心理的入住者，名利上是住在這裡，實則卻很少在這裡駐足。

其實，紅洋樓的環境也並非一般人所想象的那樣留不住人。那裡雖然偏僻，環境卻很清幽，周圍又還有花，有草。更兼著周圍樹木成林，郁郁蔥蔥，就是空氣也很清涼、新鮮。此外，紅洋樓的更大好處還在於很少有人前來打擾，若是有人想要參道悟禪或者是修身養性，可能選擇紅洋樓倒是非常明智的舉措。

西院的房屋，大多集中在緊鄰中院的那一邊，紅洋樓那一爿老房舍，實質上就是以一幢小洋樓為中心。而那座小洋樓就始建於二十世紀的初葉，年代不算很久，但也存在近百年。

紅洋樓

小洋樓風吹雨打半個多世紀了，可他幾乎還是完整無損的矗立在校園寂靜的一個角落，雖然已被世人所忘卻，可它依舊還是孤芳自賞的存在於這個世界之上。

雖然距今沒有百年卻也有了好幾十年了，可小洋樓卻依舊還是魅力不減當年。僅從現在還殘存的氣度就不難看出，那幢樓房在當年是何等的風光，何等的榮耀，何等的輝煌。

小洋樓曾經輝煌過。老人們還依稀記得洋樓初建始末軼事，說小洋樓曾經是國民政府最先設在白水江邊的一家外事機構駐地。可在抗日戰爭全面爆發時，那幢小洋樓又成了嫡屬國防部的一個重要軍事基地。老人們都還清楚的記得，當年那一批一批出川對日作戰的國軍部隊，大都要在黑山一帶集結、整裝、待命，再從那處基地奔赴炮火紛飛的抗日戰場。抗戰勝利後，小洋樓又成了一所國民中學校的辦公樓。

然而，歲月雖然無情，人卻有情，整個黑山鎮那一方善良的人們在前傳後教下，大家嘴上不敢說，可從內心裡確對那幢曾經見證過許許多多事實真偽的小洋樓，無不充滿了無盡的念舊情懷。小洋樓就是歷史的見證，因為它對人類的貢獻遠勝於那些又吃又嘔的卑鄙個人和邪惡團體。就是在那些不是喜新厭舊就是專破四舊的主宰者面前，小洋樓猶如一個下力不討好的背包漢，它只是在不計前嫌繼續付出，直到它再也沒有了丁點兒的可利用價值。

就是那一幢昔日裡的小洋房，到如今都還被人們至始至終的稱之為——紅洋樓。

還在太陽最紅的年代，激進的小闖將和革命派就曾經嫌「小洋樓」三個字意味著崇洋迷外，是封資修的玩意兒。所以，才重新給它起了一個在當時很時髦的名字，叫做——紅衛樓。或許是出於習慣，叫去叫來人們還是把它叫成了「紅洋樓」。到如今，景物依舊，人事卻非，追憶起來倒還真的有了一種蒼涼無奈的感覺。

時代一再變遷，這幢紅洋樓坐了一趟又一趟的過山車，終於又還恢復了它本來就有的名字。它依舊被人們叫做紅洋樓。

紅洋樓前面還長著一棵碩大的洋槐樹。這株洋槐好像極具靈性，它既曾飽受歲月的風霜，也曾見證時代的變遷，但其長勢卻並沒有因為歲月的煎熬而有所減弱，反倒長得非常的茂盛、壯實，老當益壯，越活越精神。

這株洋槐樹正是當年駐紮這裡的一位國軍長官，閒來無事時，親自帶著他手下的幾位國軍弟兄一起栽種的。時過境遷，歲月流逝，景物依舊，當年栽種洋槐樹的將軍也不曉得是還依然健在，或者是已經魂歸九泉，早在衛國戰爭中橫屍殺敵的沙場而為國捐軀了。或許，將軍的一縷英魂早就已經見秦皇漢武、唐宗宋祖、康熙乾隆和國父孫中山去了，而他所種植的那棵比有些人還重感情的洋槐樹倒是承傳了它主人的氣慨，不僅已經長成了參天大樹，而且還能蔭庇一方，造福一方。

槐樹如今高過小樓，枝繁葉茂，幹也茁壯。無論伏天的太陽有多大，洋槐樹總是忠實的為小洋樓遮擋著炙熱的陽光，使小洋樓長期處於槐樹的林蔭遮蔽之下。或許是時代的變遷，風水輪流轉，也或許是紅洋樓現在太過僻靜、冷清，如今的小洋樓也實在讓人感覺到缺少溫暖，而只能備受冷落。

洋紅樓傳承了近百年的煙火，也流傳了近百年的故事。那些故事至今都還在沒玩沒了的延續。否則的話，就沒有了白雲如今所住的寢室，當然就也就沒有了下面所又要發生的故事。

與世隔絶

這幢名曰紅洋樓的老洋房子，不僅建築歷史比較長，而且，在這房屋空前緊缺的時候，老洋房子還是一樣的能夠遮風擋雨呀！至少這幢老房亦還能夠解決那些沒房者的燃眉之急，助他們暫時脫離痛感缺乏房屋的苦楚。

那一幢空閒著的老洋房卻依然還是不被人所青睞。就算是如今的住房再緊張，而黑山中學的教師宿舍再難以安排，一般新來黑山中學的老師要是被學校分配到那爿老房屋，他們都寧可自己先出錢，再去租用外面的房子，或者乾脆等過一段時間，等到自己在學校站穩了腳步，再尋找機會設法讓學校重新調整。都不願意入住在那一處少有生氣也少有人來往去的又老又舊的房子裡。可人有人不同，花兒有幾樣紅。作為領導恰恰也就是半夜晚上吃桃子，撿耙的捏。只有白雲好說話，對於住房的新舊，居住環境的好壞，白雲卻不如何計較這些。可是，房子距離前面的教學樓和辦公樓以及生活區還是太遠了一些，也過於偏僻、冷清了一些。白雲或多或少也有一些不太願意，但她不是一個刁蠻的人，白雲的組織性和適應能力從來就比較強，其秉性也很善良。所以，白雲極不願意麻煩於人，更不願意為難於人。

剛來學校報到的時候，還是在暑假期間，看到白雲是一個文雅純淨的年輕女娃兒，就曾有人告訴過白雲關於西院裡的故事。開學後，白雲果然給學校安排在西院紅洋樓宿舍。左思右想，白雲最後盤橫再三，也沒有一個更好的辦法能解決自己的實際困難。

沒有法本身就是法。白雲沒有靠山，也不會變通，就只能夠免而受之。好在她是一個外柔內剛的堅強姑娘，牙打掉了就和著淚水往自己肚裡吞，也不願意去和領導吃屎喝尿地撒潑吵鬧。不管白雲是因為不願意給人增添麻煩，或者是真正的願意隨意而安，總之，白雲是實實在在地住在了這幢大家都不願意住進來的教師宿舍。

一個年輕姑娘，畢竟不是女尼，也並不是苦行僧。長時間的住在這種環境裡，白雲心裡多少都有一些惆悵，有一些失落。天上的白雲朵朵，點綴著浩瀚無垠的藍天。而塵世間的白雲卻是一塵不染，在默默無言的獨守著陋房。白雲也是一個普通的人，她只是不覺得自己有時竟是非常的寂寞又淒苦，有時更是形單影只更兼著孤苦伶仃。無助的白雲，儘管沒有「腸斷有誰知」的淒涼境遇，卻也真正有著一股「白雲千載空悠悠，老屋陋房太平常」的空寂又無奈的真實感受。

白雲是個追求完美的人，她的寢室儘管是無人看得起的冷落清涼地，更還是舊樓老房，陳舊又簡陋。但是，在白雲的精心設計和布置下，原本極為簡陋的寢室竟然又確如白雲其名了。完全改變了模樣的白雲寢室竟變得非常的潔淨，非常的利落，非常的清爽起來。真可謂，一塵不染，冰清玉潔。

物如其人，寢室亦是一樣。白雲的寢室經白雲的布置後，確實既不顯眼，也不奢華，倒是顯得一派潔淨和高雅，房間裡面還瀰漫著一股淡淡的花的清香……。那是白雲的棲身之地，猶如世外桃花源，亦如濁世的香巢。整個房間就是那麼的淡香飄飄優雅而誘人，給人的印象又是那麼的超凡脫俗。室內沒有過多的布置，只見潔白的牆壁，碧綠的窗簾，平平常常的一張小鐵床，一套木桌椅。簡簡單單的家什，一切卻又顯得那樣的協調，那樣的完美。

白雲的男朋友就叫藍天。

藍天是白雲的大學同學，但不是在職的教師。用世俗的眼光看，藍天連一個固定的工作都沒有，和白雲比較起來，藍天充其量也只能算是一個自由職業者。用當今最時髦的話來說，藍天是還在待業，還在等待著祖國的召喚。儘管藍天比白雲還要早兩年步入社會，可是，不曉得是由於機緣的不巧合，或者是由於命運之神和他開了一個大大的玩笑。

藍天從大學一畢業就算是失了業。他從來就沒有過一份固定的職業，當然就沒有過什麼對口的工作，理想的工作。

這個從初中到大學都頗受同學們羨慕又妒忌的高材生，就因為懷才而心高，竟又因為心高卻又缺少背景而錯過了好幾次機會。用「偉大、光榮、正確」的先鋒隊組織常教導我們的一句話說——國情。

有比沒有強

紅洋樓雖然是老房子，同樣能夠遮風擋雨，能夠解決那些沒房者的燃眉之急。白雲好說話，對於住房的新舊，居住環境的好壞，白雲卻不如何計較這些。可是，房子距離前面的教學樓和辦公樓以及生活區還是太遠了一些，也過於偏僻、冷清了一些。白雲或多或少也有一些不太願意，但她不是一個刁蠻的人，白雲的組織性和適應能力從來就比較強，其秉性也很善良。所以，白雲極不願意麻煩於人，更不願意為難於人。

剛來學校報到的時候，還是在暑假期間，看到白雲是一個文雅純淨的年輕女娃兒，就曾有人告訴過白雲關於西院裡的故事。開學後，白雲果然給學校安排在西院紅洋樓宿舍。白雲沒有靠山，也不會變通，就只能夠免而受之。好在她是一個外柔內剛的堅強姑娘，牙打掉了就和著淚水往自己肚裡吞，也不願意去和領導吃屎喝尿地撒潑吵鬧。

無助的白雲，儘管沒有「腸斷有誰知」的淒涼境遇，卻也真正有著一股「白雲千載空悠悠，老屋陋房太平常」的空寂又無奈的真實感受。

好在白雲是個追求完美的人，她的寢室儘管是無人看得起的冷落清涼地，更還是舊樓老房，陳舊又簡陋。但是，在白雲的精心設計和布置下，原本極為簡陋的寢室竟然又確如白雲其名了。完全改變了模樣的白雲寢室竟變得非常的潔淨，非常的利落，非常的清爽起來。真可謂，一塵不染，冰清玉潔。

物如其人，寢室亦是一樣。白雲的寢室經白雲的布置後，確實既不顯眼，也不奢華，倒是顯得一派潔淨和高雅，房間裡面還瀰漫著一股淡淡的花的清香……。那是白雲的棲身之地，猶如世外桃花源，亦如濁世的香巢。整個房間就是那麼的淡香飄飄優雅而誘人，給人的印象又是那麼的超凡脫俗。室內沒有過多的布置，只見潔白的牆壁，碧綠的窗簾，平平常常的一張小鐵床，一套木桌椅。簡簡單單的家什，一切卻又顯得那樣的協調，那樣的完美。

白雲的男朋友是藍天，是白雲的大學同學，但不是在職的教師。用世俗的眼光看，藍天連一個固定的工作都沒有，還在待業中。這個從初中到大學都頗受同學們羨慕又妒忌的高材生，因為懷才而心高，又因心高卻缺少背景而錯過了好幾次機會。時間一久，藍天從原先的躊躇滿志，在生活一再磋磨下，慢慢變得心灰意冷起來了。他乾脆沈浸在自己的世界裡面，逃避醜惡的現實。

原本就驕傲的藍天，又怎麼會讓自己在事業無成的尷尬境況下與白雲結婚呢？藍天說他是為了生計，也是為了一股無名的怨氣，或者說，是為了與強權相抗爭，他才悄悄地離開了白雲，獨自南下。從此，藍天與白雲天各一方……。他們倆儘管相距甚遠，卻也是一種相思兩處閑愁。藍天苦苦的戀著白雲，白雲依舊癡癡的愛著藍天。只為生活所迫，也因為藍天的個性所至，導致他們相愛卻不能相見。

當初藍天與白雲的相識，就在黑山中學。白雲家境貧窮，但上蒼卻賦予她一副遭人妒忌的容貌，許多男女同學總是先喜歡上白雲，後來又漸漸討厭她了。白雲唯有默默委屈落淚，直到藍天出現。藍天不和大家一起欺負白雲，反而義無反顧充當白雲的保護神。

人生如夢，卻似夢非夢，非真亦真。美好的少年時代在漫長的人生歲月中，也不過是一段短暫的一個瞬間，那咄咄逼人的又豈只是旁人的猜疑、妒忌、傷害，更有那無情的風刀霜劍和每個人都躲不掉的那一個個碎夢的雜繪。其實，那每一個支離破碎的夢和每一個在夢裡苦苦掙扎著的人，都是上帝的傑作，都是上帝早就予以安排好了的。

人生如夢，歲月無情……。

錯把邪惡當善良

白雲的寢室雖然簡陋，可在白雲簡陋的書案上也放著一個極為精致的鏡框裡，那可能就是白雲唯一檔次較高一點兒的物品。鏡框裡面鑲嵌著一張藍天南下前的彩色照片。照片照得好，質地也很好，照片中的藍天神態非常逼真，眸子明亮，神色穩重。只是，在他的眼神之中隱隱有著一絲絲淡淡的憂，一縷縷淡淡的愁。

在白雲的寢室裡，在藍天的視線範圍內，無論白雲走到了哪個方向，藍天的眼睛始終都在跟著白雲走的。而白雲只要一有了空閑，也總愛久久地盯著照片上的藍天看。

長期以來，藍天和白雲就是用這樣的方式在作無聲地交談，在很用心地交流。而且，一旦交流起來，白雲和藍天都會全神貫註，任憑周圍起了八級地震，哪怕是地動山搖，也難得使她和藍天分散絲毫的精力。

兩位奉命來找白雲的學生之所以與白雲錯之交臂，是因為白雲當時正在用自己的眼神和心靈與鏡框中的藍天在作交談。白雲已全身心地投入，簡直就是靈魂離竅如癡如醉，她又哪裡還能聽得見學生因為膽怯而並不高聲地喊叫呢？

不要看鏡框中的藍天不會發出聲音來，可白雲就會用自己的心和照片中的藍天卿卿我我。他們四眸對視，心與心地相互交流，神態竟是那麼的專注，那麼的真誠，那麼的一往情深。不要說只是有人在門外叫她，那個時候就是驚雷炸響在外面，或許白雲也會置若罔聞，不知所以然。

藍天深愛著白雲，白雲亦執著地依戀著藍天。在白雲的心裡，她此生此心只屬於藍天。

白雲在等著藍天。情感上，白雲心有所屬，情有所鍾。生活上，白雲不喜歡花哨，卻酷愛素色，尤其是象徵著純潔無暇的白色。儘管那只是生活瑣事，但在白雲看來，白色潔淨無瑕，而白雲又愛一塵不染。因為，白雲是一個追求完美的姑娘。這不光是體現在白雲的生活上，而且還更是體現在她的情感上。

黑山中學的校長牛大，就想為白雲當紅娘。一個領導關心自己下屬的婚姻並為之牽線搭橋本不為過，可是，對牛大來說就已經殊非易事了。因為，牛大並不是要給白雲介紹男朋友，而是要把白雲推薦給比他的年齡還要大的頂頭上司。所以，牛大根本就是在忍痛割愛。

從白雲一來黑山中學報到，校長牛大就很喜歡白雲。因此，牛大平時間總是有意無意地，處處都在關照著白雲。或許是旁觀者清的緣故，有老師早就看出校長對白雲關心得有些過於。而單純又善良的白雲實在是心無城府，對校長牛大地關愛和照顧也只是心存感激，而根本就沒有想到會有其他不良的用意。

而牛校長實在給了她很多的幫助。工作中能夠有幸遇到這樣好的領導，已屬難能可貴了。領導如此，夫復何求？白雲對牛大一直充滿了感激。就是因為白雲對牛大心存感激之心，才讓她自己失去了對人應有的戒心。

誠實無欺的白雲就是這樣的心無城府，她相信自己身邊的每一個人。平常她都能夠和每一個人和睦相處，認為牛大是是學校最高領導，又是先鋒隊組織中的一員，於情於理都應該是下屬們的貼心人。

白雲完全把牛大視為了自己可以依賴的長者和知音，是為肯為困難者排憂解難的可信之人。困境中的白雲希望得到朋友的關心和幫助，希望得到領導的支持和鼓勵。可是，她如何都沒有想到，而今的領導也是有私心的，私心也算人之常情，可貪心不足就會變得黑心起來。有貪欲的人，就不會是所謂「急人所急，想人所想」的人民「公僕」或者人民的「服務員」了。當然，也更不是不食人間煙火的神仙、皇帝。神仙和皇帝都還曾有或者有過，那「公僕」和「服務員」亦只不過是掌權者給自己戴著忽悠老百姓的桂冠。單純的白雲又哪裡會想到她所為之信任的牛校長，既不是真正的公僕，也不是真正的服務員，而是緊緊盯著她，並等著她慢慢地步入到他套子裡的一匹狼。

投桃報李

逝去的時光值得留戀！牛大更痛惜逝去的時光，感嘆過去了的永遠都沒辦法再回來了。回憶中，牛大的感恩情懷也跟著泛濫得一發不可收拾。充滿感恩之心的牛大，開始富有濃厚的人情味：他感謝天，感謝地，感謝伯樂對他的提攜，感謝伯樂帶他步入了政治生涯。這個伯樂就是安陽市的市委常委單罡。

對自己的第一次，牛大至今都還記憶猶新。是單罡書記帶他步入了政治生涯，並且引導他遊歷在那茫茫的宦海之中。

牛大清楚記得，剛開始教書時，自己還是一個毛頭小伙子，被分配在瓦缸子鎮轄內的雙龍村小學任教。雙龍小學緊緊挨著瓦缸子中學校長單罡的住家老宅，不僅學校緊鄰著單罡的家，就連學校裡的那一塊地，竟然也與單罡家的菜園子，同在一爿土質極好的山坳裡，緊緊相連。

那個星期天，牛大和大夥兒一樣，在校園地裡種下洋芋，由於心情愉快，精神抖擻，沒多久牛大便早早埋完洋芋種，欣慰之餘，他無意間抬眼一看，不覺兩眉跳了兩跳：但見隔壁單罡的地，沒有任何水肥，更沒有埋下洋芋種。看來像是缺乏勞動力挑肥而閒置了。來了一段時間，牛大也曉得單校長家什麼都不缺，就是缺少勞動力。

好個聰明的牛大，他眨了幾下眼睛，就默不作聲的把那一大塊還沒有打完的地窩子整理完了。那時候，再要去蹓躂，時間卻已經到早不早、晚不晚的時候了。於是，牛大乾脆一不做二不休，又去廁所裡挑了一擔肥到單家的地裡，開始勞作起來。

當單家發覺有人代勞，委實感動。無須多打聽，從旁人那裡稍微一問，就曉得是村小學新調來的牛老師幫了他們一個大忙。剛開始，單家人除了向牛大老師道謝外，還感到很不好意思。因為，牛大到底不是一般的社員，人家是一位教師，單罡的家人認為是剝削了牛大老師的勞動力和休息時間。可是，牛大卻不那麼認為，他的理由是生命在於運動。所以，牛大一再表示，自己只是為了活動筋骨才去幫他們的忙，權當是鍛煉身體。

就那樣，一來二去，見怪不怪。時間已久，單家也就習以為常，只覺得牛大是個值得交往的好人。其實，單罡也還是一個顧家的人，只是那段時間特別忙，顧不上家裡的事情。曾有幾次，單罡回到家裡，都從堂客口中曉得牛大長時間裡默不出聲地幫助他們挑糞、鋤地、種植。

自那以後，單罡聽見許多稱讚牛大的話，可牛大卻從來沒有向他要求過什麼，甚至於連照面都少。即或是偶爾見了面，牛大也只是很客氣地招呼一下，絕不多話。單校長真有些喜歡勤快又老實的牛大了。喜歡他做事踏實又不計報酬，更難得的是長期如此，一點不像是在作秀。因此，單校長決心投桃報李，讓牛大調進瓦缸子中學。

由小學到中學，還被安排到後勤部門作伙食團長，實在是個美差，以牛大的資歷來說，可謂一步登天。牛大為了報答單罡校長的知遇之恩，盡職盡力，忠心耿耿。用牛大的話說，他這一輩子，都是跟定了單校長，決意處處都要以單校長的馬首是瞻。

人生在世，每一個人都有著自己不同的生活方式，也都有著自己的嗜好和習慣。被牛大視為恩師的單罡，就是一個貪吃又好耍的人。這個人最大的嗜好和習慣就是喜歡下下象棋，喝喝小酒，吃一點兒黃燜小炒。而牛大恰恰就像是上蒼有意安排給單罡的一個絕配，他完全能夠投其所好，除了酷愛欒弈，也有做菜的習慣。一來二往，暑去寒來，牛大與單罡兩人的交情已經是「鐵哥兒們」，像人們背地裡調侃的：是寒冬臘月裡的包包菜，越包越緊了。

夫復何求

「單書記！是您？」

「是我，我又回到了瓦崗子中學！」

當單崗再度出現在瓦崗子中學的時候，竟然大有一種衣錦還鄉的味道。單罡覺得很滿足，瓦崗子中學的一切都還是那麼的熟悉，那麼的親切，那裡的很多事物都還能夠在無意識間喚起他的回憶。單罡覺得，在瓦崗子中學他留下了數不清的腳印，而一步腳印就是一個故事，數不清的腳印裡面就有著他許許多多往事的回憶……。

「單書記！」一聲顯得很激動的嗓音在單罡的耳邊響了起來，使得舊地重遊的單罡書記從癡迷的回憶中回到眼前的現實。

「小牛兒！」單罡一把拉住了眼前淚光閃現的牛大。

剛才還在夢境中重溫著過去與單校長一起相處的日子，沒想到一眼就真的看見了單罡。牛大的那一份驚異，那一種激動，簡直無法用語言來表述。牛大只是用眼睛久久的盯著突然出現的單罡，連眼眶都潮濕了，但是，他沒有哭，只是讓淚水在眼眶裡打轉。可是，那激動神色已讓單罡久久難忘。

「你還好嘛？」單罡也是同樣的感慨不已。

「還好！還好！」牛大說：「這幾天總是聽見喜鵲在我窗前喳呀喳地叫，沒想到……真的沒想到……是您……回來了。」

「是不是真的喲？」

單罡受到了感染，也激動了起來。

「當然是真的！當然是真的！千真萬確！您應該相信我，千真萬確的呀！……」牛大只差把胸膛撕開，再捧出那一顆忠實的紅心好讓單罡仔細瞧瞧。

「是真的！完全是真的」！苟校長也適時的接口附和著牛大。苟倞證實地說「單書記，我可以替牛主任作證。牛主任時常叨念您的好，我們都很希望您能回學校看看。有您的關心，也是我們學校的福氣，大家的福氣嘛！」

苟校長言真意誠地幫著牛大作見證，同時也表現出了自己的一顆紅心。真的又是一個用心良苦與一箭雙雕啊！

「那是當然！」

「哈哈！我很高興！我很高興！如此看來，不管是真的假的，我都還是很受歡迎的嘛。」

「非常歡迎您！老校長，更歡迎您隨時回來看看。」

「好！我要來，我要來。」

單罡輕輕地拍著牛大的肩膀，把閃爍著發亮的眼睛轉望著苟校長。無不詼諧地對苟校長，也是對大家侃侃地說道，「有時間，我一定要回來看看，我對這所學校也很有感情的嘛。還有小牛兒，我很關心著他的進步啊！」

「太好了！」

「謝謝單書記！」

「有您這句話，我們就感到很欣慰。」

眼前的一切，彷彿又讓單罡回到從前。

「小牛兒，我們再來殺它一盤，如何？」

「好的！」

牛大朗聲答應著，簡直就感動得每一根神經都興奮了起來，連肌肉都在跟著一起抖動。

就在那個暑假結束時，牛大又接到一紙調令，任職安陽最好的一所近郊高完中——黑山中學校長。僅在彈指一揮間，十來年的光陰竟已悄然而逝了。當上了省屬重點中學總支書記兼校長的牛大，一當就是近二十年了，不僅成了安陽教育界的佼佼者，更還獲得了「老校長」的光榮稱號。

牛大覺得：「人生如此，夫復何求？」

12 算盡算絕

領導來視察

屋子裡沒有開燈，連窗簾都給拉上了，藉著窗外的街燈依稀可以看見沙發上坐得有個人。因為，那人指尖的點點星火，在昏暗中忽明忽暗地一閃一閃著。偶爾間，那比較微弱的火星偶爾還劃了一下弧形，驟然閃爍著一道殷紅的亮光來。

那是單罡。在無窮的黑暗中，單罡已經被濃濃的煙霧緊緊的包圍著，一呼百應的單罡竟像一隻失去了同類的狼，顯得非常的孤單。天都已經黑盡了，如果單罡不是在一支接著一支地點燃並沒真正抽到幾口的煙，發現他的人一定會把他當做一個不說話了的死人。

此時，單罡只覺得嘴裡苦苦的，心裡也空蕩蕩的。從神色上看，好像很頹唐，還有一些慌亂，一絲悲戚似乎有著極重的心事。

單罡在想什麼呢……？

作為安陽教育系統龍頭老大的單罡，今天陡然心血來潮，他要走出辦公室去，到城外去，到基層去。他是去散散心，去體驗一下被外地人視為奇觀異景的本市山水聖地的風景。

稍作安排後，單罡帶著隨行的督導檢查小組一同出發。不一會兒，就驅車來到了黑山。此行黑山中學既是深入基層，亦是探望忘年老友兼下屬，更是郊外散散心。

自從進得市教委機關作更大領導工作以後，單罡就極少有時間下鄉一趟。好不容易才來一次，不僅讓校長牛大寵若驚，亦還令黑山中學都蓬蓽生輝。於是，牛大一班子就像迎接外賓一樣地把單書記一行迎進了的小會議室。

一陣寒暄，一陣吹捧，雖然都十分肉麻，但卻氛圍非常熱烈。主人嘴巴甜，客人心裡歡，真正可謂皆大歡喜。

一回到教委機關，單罡就獨自回家去了。

「您好！單書記。」黑暗中，單罡的腦海裡一遍一遍地回放著在黑山中學的那一幕。連那一聲甜甜地問候語都還久久地縈繞在耳畔一般，直令單罡心猿意馬，難以自制，像掉了魂一樣。

本來就是一個老煙鬼的單罡卻不喜歡同許多的人在一間屋子裡同時抽煙。於是，單罡嘴裡說著出去方便一下，就快步走出了小會議室。

一邊蹓躂，一邊吞雲吐霧的單罡，陡然覺得眼前一亮。

「您好！單書記」隨著一聲鶯聲燕語，單罡看見迎面走來一位夾著講義的年輕女教師。正朝著單罡禮貌地嫣然一笑，微微點了一下頭後便翩翩而去，但卻留下了一股少女所特有的淡淡的香氣。

伊人已離去，而單罡卻陷入了無限的遐想之中了……。

「你好！」過了好一會兒，單罡才完全從迷幻的心緒中回過神來，他機械地接聲回應著問候者。可女教師卻已經姍姍離去，根本就沒聽見回應。

雖然只是一面之緣，可單罡卻把她看了個清清楚楚。據瞬間的記憶，努力地回憶著：她——面目清秀，表情很溫和，長長的一頭秀發。一口標準的普通話，問候人時亦不失禮貌的微笑。她並沒有刻意打扮，只穿著一套洗得很乾淨的休閑裝，顯得那麼的亭亭玉立，卻又有著非同尋常的高雅氣質……。

「哎呀！書記，您如何走到這兒來了呢？我到處在找您啊！」

牛大找單罡來了，他看見單罡一個人站在路邊發楞，先是嚇了一跳，不曉得是出了什麼事情。可精明的牛大順著單罡跟蹤的目光，他一眼就看見了白雲那熟悉的背影。

「哦……」心有靈犀一點通的牛大讀懂了單罡的心事，可也隱隱覺得自己的心裡竟然很不自然地湧起一絲淡淡的酸楚。

「單書記，您有什麼事？」

「剛才過去的那一個，也是你們學校新來的老師？」單罡答非所問。

「您是說哪一個？」牛大裝著糊塗。

「一位穿著白色休閑裝，很年輕也很有氣質的女老師……」單罡竭盡可能地描述著他剛才看見的女教師。

「哦！……是！……是！」牛大是一個善於克己的人。就是不聽單罡地描述，單憑單罡的神色和剛才消失的背影，牛大也曉得了單罡所指是哪一個。

一切盡在無言中。單罡並沒有對牛大隱瞞自己的心思，卻並不曉得牛大的心思。

從那以後，牛大一直就不失適宜地在白雲身上動著不可告人的歪主意，他是把白雲當成誘餌，準備要釣一條大鰱魚。牛大那種喪盡天良的心思，慢慢形成了他心裡的一項惡毒計劃。

可憐的姑娘，卻因為失去了應有的警覺，才錯把壞人當好人，錯把魔鬼當神靈。

一切不是偶然

牛大今天也沒回家，他先讓學生去喊白雲，學生回來說白老師不在寢室。等了一會兒，牛大借口自己去巡視校園，特意來到了這爿幽深的校園腹地，來到了白雲的寢室門前。

牛大是來找白雲談心的，他要給白雲開誠布公地亮出底牌來。準備告訴白雲，教委單書記很欣賞她的才幹，認為她是一個可培養的人才，可能還會調去書記身邊工作。告訴她，領導的器重既是好事，又還很難得。成了領導挑選的苗子，這是她的造化，是「十年難遇金板凳」。因此，要白雲好好把握住瞬間即有可能失去的機會……。

斟著再三，才選定在無人打攪的雙休日裡去找白雲。但沒想到天不作美，白雲那個時候卻並不在寢室裡。牛大非常後悔事先沒有給白雲打個招呼，要不然，自己也不會被動的吃閉門羹。

由於紅洋樓地處太偏僻，若不是身負重任，牛大很少涉足其間。站在白雲寢室門前，牛大透過門帶窗沒被遮住的玻璃空隙，依稀可以看見屋裡的一張竹質涼椅上，放得有一本翻開了的書。整個房屋裡裝飾非常簡單，只有碧綠與潔白，沒有張揚與奢華，就連空氣中都在瀰漫著淡淡芳香。

屋裡靜悄悄的，看來伊人確實不在家。牛大想要離去。突然，一陣芬芳隨著流動的空氣亦然襲來，實在有些令牛大陶醉，更讓牛大展開了無限的遐想。

靜悄悄的校園，靜悄悄的紅洋樓，靜悄悄的白雲寢室和寢室的周邊四圍。那時候，除了鳥語花香，就再也沒有其他的聲音。四周寧靜得出奇，寧靜得有些怕人。白雲的寢室就在靜悄悄的校園中顯得更加的靜悄悄，更加的幽靜和安寧。然而，哪一個也意料不到，那樣的安寧究竟能夠維持到多久？那喪盡了天良的邪魔外道，為什麼要教唆它的魔子魔孫來破壞這原本美好的寧靜？

唉！是禍躲不脫，躲脫了就不會是禍；一切該來的，是如何都躲不脫。這是劫數，是魔鬼欺壓良善所犯下的千千萬萬罪孽中的又一罪行。但是，那罪惡的手啊，也不該在那麼寧靜的時候，那麼快就猝不及防地伸了進去。

牛大躬身站在門外的窗前，從細縫裡凝視著屋內，他帶著一種莫名其妙的陶醉，也帶著一種莫名其妙的失落。牛大的心裡，平常總是裝滿了先鋒隊組織灌輸給他的假正確，假偉大；可眼時間，他的心裡卻又裝滿了惆悵又優美，酸楚又甜蜜的那一種特別感受。

四下杳無聲息，牛大也正準備要離去。突然，裡間一陣涓涓的水流聲猶如一陣美妙的仙樂聲，輕輕地從裡面傳了出來，傳進了牛大的耳膜裡。那聲音雖然很輕，但卻有著極強的磁性，很極具誘惑力。牛大聽得心裡一陣竊喜，禁不住湧起了一陣陣的騷動來。

哪個說白雲不在寢室裡？那個時候的牛大，表面上儘管沒有顯露出來一點兒聲色。可他的內心裡面卻是衝動伊始，幾乎就難以自持了。

今天是個好日子。不！是有著難得的好運氣。牛大在心裡暗自慶幸，偷偷歡喜。心裡面暗自高興，表面上卻又故意擺出一副不屑一顧的樣子。這就更加說明，牛大是一個極有城府的陰險小人。

牛大輕輕地一推了一下門，門沒門死。「好事」，牛大心裡暗暗地歡喜著。進得屋裡，他又輕輕地走到裡面另一扇門前。從光亮處到陰暗處，一時還不大適應。稍待片刻，又才能夠用眼睛仔細地打量著屋子裡面的一應事物來。

白雲寢室裡面還有一道小門，被稱為內門。雖然同為木質結構，內室門卻沒有大門厚實。可也非常的牢固，遺憾的是門有很多的隙縫。白雲在裡面拉上了一道綠色的塑料簾子，就把裡外兩間大小相同的屋子完全給隔絕了開來。人們為了防盜才發明了鎖，就是再好的鎖也只鎖得住君子而鎖不住小人。白雲用門簾隔離內外空間，卻因為她的一時大意便又鑄成了悔恨終身的大錯。

在小門前，牛大有恃無恐的仔細觀察了一會兒，從遮擋空隙處的墨綠色布料看，老練的牛大曉得門的裡面一定是掛有一層遮掩內裡的門簾，目的是不讓裡面的春光外泄。或許是色膽包天的緣故，或許也是牛大算死了這一段時間裡，絕不會有任何人來光顧那一處平常就少有人涉足的西後院。所以，心裡已經上了火的牛大，完全沒有了平常在下屬面前的那一副道貌岸然的光輝形象。

牛大大膽地把原始的欲望暴露無遺，把「偉大、光榮、正確」的假面具放在了一邊，暴露出來的卻是他最骯髒的，也最真實的為人本性。那時候，不要說是愚弄群眾的偽思想，就是作為人最起碼的道德水準，也被牛大本質裡的獸性踐踏得幹乾淨淨。

被獸性激活了的牛大，急得像猴子一樣的繞腮抓耳，不曉得該如何做才好。陡然間，小門上現出了單罡的面孔，好似一盆冰涼的冷水潑在了他的頭上，才使他想起了他的恩師，也是發現並提攜他的百樂。

好懸喲！險些做傻事。牛大有了後怕，他的身子也發起了抖來。突然，潺潺的流水聲又又響了起來，水聲中還夾著輕輕哼唱的歌聲……。離開？還是留下？離開，似有不甘；留下，又毫無辦法；開口搭訕，過過口癮，卻又不好聲張呼喚得。

如何辦呢？牛大又一次陷入了矛盾中。

最終為自己

去喊白雲的學生回來告訴牛大說白不在寢室，牛大嘴上沒說什麼，心理卻總不那麼相信。待學生離開後，給自己找了個巡視校園的理由，竟鬼使神差地來到了白雲的寢室門前。

「去找白雲談談教學方面的事情」牛大在心裡對自己說。這一次他準備要給白雲開誠布公地亮出底牌來。告訴白雲，教委單書記很欣賞她，成了領導挑選的苗子，這是她的造化，是「十年難遇金板凳」。

沒想到天不作美，白雲真的想學生說的那樣不在寢室裡。站在白雲寢室前，牛大非常後悔事先沒有給白雲打個招呼。要不然，自己也不會吃閉門羹。

躊躇片刻，牛大透過玻璃空隙，依稀可以看見屋裡一張竹質涼椅上，放得有一本翻開了的書。整個房屋裡裝飾非常簡單，只有碧綠與潔白，沒有張揚與奢華。或許是愛屋及烏，牛大甚至覺得關著門窗的白雲寢室裡似乎連空氣中都在瀰漫著淡淡芳香。

屋裡靜悄悄的，看來伊人確實不在家。正當牛大想要離去時，一陣芬芳隨著流動的空氣襲了過來，就是這股突然襲來的芳香實在有些令牛大感到陶醉，更讓牛大萌生出了無限的遐想。

牛大乾脆躬著身站到窗前，通過細縫窺視著屋內。帶著一種莫名其妙的陶醉，也帶著一種莫名其妙的失落，牛大覺得心裡空蕩蕩的的。

平常，他總是裝出一副道貌岸然的假正經，假偉大；可眼前，他的心裡卻又裝滿了惆悵又優美、酸楚又甜蜜的那一種特別感受。

四下杳無聲息，牛大正準備要離去。突然，一陣涓涓的水流聲猶如一陣美妙的仙樂聲，輕輕地從屋子裡面傳了出來，傳進了牛大的耳膜裡。那聲音雖然很輕，但卻有著極強的磁性，很極具誘惑力。牛大聽得心裡一陣竊喜，禁不住湧起了一陣陣的騷動來。

牛大輕輕地一推了一下門，門沒門死。

「好事」，牛大心裡暗暗地歡喜著。

進得屋裡，他又輕輕地走到裡面另一扇門前。牛大有恃無恐的仔細觀察了一會兒，從遮擋空隙處的墨綠色布料看，老練的牛大曉得門的裡面一定是掛有一層遮掩內裡的門簾。白雲的寢室只能聽得見聲音，卻無法窺覬裡面的春光。牛大覺得很沮喪。可正當牛大失望地要準備離去時，突然有了新的發現。他看見從裡面門簾綴起處，剛好錯過了木門空隙間的一隅。於是，牛大也顧不上身份，迫不及待的湊上眼睛向裡看了進去。

看見了，牛大先是看見了一角，慢慢地，隨著塑料門簾被流動的氣浪輕輕地扇動，牛大不斷的調整姿勢，他終於看見了裡面的無限春光，看見脫光了衣服的白雲。

牛大看得如醉如癡，完全忘記了自我，大膽地把原始的欲望暴露無遺，把「偉大、光榮、正確」的假面具放在了一邊，暴露出來的卻是他最骯髒的，也最真實的為人本性。

然而剎那間，牛大想起了自己對單罡的承諾，那承諾是為頂頭上司、也是對自己有提攜之恩的恩師，牽針引線搭橋為媒的使命啊。

牛大閉上了眼睛，深深吸了一口氣，強迫自己要冷靜。再慢慢地，慢慢地退出了門外。

牛大那雙在陰暗處用得太疲憊了的眼睛，陡然間在陽光下還實在適應不了。好一會兒，牛大又才能夠看得見東西了。他不喜歡光明，覺得還是陰暗處好些，也不喜歡陽光，因為陽光會讓他那骯髒的靈魂暴露無遺。

一陣涼爽的風吹了過來，牛大覺得清醒了許多，又恢復了領導者那種高深莫測的故作姿態。巡視了一圈校園，本該就此罷休，可牛大的終極目標終究還是西院。因而牛大信步穿過西院後花園，又再次來到了紅洋樓。

但貪眼前樂

一路上，牛大顯得很矛盾……。

「單書記可是你的恩人！沒有他，又哪來你的今天。」殘存的理智總是在提醒牛大，命令牛大，希望牛大懸崖勒馬。

牛大本待退縮。他曉得，為了前程，自己必須懸崖勒馬。犧牲自己而成全領導，理應是明智的舉動。可是，欲望又像是一個唯恐天下不亂的教唆犯，故意讓牛大記憶起了白雲脫光衣服後的誘人畫面，把那些令牛大噴血的畫面一張一張地又展現在了牛大的眼前，實在讓牛大有些進退皆為難了。

「莫回去！莫回去！前程要緊……。」欲望總是和理智作對，也拼命地反駁著理智，並慫恿著牛大到白雲寢室去，「把門推開，進去！進去！」

世人但貪眼前樂的邪惡欲望，還是把牛大的腦殼吹得漲漲的。他終於又按捺不住了，牛大對白雲的那種欲得之而快慰的強烈的占有欲像是一把火，燒得牛大頭昏腦脹心犯糊塗。那欲望也像是貓兒的尾巴，越摸它越翹，可就是摸不掉隱藏在牛大內心深處的那股邪惡的占有欲。牛大在內心潛在的占有欲地慫恿下，殘存的理性也慢慢的就蕩然無存了。

「好色花下死，變鬼也風流啊！管他呢？」淫欲與私心終於擊敗理智，完全占了上風。鬼使神差下，道貌岸然的牛大還是鬼鬼祟祟地又來到了白雲的寢室門前。

這一次，牛大完全不摸黑路，他已經是輕車路熟了。輕輕地推了推白雲寢室門，門卻關著。但牛大很快就發現，門邊的雙葉窗戶只關了一栓。牛大搬來屋邊的水泥磚，踮起腳來沒有費多少周折，就打開了另外一栓窗門，稍一縱身就輕輕地跳進了屋裡。

白雲正躺在室內唯一的一張舊竹涼椅上，宛如一尊側睡著的雕像，彷彿是睡著了……。熟睡中的白雲滿頭秀髮還沒乾。

「占有她！」一股罪惡的念頭，瞬間在牛大的心裡陡然升了起來。惡由心生，這話一點不假。牛大心裡那股天理不容的邪惡念頭一旦產生，其強烈程度之猛烈，竟然如同決了堤的江河一般。霎時之間，惡念便很快就泛濫成了災，而且，那災難亦是一發的不可收拾。

白雲睡得太死了，等到她終於醒來，卻是在撕裂般地疼痛中給驚醒過來的……。醒過來的白雲，一時間反倒懵了。可是，她畢竟是一個大姑娘了，在那一剎那間，她還沒有完全明白過來就像是窒息過去了一樣。因為牛大臃腫的軀體太沈重了，壓得白雲喘不過氣來。白雲不願意相信眼前的事實。她多麼希望眼前的那一切都只是一場夢啊！哪怕是噩夢。因為，噩夢醒了過來，一切都將成為過去，一切都還可以從頭再來。可是，白雲所遭遇到的既是噩夢，但也是殘酷的事實。白雲不得不明白過來，如同遭到猛烈電擊，她的腦子一片空白，麻木了，傻了。

從不說髒話的白雲，破天荒地拼著命罵出了一句：「你滾！你這個遭千刀殺的雜種！你這個畜生！」十來個撕心裂肺的字組成了一句簡單的罵人的話，既罵出了白雲心理的羞愧、幽怨和憤恨、吶喊，也罵出了白雲的輕蔑、厭惡、鄙視與仇恨。

白雲悲聲地哭喊，更是天底下所有飽受欺凌的白雲喊給無垠蒼穹傾聽的怨與恨的吶喊！是對牛大和賦予了牛大權力的主子及其庇護並助長牛大犯罪的邪惡體制的血淚控訴！

白雲欲哭無淚的內心深處，正聚集著深沉的怨恨——她想：即使變成厲鬼，也不會放過殘害她的牛大。

看著不言不語，悲憤欲絕的白雲，牛大的良知似乎有些復甦了。

他有點兒後悔，亦開始自責。先惱恨自己色迷心竅的不理智，又接著為自己尋找理由開脫。在白雲面前，牛大打著自己的耳光，罵自己是混蛋；不是人，是個畜生。並且再三表示，今後一定對她負責，會好好關照白雲，補報白雲。為表示他絕非隨意許諾的誠意，牛大一再說明他準備如何彌補的具體措施。他說願意為白雲今後漫長的人生道路添磚、鋪路，還要為白雲往後的錦繡前程引領、奠基。

白雲一句話也沒有說。

夜裡，白雲吞下了整整一瓶安眠藥，沒留下一句話，就這樣走了；

她走得俐俐落落，消失得平淡而又突兀。

13 弱女猶唱長恨歌

白雲死不瞑目

白雲的靈堂就設在黑山中學那寬敞的大禮堂。

對於白雲的英年早逝，人們眾說紛紜。儘管各種各樣的話都有人說，可總的歸納起來也不外乎是說，白雲雖然沒有討到一個好死，也總算討到了一個好埋。你看，她的後事辦得好熱鬧喲！排場之大也算是超越了許多的老姑老母過世。

人啊！說起來也真的沒得意思。不管是長壽的，還是短命的；也不管是富貴的，還是貧窮的，一旦撒手謝世的時候，都叫做過完了一輩子。人生的確苦短。人的一輩子，不是過於辛苦，就是太過短暫。像白雲一樣，那麼年紀輕輕的，平常也都無災無病，身體也還蠻好的，可是，她也還不是一樣的會夭折？沒有聽說過有任何一點兒預兆，好端端的，突然之間就患上了一場急病，說死就死了。

人們嘆息白雲，也想到了自己的未來，似那般花兒一般的年紀，花兒一般的模樣，就像是一朵剛剛開放出來的鮮花，如何說凋謝就凋謝了呢？事前沒有任何征兆，沒有任何預感，一個鮮活可愛的生命就那樣消失了。說沒有就沒有了，取而代之的是一張放大了裝置在黑色的鏡框裡面還披著黑紗的照片。

白雲的遺像被置放在靈堂的正中。遺像的四圍擺滿了各式各樣的花圈，還有一些學生從附近野外採摘來的素白色的野菊花。白雲依舊一身素白，就那麼靜靜的仰躺在花叢裡面。放大了的遺像一點兒也沒有走樣，還是那麼的栩栩如生，假若不是黑色的鏡框襯托著照片，真的是一點兒也看不出來死相。

鏡框裡面的白雲與還沒入殮的白雲一樣，那模樣還是生前那麼招人憐愛，但她的神情色彩倒是有了明顯的變化。只要仔細地一看，花叢裡的白雲被強行閉上了眼睛，而遺像上的白雲那一雙黑白分明的大眼睛依舊栩栩如生的，正在向人們放射著冷漠的光。好像是要告訴還在癡迷著這個世界的人們，她白雲算是看破了紅塵，厭倦了塵世的生活，被迫無奈下才先走一步。

是變了，遺像上的白雲比較起生前多了一些冷漠，完全沒有了她生前的那種陽光和熱烈。就是那冷漠的眼神都還顯得有些詭異，亦如一個看破了紅塵的閱世老手，在飽受了世間的折磨後而變得不屑於這個世間的醜惡，而對塵世間的任何事情都是一種無所謂。

白雲不像死相，依然還是那麼漂亮，嬌豔猶如帶水梨花，還是那麼的楚楚動人，那麼的引人注目。奇怪的是，白雲那一雙黑白分明的大眼睛竟如活的一般，眼睛極具靈性，依舊充滿著生命的活力。你看她，她也看你。從白雲那黑白分明的眼珠裡射得出來的不只是光冷冷的光，似乎連她的眼珠子都還會動。但是，那原本純真無邪的眼睛，如今卻已變得既冷漠又陰森，讓人望而生畏，甚至不敢與她對視。

牛大就不敢望白雲的眼睛。要是他敢大著膽子望她一眼，牛大就一定會發現，從白雲會動。眼珠裡射出來的冷漠的光，總是緊緊地跟著與她對視的人們的眼睛，並且，還會隨著對視人倉促逃離的方向而移動。

白雲好像是在尋找她要找的人⋯⋯。

最先發現那一異常現象的，是一位居住在學校附近的老太婆。她一嚷嚷，大家先還不以為然，以為是老太太迷信心重，待到證實所言不差後，都認為那確實是咄咄怪事。白雲人都死了，遺像倒像具有靈性似的會望人，還會用她的黑眼珠隨著人的眼光而遊動。

真是邪門了！難道會是死不瞑目？或者說還有心事未了的白雲是在尋找著哪一個她放不下的人？在尋找她的仇人？

讀得懂白雲眼光意思的人，都相信白雲的靈氣依舊還在，那種令人難以置信的目光就是白雲在察看，在記憶，更還在留戀。新逝的白雲還沒有到奈何橋，當然就更沒有喝忘魂湯？她還想留下來，或者是想要最後看一看？在她厭惡的塵世中除了她的家人外，又還有哪一些人在關心她，在念叨她，來看望過她。她還想要看一看，還有哪一些人在躲避著她，怕見到她而不肯來最後看一看她。

看見了，透過瀰漫滿屋的鞭炮和燻香的煙霧，白雲看見了許許多多的人。那些人一群一撥的來來去去，那中間有很多她所不熟悉的人，但她也看見了那些她熟悉和熟悉她的人。此外，白雲還看見，幾乎所有的人的臉上都帶著悲戚和無限的惋惜，有不少人的臉上還掛著感傷的淚花，那樣子實在很悲痛。

曾幾何時，白雲還和他們相處過，交流過……。可哪個又想得到，短短一夜間，人們竟與她是陰陽兩相隔，陰陽兩處各在一個世界。

設為靈堂的禮堂很大，很寬敞。平常能夠容納數以千計師生們集會的禮堂，如今卻穿來不息地流動著前來弔唁白雲的人。在如泣如訴的哀樂聲中，靈堂裡面的氛圍顯得非常的莊嚴而又肅穆。

那些來看望白雲的人也不曉得如何會有那麼的多，大多是三三兩兩，一路一群。那些湧動的的人流中，有白雲生前的學生、同事和同學、朋友，還有學校周邊的群眾和學生家長。大夥兒的心情都很傷感、悲戚，一些學生的眼睛還哭得紅紅的。不管是白雲教過或者沒有教過的學生，他（她）們都自發分批默守在靈前，輪流換班，輪流最後陪伴著白雲一會兒。

家長們都說，白老師是個多好的人啊！如何說走就走了呢？好人命不長，真的可惜呀！學生們也說，白雲老師是好人，如今要走了，他們唯一能做的，就是再多陪伴白老師一會兒。大家都希望白雲走得放心，一路走好。

遺像亦有靈

人們來看白雲，白雲也在看著來弔唁她的人們。一看到人們在為她傷心落淚，或許白雲心裡也很酸，很苦，很痛。或許白雲也感到非常的欣慰，她總算早他們一步脫離了鐵蹄下苦掙扎的艱辛與艱難。白雲會不會覺得離開了塵世，自己到還懂得了不少的道理。是啊！塵世雖然不肯善待她，可上蒼卻很善待她；生前白雲溫柔嫻淑，死後亦然多情善感。而到如今，儘管生死亦是兩重天，而白雲反倒覺得，自己總算得到了空前的解脫。縱觀普天之下，到底還是好人居多。

已經棄世的白雲生前就很愛生活，也愛她曾經與之共同生活過的這個世界上的所有好人。可如今，白雲倍感痛心的是自己與他（她）們竟然已經是生死兩茫茫，成了兩個世界的鬼和人。按照白雲謙和的個性和禮貌待人的習慣，本該是「來而不往非禮也」。可如今，不管白雲再是如何知書達理，卻也苦於沒有辦法能夠表達出來她心裡的那份感激。說白了，白雲今已不是人了，她只有靈氣，卻沒有肉身。肉身就在眼下花叢中的紙棺裡面，要不是專用的冰塊防護著，或許早就臭了，哪裡還能說出話來呢？

眼前的白雲雖有靈，但卻無形，全憑著一股怨和靈支撐著。不信，你就是拿著高頻率的話筒給白雲，讓她以最大音量地喊出她心裡那些要感激人們的話，喊出她對那個剝奪了千千萬萬像她一樣花季少女生命的罪惡世界的血與淚的控訴，看看人們是不是聽得見一個弱女子想要要告知世人的聲音。

除了仇人，白雲依然愛著大家。她覺得自己還有很多話想要跟大夥兒說，她想要讓所有的人都能聽得見她的聲音。

白雲是學中文的，從她的教學生涯一開始，她就是教學語文學科。在業務上，她剛剛才在成熟起來，可白雲的表達能力卻一直都優秀。上課時，白雲的聲音甜美、動聽。音質、音色，語氣、語速都極富磁性，讓學生多聽不厭。白雲的聲音，大家都比較愛聽。她的學生，以及學生家長和其他一些業內業外的人，他們有事無事的都愛去找白雲說話，只希望能夠聽到她那甜甜的聲音。

剛剛才離開這個世界，白雲陡然發現，自己依舊還留是戀著這個雖然對她很不公的世界。白雲心裡清楚，能突然有了那種想法其實也並不是白雲覺得好死不如賴活，而實在是白雲心底的怨氣並沒有因為——沒討到一個好死但討到了一個好埋，而有絲毫的緩解。相反的，白雲方才發覺自己竟然還有著很多的心事未了。從這些未了的心事中，白雲篩去篩來竟又發現，原來她最大的心事就是復仇。

不怪白雲的心裡充滿了恨和怨。她原來真的是那麼本分善良的一個人，是現實中那醜惡的推手把她推到了與善相反的對立面，讓她被迫成了善的敵人。白雲好恨啊！她恨自己不該結束自己的生命，她恨那迫使她早早就離開了這個世界的人。

白雲決心要報復！她在心裡發誓：「等著吧！牛大，就是做了鬼，我白雲也不會放過你，陰間如果有正義，也絕不會放過你們。白雲不放過你，一定要你還命來！」

大家都在感傷，在為白雲的離世充滿了痛。而白雲的心裡也充滿了感激，她那一對黑白分明的大眼睛也在默默的注視著為她傷感的人們，似乎還想要告訴人們很多感激的話。她想告訴她的學生、同事和同學、朋友，想告訴來看她的每一個她所認識和不認識的人們：「不要愚忠，不要輕信，你們同樣生活在一個渾濁的世界裡，千萬千萬要提高警惕啊！」

真誠的送別的人們，濃濃的傷感的氛圍，無不一次次地再度勾起了白雲生前曾對未來生活有過的憧憬，對紅塵世界的流連忘返。當然，也就更加一次一次地又激起了白雲對離開這個世界的反悔，越是死不甘心，也就越後悔，越後悔也就越是激起了白雲對於毀了她一切的兇手和始作俑者的無比怨恨和仇視。

生前處處與人為善的白雲如今已產生了恨。那恨是由怨而生，再由恨而生怨；恨生怨，怨生恨，周而復始，怨恨交加，如此循環。到後來，恨更摯，怨更濃，一絲絲，一縷縷，一層層，一疊疊，怨疊著恨，恨纏著怨，終於匯聚成了一股勢不可擋的冤與靈的氣勢。

那一股怨氣在後來的天長日久中，幽怨成靈，怨恨交集，越聚越濃。終於，含冤的怨氣直沖雲霄，上達天國……。

看見了，白雲終於看見了仇人。

有人看見靈前的白雲遺像有些異樣，說那一雙會轉動的眼睛陡然間發出了一道陰森森的綠光。那道陰森的綠光實在很邪門，簡直就是一閃即逝，動作之快，實在令人匪夷所思。但是，好像是上天的安排，那讓人難以置信的異象終歸還是被有的人看見了。

白雲也看見了，她看見了那個斷送了她無限生趣而駕鶴西去的畜生，依舊還是人模狗樣的像在應酬他的上司是那樣的躊躇滿志。唯一不同於往常的是，今天那個畜生很低調，而且還是混跡在人群之中，但也還在臺面之上……。

絕不放過你

牛大正站在靈堂的一角。他早就發現了白雲的眼睛會轉動，好像是在圍著他轉。牛大只好躲在遺像側面的死角，不敢拿眼睛去對視白雲那雙充滿了幽怨與憤恨的眼睛。追掉會上牛大沒有講話，而是讓給了班子裡的其他人，理由就是感冒了，有些不舒服。

「回去休息一會兒吧！牛校長。」

「是啊！看您臉色多不好？」

有人體貼領導，勸他回去休息，牛大拒絕了。對於白雲的英年早逝，牛大實在是痛感惋惜。內心裡，牛大一直都在千遍萬遍地求告白雲原諒他，放過他。可在表面上，牛大卻又是一副痛惜英才早逝苦模樣，而靈魂的深處，卻不得不承認自己就是一個混蛋。不！更應該說是一個壞蛋，是一個不折不扣的殺人兇手。

局外人難以看穿牛大的內心世界，而牛大自己卻在心裡一千遍一萬遍的自責著。他承認自己很壞，但是，他也從心裡感到委屈。因為，牛大覺得他只是一個小壞蛋，比他牛大更壞的還大有人在。他們看起來道貌岸然，實則卻是壞得流膿。是的，他承認自己就是直接害死了白雲的小壞蛋，亦是害死了白雲最直接的兇手。可那些把他調教成小壞蛋的大壞蛋們，才是害死了白雲的另一類兇手，更是始作俑者。要不是那個大混蛋想要把白雲據為己有，他牛大如何也不可能會在那麼短的時間內就對白雲霸王硬上弓的呀！乃至於害得花容月貌的白雲那麼年輕就過早的香消玉損，也害得自己擔驚害怕不說，更可惜今生今世縱然是上天入地，再也難覓白雲的芳蹤倩影。

「唉！可惜了……」一想起白雲生前的花容月貌，牛大禁不住喃喃地自語起來：「可惜呀！她的命太短了。」

「您說什麼呀？」站在牛大旁邊的後勤主任茫然地問道：「哪個可惜了呀？」

「我說……我說……」從來都自持口才很好的牛大，竟也一時口吃起來。但腦殼轉得很快的牛大，馬上就找到了自我解窘的話語，他裝出一副痛惜良才的樣子哀聲說道：「唉！我是說……白雲的去世，實在是我們學校的一大損失哪。」

那是，那是，還這麼年輕就……。」主任馬上也跟著牛大觸景生情般的感傷了起來。在緬懷白雲的種種好處中，主任跟校長一樣，在心裡追憶起了白雲生前的花容月貌和鶯聲燕語，無需再做作，不覺都是悲從心來。而牛大的心裡就更覺得悽苦了，想到了傷感動情處，兩個人的心裡都覺得苦苦的，酸酸的。

白雲的靈前擺滿了花圈和祭幛，整個靈堂裡到處一片花花碌碌，到處都是五顏六色。在那些紙做的花叢裡面，也有一些看上去都還很鮮艷的野生真花；無論是紙的假花，真的野花，全都密密麻麻的擺滿了白雲的靈前。

那些鮮豔的野花，都不是花錢買來的，全都是學校裡的一些老師帶著學生們，他們一大早就跑到鎮外的曠野處採摘了來獻給白雲老師的。花色只有黃與白兩種顏色，黃的是菊花，白的也是菊花，那些花兒雖然值不了什麼錢，可是，它們是全都代表了師生們的一縷縷哀思和永永遠遠的懷念。

白的花，黃的花，不但憑空增添了靈堂裡肅穆的氛圍，還讓人忍不住悲從心來，更加的倍感傷懷。然而，只有校長牛大獻給白雲的那一束也是他自己采來的白菊花，卻是那麼的與眾不同，花兒潔白又漂亮，還非常的醒目，非常的特別。

那束白色的菊花就擺在白雲黑色的遺像前面，與靈前黑色的輓聯和黑色的祭幛倒是形成了一種色彩鮮明的對比。黑白分明，映襯亦是那麼的和諧，那麼的對稱。

看了牛大獻的菊花，再看牛大本人，你一定會覺得：在牛大那愁戚的表像後面，卻依舊寫滿了他對下屬的指手畫腳，對上面來人卻點頭哈腰，對局外之人愛陽奉陰違，對世間好的東西總是有著強烈地占有欲。

再從更深一處看，從更深一層想，你一定還會捕捉到牛大的內心裡，好像還隱藏著一絲如釋重負的暗自慶幸。牛大慶幸的是白雲沒有一個強有力的家庭作為後臺。沒有人會為白雲出面扯皮打官司，甚至找單位放刁撒潑乃至拼命。

白雲一家三代人，祖母和母親都曾經歷過數十載的風雨歷劫，比較起常人來說，她們可要堅強得多。可白雲的英年早逝無異於一聲晴天霹靂，震呆了那一家僅存的兩位老人。本來就充滿了苦難的家庭猶如雪上加霜，是噩夢切底的毀滅了白家兩代老人最後的希望。

有人在默默地對著蒼天發問：「是老天也欺軟怕硬？或者是塵世間的現實世界太過殘酷？」更可憐！行將就木的老祖母，可憐！傷心欲絕的白雲母親。自從驚悉噩耗，兩位老人欲哭無淚，欲喊無聲。她們都非常地疼愛白雲，也很遷就總在她們面前任性的白雲。久遭磨難而殘喘於世的祖母本來就已經風燭殘年，自從白雲夭折的噩耗傳來，老人家當時就昏厥了過去，至此都還病倒在床，料定今生以難以再爬起來了。

「殺了人的天啊！你如何不睜眼？」

白雲母親表面默然無語，但她的心底卻在吶喊。她實在是一個堅強的女人，雖然噩耗給了她撕心裂肺的痛，也沒能把她給壓垮。就是強撐著一口氣，也要親自為女兒盡完最後的一份責任，送女兒離開這個齷齪的塵世。

除祖母和母親外，白雲的親人還有一個藍天。藍天就是白雲魂牽夢繞自死都難以忘懷的戀人。藍天無時無刻不在期望著，希望接白雲進家門的那一天能夠早一點兒到來。可老天就是不睜眼，藍天沒有等到迎娶白雲的那一天，等來的卻是白雲命赴黃泉的噩耗。

望著白雲遺像上那一雙幽幽怨怨又水靈靈的眼睛時，藍天再也控制不住本已調整好了的情緒，撕心裂肺地呼喚著，哭訴著：

「白雲！……我……好……悔呀！……」

藍天悔之晚矣！縱使「千哭萬喚，也喚不歸，上天入地，亦難尋覓」。

陰陽兩隔

藍天的聲聲呼喚，喊得在場的人都跟著一起悲，一起痛，一起流淚，一起哭。哭聲震天、憾地，不僅白雲能聽見，似乎連天地皆以為之動容。一時之間，黑山白水的草木山水亦然為之失色，白雲的靈堂內外更是一片愁雲慘霧。

不曉得是藍天的至真至誠感動了主宰著萬物的上帝，還是在幾種因素的相互作用下產生了連鎖效應？白雲的靈堂霎時出現了異象。只是沒有人注意環境的變化，直待到一陣陰冷的風，不曉得是從哪個旮旮角角裡鑽了出來，慢慢地就在靈堂前面吹拂著時。大家以才覺得有一點兒怪異。

接著陰風的驟然乍起，剛才還天幹物燥的靈堂外面，天空聚集著很厚的陰雲，更還飄起了一陣如泣如訴的小雨來。

白雲母親從一來到靈堂，就一直坐在白雲遺像前面，望著已經陰陽相隔的女兒沒有哭，也沒有說過一句話。她直視著女兒的眼睛，神情一片漠然，更是一臉淒楚，一臉的無奈和絕望。但堅強的母親，卻沒有一滴眼淚。

白母用眼神和心靈在與女兒作無言地交流：「雲兒啊！沒有想到你竟走在了我的前面，來到這個世界不過才二十來個春秋，你走得太早了。媽曉得你那麼好的體質，正當青春年華，如何也不會被一場急病就奪取了年輕的生命。雲兒啊！你給媽說說，是你的命苦？還是我的命苦？是我們一家人的悲哀？或者更是這個社會現實的悲哀？」

哀莫大於心，痛失愛女的白母一身所經歷過的磨難太多了。不幸卻像與她有緣一般，糾纏了她整整一輩子。曾幾何時，白母亦曾非常慶幸自己有幸生在紅色天朝，但隨著時間的推移，後來她又非常懊悔不幸長在變得越來越瘋狂的時代。

痛苦的回憶有時候也像一種興奮劑，既能給人以振奮，亦能給人以慰藉。幾多的艱難，幾多的磨難；從學生時代的青春少女到為了斗米操心勞累的人老珠黃，白母已經從躊躇滿志的信心百倍捱到了一籌莫展的灰心失望……。女兒原本是她唯一的慰藉和希望，可哪曾料到人將老矣時，命運之神卻又將她送到了厄難的顛峯……。

死別已吞聲，生別常惻惻。痛失愛女的白母，亦如失去了自己的心與肝，只留只是一副有五臟沒元神的空軀殼。白母的靈與魂已隨白雲而去，準確的說已經是僅有一口氣在的未亡人。

白母沒有呼天喊地的嚎啕，但淚水卻像不肯隨著河床幹涸而長埋地下的浸水從白母心底最深處慢慢地浸了出來。那流出來的又豈止是淚水不是心血？

時間過去很快。轉眼之間，白雲出殯的時辰就到了。霎時間，哀樂中，鑼鼓聲驟然變得急促了起來，一聲聲帶有硝煙火藥味的電光鞭炮也著劈啪啦地炸了開來。在那同一時間響起來的「三合奏交響樂」中，給白雲送行的學生、同事及朋友，還有包括藍天在內的僅有幾位白雲至親，也由先前斷斷續續的抽泣變成了撕心裂肺地呼喊……。

「白雲……」

「雲兒……」

「白老師……」

「各位來賓，親朋好友」主持儀式的祭師，沖著靈堂裡所有的人，一遍遍地高聲唱喝著：「敬請現場諸位，各知其事！各知其事……」

祭師在高聲地提醒著現場上的眾人，來的領導、同事、朋友，以及學生和家長等諸多女客們，若有哪一位的「大姨媽來了；生辰八字相忌諱的；陽剛氣息衰弱不濟的……」諸多抵擋不住「閉殮出殯之煞氣」的不適宜者，一定要在閉殮出殯最緊要的剎那間，自動地退出出殯現場，避開煞氣，以免誤了自己。

激越的鑼鼓聲一陣更緊一陣，震耳的鞭炮一陣蓋過一陣。最後的時刻，亦是白雲的親人看她最後一眼的時候到。

「白雲……」

藍天慘呼一聲，痛斷了肝腸。

「雲兒……」

藍天和白母最後凝視著已經入棺的白雲，他們的哭聲只能越哭越遠了，過了此時此刻，就再也見不到他們的白雲了。

「閉……殮……」，在祭師高聲吟唱中，裝著白雲與世隔絕的棺和蓋驟然間便已閉合在了一起。

祭師又是一聲唱喝，「起……棺……。」

14 歸來夜驚魂

校園裡靜悄悄

越臨近暑假，氣溫越高了。

廣袤無垠的大地好似一個碩大的火爐，陽光像火焰一樣炙烤著大地。炎熱難耐時，黑山中學的校園環境就顯出了它獨特的優勢。除西院外，大操場的樹蔭下在一早一晚間就吸引了很多納涼、晨練的人。

今天是假日，多數學生都回了家，留守學校的都是一些愛玩耍的活躍分子或者是讀死書的書呆子，他們不是幾個一起去網吧，就是躲在寢室或者教室裡面啃死書，只有極少的懶東西，為的躲避回家做活計，才留在學校圖清閒。所以，校園就顯得格外情景，像一座沒有了多少和尚的廟宇。

在省城一所師範大學進修的青年教師曉祥，就非常清楚黑山中學這一鮮為人知的情況。傍晚時，他才回到學校。不曉得今天是如何一回事，校園裡空蕩蕩的少有人跡，四周顯靜的嚇人，連蟲子的鳴叫好像也沒有了。離天黑也還有點兒時間，整個校園裡卻冷清清的，沒有笑聲，沒有歌聲，甚至連說話的人聲也少有。大家都蹲在寢室裡？可校外沒人進來？

乾脆連寢室都沒回，曉祥就悄悄地走進一間熟悉的教室，獨自讀起了隨身帶回的複習資料。學校裡沒有哪一個曉得曉祥已經回來了。同事不曉得，學生也不曉得，大家都在自己的寢室裡過著小日子。不曉得是從空氣中聞出了異味，或者是心靈有所感應？離開年多了的曉祥，總感覺到校園裡有著一些異乎於尋常。就是那種有些過於的靜，才叫曉祥坐在教室裡，心裡也覺得有一些堵得發慌。

管他的喲，這裡是闊別了年多的地方，一切依舊，還都是那麼的熟悉，好像空氣都帶著一絲親切的韻味。畢竟是他執教的學校，曉祥才覺得處處都透著一種親切的感覺。

一個人孤獨的坐在教室裡面，曉祥彷彿離他生存的那個世界很遠了。他的心裡感覺到總有些不是滋味，是不該悄悄的回來，還是回來得不是時候？透過窗口，遠遠地看著遠處的一些路燈光，竟然又還感覺到它的顏色是那麼的不真實，就是自己教室裡的日光燈發出來的光輝，好像也是幽森森的，也慘淡淡的。

整個黑山都在沈默，校園也在沈默，世間的一切全都處在無緣無故的沈默之中。

曉祥記得往常完全不是眼前那種樣子。以往路燈放射出來的光是柔和的，一點也感覺不到它的陰森。同樣是在熱天，往常看到的兩院通道因為很向陽，總是非常的寬敞，非常的亮堂。即使是在夜間，在明亮的路燈光的照耀下，同樣也會很亮堂，更會使人感覺到校園裡很安全。

可是，今天不曉得是什麼原因，距離天完全黑下來，應該還有一會兒段時間。曉祥卻沒想到往常熱熱鬧鬧的校園裡，竟然到處都沒有看到一個人影，也聽不到一些聲音。倒是各處的燈都已經早早的就亮了起來，只不過燈光顯得很昏黃，很黯淡，又還有一些迷濛。

曉祥覺得自己不是回了自己工作的學校，倒像是走進了一座沒有生氣的墳場。

伴隨著曉祥心裡的不安，教室裡突然湧起了一陣風。人都到哪裡去了呢？曉祥滿心疑惑的獨自猜度著，百思不得其解。

憑著直覺，曉祥相信校園裡的一切確實有了一些改變。究竟是哪裡改變了？又還改變了其他的哪一些事物呢？

曉祥獨自一個人坐在講臺上藉著教室裡的燈光，埋頭學習起來。

在較長時間的熬夜間，曉祥的精神上出現了少有的怠倦。努力地提了提神，也壓沒有多大的效果。慢慢的，倦意竟然越來越濃，連眼睛都有些發澀了。假若不是曉祥意志堅強，只要稍一放鬆就會覺得神情更加的恍恍惚惚。怪事！曉祥覺得他從來沒有像今天這樣的困過，不光是眼睛發澀，接二連三的又還不斷地打起了呵欠來，像是癮君子犯了毒癮一般無二的淚雙流。

好困啊！使勁地甩了一甩昏沈沈的腦殼，再努力地把眼睛睜得大大的，頭腦總算又清醒了許多。可那種清醒的感覺還沒有維持到多久一會兒，剛才清醒了的頭腦，沒有來得及轉上幾下，馬上又是昏昏沈沈的了。

如此三番，曉祥是越來越覺得迷糊了。他的心裡有些鬱悶，再過一會兒，又還感到了莫名其妙的煩躁，彷彿覺得整個一顆心更在無緣無故的煩躁中發起了慌來。

直覺告訴了曉祥，有一個人，一直默不作聲地站在他的背後，並一直都在緊緊地「盯」著他。

「是哪一個呀？」曉祥在心裡想，並且一再地出聲問道：「喂！是哪位先生，你出來嘛。」不肯露面的人依舊不肯露面，既不理睬曉祥的激，也不理睬曉祥的誘，「無聊！」曉祥的氣慢慢地大了一些。

漸漸地不耐煩了起來。由煩躁到生厭，曉祥的心裡面禁不住騰升起一股無名火來，但他還是在盡量地克制自己。

說實在話，曉祥極不情願在學習的時候，有人來分散他的注意力，面對著打擾了卻又不曉得是哪一個的人，曉祥實在有些憤怒了。

「是小舔！」突然，一道亮光很快閃過曉祥的心頭，他忍不住就大聲地說了出來：「我曉得了，是你，小舔。你想要來嚇唬本教師嗎？」

相見不露面

「唉！……」

驟然間，一聲輕嘆總算響了起來。曉祥心裡一喜，等了一晚上，你也總算是發出了聲音來。雖然是嘆息，而且聲音又還極短，但曉祥還是聽了一個清清楚楚。曉祥感覺到，那聲音聽起來好像還有一點兒悲切和哀怨。聽那聲音既不是像在做作演戲；也不像是在故意惡作劇。說實在的，那聲音好像是發自小菾心底哀怨地嘆息。

哀嘆的聲音實在催人淚下，揪人肺腑，斷人肝腸。像曉祥那麼樂觀開朗的人聽了，也禁不住心裡一酸，更還打了一個冷噤。不曉得是出於什麼原因，曉祥甚至還覺得想要哭。不過，曉祥還是沒有哭，他感謝小菾，那一晚上都不肯開腔的小菾，總算願意發出聲音來了。不要說曉祥心裡感到高興，就是讀者讀到這裡，也許會為書中的主人翁鬆了一口久憋的濁氣。

「謝天謝地！小菾呀，你也終於肯開尊口了。」曉祥無不詼諧地說道。

自那一聲長嘆之後，小菾再也不肯發聲，蕩蕩的教室裡又恢復了先前的那種死一般的沈寂。從聽到了那一聲幽幽怨怨的嘆息，膽大的曉祥竟然又莫名其妙的緊張起來。一時之間，曉祥有一些頭昏腦脹，但他的心裡明白不可能是什麼大病，最多是夜裡受了風寒。

那一晚上，前前後後的事情實在有些叫人費解，更還處處都透視著個說不出一個所以然的詭異。仔細的回想著剛才那一聲嘆息，曉祥又越來越感覺到那歎息的聲音，似乎還是有一點兒不對勁。聲音極輕、且弱，但是卻又拖得很長，很長……似乎她還有著無窮無盡的幽怨沒有讓世人曉得。聽那聲音，好像又還不大像是小菾的聲音。那麼，不是小菾又還有哪一個比小菾更無聊？

「你鬧夠了沒有？」實在忍不住了，曉祥一聲斷喝。

聲音高了八度，蠻不耐煩的曉祥乾脆放下手中的資料，扭頭就向自己身後看去。一看之下，曉祥連冷汗都冒了出來。天呀！和他折騰了一晚上的竟然是連個影子都沒有的——空空如也。任是曉祥再膽大的，也被嚇了個幾乎魂魄出竅，因為他的身後根本就杳無一人。

驚愕中，曉祥實顫聲地嘟噜道：「好扯皮喲！如何會呢？如何會是這麼個樣子呢。」

是幻覺？還是撞到了鬼？曉祥不願意是後一種狀況，他寧可朝著好的方面去想。教室裡裝了好幾盞日光燈……一想到了燈，曉祥馬上打開了所有的燈，讓明亮的燈光照亮了教室的每一個角落，哪裡會藏得住一個鬼？

小舔，哪兒去了呢？一個大活人絕不可能就那樣憑空就消失了？會不會是她自己悄悄地離開了教室？而教室的前門和後門一樣，也是闢得好好的，只有兩邊的窗戶洞開著，那是為了讓夜風吹進來，好涼快一些。曉祥如何都想不通，無論小舔是進門出門，或者是從窗戶上跳進跳出，都會響動啊！自己坐在講臺上絕不可能沒有看見……今天晚上，到底又是如何一回事呢？

一切都顯得那麼的撲朔迷離，一切都顯得那麼的詭異。

太詭異，太嚇人了，實在不可思議。

曉祥開始了害怕。教室的外面一片黑，而教室的裡面好歹還處在日光燈強烈的照射下。曉祥決意堅守在教室裡不出去，天就要亮了，早讀的學生不進教室也會在教學樓外面的林間樹下自由晨讀。人多了就會熱鬧一些，一人一雙耳朵，一雙眼睛……。

突然，又一股陰陰的風，冷颼颼地吹了過來。那森森的風，帶著涼氣，裹著腐臭，像一團團的霧，像一陣陣的煙，既像是從外面的黑暗中吹進來的，又像是從課桌間的空隙處湧起出來的。

似曾相識

那風來得好怪？又陰又冷又還濕漉漉的。陰冷的風似乎還帶有一股刺鼻的腐臭氣息，不僅吹得曉祥的頭皮發麻，就連教室裡原本亮堂堂的燈光，也好像是害怕那一股風似的。陡然之間，亦然暗淡了許多。

詭異的情況一變再變，完全沒有了退路的曉祥一反剛才的膽怯，結果倒還曾添了不少的勇氣。不再害怕了，曉祥覺得，眼前不是害怕的時候，怕也怕不到那麼多了。於是，本來就膽大的曉祥乾脆把害怕拋向了腦後，他站了起來！鼓起勇氣來，睜大著眼睛向教室的四周氣勢洶洶地仔細掃視著。

「我不怕！」曉祥用盡了力氣穩健的站在講臺上向著教室裡面大聲地吼了起來。聲音宏亮、高亢，更還有著非常的震懾力，在黑夜裡，應該會傳得很遠，很遠。

剛才還在肆意亂竄的風，或許也被曉祥的高聲吼叫給嚇住了，馬上就聽話的停止了。教室裡面，包括教室外面的走廊，以及整幢的教學樓四周圍，全都在那一瞬間又恢復了初始的模樣。

不過好景真不長，那寧靜也只是猶如曇花。僅只那麼一會兒的功夫，曉祥馬上又警覺到了新的變化。眼前的景物又開始了更大的變化。

變了！一切真的又變了……。

空曠的教室好像變得更大了，再也不是僅僅只能坐下幾十個學生那麼大小了。風沒有了，霧卻又平地升了起來。那霧像輕煙，朦朦朧朧地瀰漫了開來。透過煙霧再看教室，雖然看得不太清晰，可也還是能夠明顯地感覺到那些詭異事物的存在。教室裡布滿了森森的陰氣，迷迷濛濛的煙霧散了又聚，聚了又變，慢慢的又開始了更新的一輪變化變，變去變來又把煙霧變換成了一團一團的光暈。

教室裡，那迷迷濛濛的光暈，變得有些像層層疊疊的的輕紗，一會兒，又變成了朦朦朧朧的薄霧。不管是煙或是霧，它們都在一片片的飄逸，一團團的聚集；既像氣體，又像雲霧。詭異的霧氣在擴大了的空間裡面，光暈、薄霧、氣體，全都像流水行雲般地飄飄渺渺，不停地遊動。

那情景，曉祥除了在鬼片中見過，還從來沒有真正親眼目睹過。曉祥看得呆了，似乎又不敢相信自己的眼睛。他實在是被眼前那仙境般的景象給迷住了本性，竟然忘記了剛才還在害怕。不過，縱是美景，也是幻覺，都只是過眼雲煙，並沒有能夠持續到多久。還在曉祥如同喝醉了酒一般的時候，更加不可思議的事情又接踵而至了。只有那麼一剎那間，暗淡了的日光燈，像是得到了號令似的，乾乾脆脆全部都熄滅了。曉祥很沮喪，他完全陷入了無盡的黑暗之中了。

黑暗中，曉祥有些慌張，也有些後悔。他以為是因為他那高八度的聲音，把日光燈管都震動得炸掉了。整間教室沒有了燈光。光暈沒有了，輕煙沒有了，雲霧也沒有了，一切全都陷入了非常的黑暗裡面。

接下來又是死一般的沈寂，只有從那洞開著的門窗裡面，無聲無息地又襲來了一陣更加陰冷的風。那風拂過曉祥的面頰，依舊是涼颼颼、陰森森的，但卻非常地刺激。曉祥在陰冷的風地刺激下，就好像是在接受著神對他地提醒，要他敬天地，畏鬼神，要相信眼前的事實絕非虛幻的空有。

人就是奇怪，當被逼上絕路的時侯，他的膽怯也就超過了底線。那樣一來，反倒不害怕了。曉祥本來就是一個夠大膽的人，雖然，他那時候渾身的寒毛全炸了起來，可他還是決定自己一定要爭取主動。

於是，在下意識中，曉祥把手中的一本資料，往講桌上面重重地一拍，同時，他還向著整間教室發出了不可抑制地一聲吼叫：「小舔！莫再鬧了……」

那吼聲雖然充滿恐懼，但也有了些陽剛氣。

說來也怪，隨著曉祥那大嗓門地一聲喊叫，加上他又猛力地拍打手中資料而發出來的一陣爆響聲，已經熄滅了的燈光，竟然又戲劇般地應聲亮了起來。

曉祥又傻眼了。他完全沒有料到，那瞬間燈光依舊，只是有一點兒灰白，又還有些迷濛，就連教室後面幾排的桌凳都已經看不清楚了。

「咦……」曉祥又是一聲輕喝。

隱隱約約的，曉祥只能夠感覺到，較之教室的後面部分，講臺上那一小片兒，彷彿又成了另外一塊天地。重新亮了起來的燈光沒有先前明亮，最讓曉祥驚異的還是教室裡面竟然多出了一個人來。

那是一個穿著雪白襯衣的女娃兒，她正端然坐在第一排中間剛好對著講桌的位子上。依照情形來看，那女娃兒子好像一直就是坐在那裡的，只是曉祥沒有發現她罷了。

「不可能呀！未必我先前真的沒看見她嗎？」曉祥在自己心裡叫著屈，還以為剛才是自己在嚇唬自己呢。

現身出來的女娃兒並不理睬曉祥，曉祥卻又看不清楚那女娃兒的臉。隱約間，曉祥倒是覺得那女娃兒的臉，好像是被她那長長的一頭秀發遮掩著，在燈光照耀下，那女娃兒反倒顯得又有了一些飄飄渺渺，若隱若現，宛若仙子一般的模樣。

如泣如訴

「她不是小舔！」

曉祥心裡想。從依稀可見的姣好身影判斷，曉祥覺得她是一個很熟悉的人，只是一時又想不起來她究竟是哪一個。看她的模樣，似乎可憐巴巴的實在招人憐惜，令人疼愛。再仔細地看一下，曉祥肯定那白衣女娃兒，真的不是小舔。

「哪一個呢？」曉祥嘀咕著。

使勁地揉了揉眼睛，曉祥想要把她看個清楚，雖然近在咫尺，卻又看不真切。因此，曉祥又好奇，又著急，心裡面像是堵了一坨草，心慌慌的。說實在的，曉祥也不可能把包括那個女娃兒在內的一些事物看得真切。因為，那被籠罩在光暈中的整個人幾乎是被迷濛的光霧所掩飾，透著一股說不出的神秘和詭異。

「今天是如何的呢？」曉祥糊塗了。

曉祥問她：「你是哪個？」

她不理睬。

「鬧了一個晚上，你究竟是哪一個……？」曉祥再問。

話沒問完，曉祥就變得瞠目結舌的了，驚愕的目光久久的直視著眼前那既似輕煙又像濃霧的朦朧景象，注視著眼前那女娃兒……慢慢地，曉祥看清楚了些了她真的不是小舔，而是白……雲……。

太富有戲劇性了，一晚上翻來覆去的變化，把曉祥搞得個頭昏腦脹稀裡糊塗的。

曉祥在想，白雲扯一晚上爛皮，未必受了什麼委屈？看她那一副似有所祈求，亦有所期盼的樣子的模樣，曉祥就想要幫助她，卻又不曉得如何來幫助。

「我能幫助你做點兒什麼呢？」曉祥問白雲。

白雲卻不給曉祥的面子，即使問了也不回答。曉祥既尷尬又放不下。問得久了，白雲索性從長髮裡面露臉來，眼睛直直地盯著曉祥。

曉祥發現她的眼光很駭人，一點兒也沒平常那種溫柔，但卻透著一股幽怨，神色顯得非常複雜。

「我好苦啊！」

白雲好像看透了曉祥的心思，她終於開口說話了。她不從正面回答曉祥，只顧嘟嘟囔囔，是乎在述說她的苦楚。

「我苦啊！……苦……啊……」幽幽的聲音再度響了起來，像是從很遠的地方傳過來的一般。

「你有什麼苦呀？」曉祥問。

突然，白雲停止了叫苦，幽幽地對著曉祥吟誦道：「……月色昏昏，夜色沈沈，幽冥地府內，日月皆無光，又添無數的怨鬼新魂……」

白雲的身形看不真切，可那聲音卻挺熟悉。聽起來有點兒沙啞，聲聲低沈、婉轉，句句如泣如訴，更還不休不止。

哀怨的聲音，久久地縈繞在曉祥的耳畔，久久不斷亦不散，久久地撕裂著善於同情弱者的曉祥那顆善良的心。

久聽之下，曉祥又開始變得不安了起來。曉祥又覺得白雲的聲音越來越淒厲，也越來越幽怨。在夜深人靜的夜裡，曉祥聽得心裡直冒寒氣，他想要趕快逃離教室，逃離眼前的白雲。可是，即使他想要離開教室，眼下卻又邁不出腳步來。

一個晚上來，白雲並沒有說上幾句話，可說出來的話卻聲聲語音悽楚慘然，而她所表現出來的神色也更是詭異並令人覺得恐怖。縱然是膽子大的人，在那樣一種場合下，聽得多了都免不掉會心驚膽顫起來。

沒有辦法，曉祥只能無奈地傾聽著白雲那如泣如訴的哀聲述苦。聽取聽來，祥也禁不住鬼使神差般地跟著白雲一起傷心欲絕。他完全忘記了自己身在何處，忘記了他坐在教室裡的目的究竟是做什麼，而他只是一味地跟著白雲一起在悲，更忘情地同著白雲一起在怨。

「我好苦啊！……日月無光，又添無數魂……」白雲自顧自地繼續哀嘆。

「沒有想到……你是……這樣的……淒苦……」曉祥不由自主地傷心腸斷。

「嗚……嗚……」又一陣陰冷的風吹了過來。這次的風勢比較大，呼呼有聲地吹得講臺邊角的牆壁上掛著的簿冊、書報掛圖等物獵獵作響。

「我在做什麼啊！」陰冷的風反而吹醒了曉祥，他那迷糊了又清醒，清醒了又迷糊的心陡然一驚，元神也在一怔之下旺了起來。

一時之間，曉祥都不曉得了自己身在何處。

教室裡面無別人

「啪」的一聲，燈光大燦，教室裡所有照明燈光一下子全都亮了起來。那一瞬間，曉祥甚至覺得教室裡面的亮度比大白天都還亮堂一些，他也像是從一個世界走向了另外一個世界。
面對一時還不能夠適應的強光，曉祥的眼睛有些刺痛，一片空白。
竟愣愣地站立在當場……。
「是你呀？我以為是哪一個？」隨著燈光的驟然亮堂，一聲充滿了陽剛氣息的男高音在曉祥的耳邊響了起來。
那聲音既威嚴又洪亮，猶如洪鐘一般，具有非常的震懾力。那聲音亦像憑空一聲炸雷，在寂靜的夜空中突然響起，任何妖魔鬼怪都不能不感到害怕。那聲音把曉祥嚇得一驚，同時也把詭異的景象全都嚇得不見了。
「陽老師！」仿若隔世的曉祥認出了來人。
陽剛看著曉祥，大聲反問：「曉祥，你在為什麼呀？」
曉祥突然聽見那熟悉的男高音地喝叫，就像一個在黑暗中走了很久夜路的人，突然遇見一個熟人開著車請他上去一樣。他感激陽剛老師用那充滿了陽剛氣息的男高音，把他從一片無邊的痛苦深淵中拉了回來。
「你是幾時回來的耶？」陽剛用充滿疑慮的眼神看著曉祥，好奇地問他，「你如何一個人在坐教室裡喲？」
「我，……唉呀……」曉祥長長地出了一口氣，一時間不曉得從哪兒說起。愣了片刻，曉祥才反問陽剛道：「陽剛老師，現在是哪時候了？」

「天都要亮了，你不曉得？」

「不會喲，好像天還沒有黑多久嘛。」

陽剛聞言一驚，滿心的疑惑，一頭的霧水，看曉祥的眼神更詫異了。曉祥眼圈發黑，一臉憔悴，像害了一場大病的模樣。陽剛難以置信，語氣無不充滿了疑惑，他問道：「你……一個人在教室裡坐了一了一晚上？」

「是啊！我從……」像從夢醒來的曉祥，用最快的速度在向四下掃視著。教室還是那間教室，一切依舊，還是昨晚那個樣子。可先前的情景全都停止了，一切都歸於了平靜。那迷濛的煙霧，那冷颼颼的風，那迷濛的光暈，還有哀哀怨怨的白雲全都沒有了。全都在陽剛斷喝的那一剎那之間消失得無蹤無影，一切虛幻的景象又變回了活生生的現實。

曉祥傻楞楞的像個木頭人，黑了眼圈的眼睛有些發紅。楞了一會兒，曉祥再用布滿了血絲的紅眼睛，直視著同樣迷惑的陽剛。他想看一看陽剛會不會是真的陽剛。

一時間，他們倆就那樣你看著我，我看著你。曉祥百感交集，在陽剛的面前，他甚至還有一點兒不曉得對方究竟是真是假的感覺。亦像條件反射一般，陽剛也有點兒懵頭懵腦的了，兩個人都還真的不可能一下子全都反應得過來。平常他們倆都算得上是黑山中學的精英人物，哪個相信那一會兒倆人都是傻模傻樣的，好像都中了邪一般。

到底還是歲年大的人老練得多。陽剛最先警醒過來，他咳了一聲，惡狠狠地把唾液吐在地上，再伸手搭在曉祥的肩上使勁地搖了搖，大聲地問道：「你又如何的了？」

「我……」曉祥被陽剛搖醒了過來，顯得有些不知所措，對陽剛說道：「我也不曉得，只是覺得心裡發酸，還有點兒想要哭」。

「我看你像是欠了瞌睡賬一樣？」待到曉祥的眼珠眨巴了幾下，陽剛又才關心地詢問著，「你是哪時候回來的？如何一個晚上都放著瞌睡不睡，像夜遊神一樣。」

「我有一點兒事情抽空回來一趟，昨天傍晚回來的時侯，大家都沒有在，我一個人也沒有遇見，就……。」

陽剛看著曉祥眼光發直，想到自己剛才也差一點兒就跟著犯起迷糊來，心裡不由得充滿了疑惑。他盯著曉祥看了一會兒，就對曉祥說道：「你們年輕人就是不曉得愛惜自己的身體。用功也要有一個極限，好了，好了，離天亮還有一會兒，你先還是回寢室去睡一覺，早飯好了我再叫醒你。」

陽剛一邊和曉祥說著話，一邊不容曉祥有所作為，就連拽帶推地硬把曉祥帶離了教室。並留下一句話：「要熬夜，明晚再來，又不急在一時。」

在回寢室去的路上，陽剛再追問著曉祥，既然回到了學校如何沒先回寢室，卻一個人在教室裡呆了一晚上？陽剛說他傍晚時還去學校外面買過煙，如何都沒有人看見曉祥回學校呢？曉祥說他從走進校門直到教室都沒看見過一個人。

「怪扯扯的」陽剛很直接地問曉祥：「你說回學校時天沒黑，怎麼沒人看見你呢？」

按說離天黑還早，不可能一個人都沒遇上，陽剛覺得事有蹊蹺，又不好明說得，才婉轉地還勸告曉祥道：「你不要以為歲年輕，也大可不必再像昨晚上那樣去拼命了。」

曉祥不信白雲已

聽了陽剛一席話，曉祥彷彿剛從夢中醒過來一般。熬了一晚上的夜，到現在都還頭昏腦脹暈恍恍的。曉祥對陽剛的勸告感激。可陽剛看著曉祥臉上依舊還是一片茫然，就曉得他還是沒有完全的清醒過來。陽剛對著曉祥搖了搖頭，什麼話都沒有說，只是拽著他，先要把他送回寢室裡去。

「陽老師」曉祥歉意的望著楊剛直傻笑。剛才一連串的問話，曉祥卻一句也回答不上來。他僅僅還記得的是：昨天旁晚，他一進校門就覺得有一些古怪，也沒有看見一個人，就直接進了教室裡去準備熬夜複習馬上就要考試的資料。

或許是當局者迷，旁觀者清的緣故，楊剛從曉祥那一臉的驚愕表象上看了出來，曉祥一個人獨自呆在教室裡的那一晚上，絕對的會有故事發生過。因此，陽剛告訴曉祥說，他每天都有凌晨上廁所的習慣，今天在去廁所回來路過教學樓的時候，一眼就看見整座教學樓就自己所在班級的教室裡亮著的燈光。陽剛不曉得是學生昨晚沒關燈，還是有人在教室裡面。他準備去看個清楚，就特地繞道教學樓過來一看，沒有想到看見的不是學生而在省師進修的曉祥。

「白雲呢？」曉祥突然冒失的問陽剛。
「你說什麼？」陽剛聞言嚇了一大跳。
「我說您來的時候，看沒看見白雲老師？」
「你說哪一個呀！」陽剛實在嚇了一大跳。
「白雲啊！」
一次又一次，陽剛總算是聽清楚了，千真萬確是曉祥在問他看沒有看見白雲。而曉祥也被陽剛的強烈反應給嚇了一跳。他不明白陽剛為什麼聽見問起白雲就臉色大變，所肯定白雲出了事。還沒容得曉祥再繼續追問下去，陽剛馬上就急忙制止曉祥：「一大早的，你如何要提白雲呢？」
曉祥說：「她來找我，可又像是與我躲貓貓一樣，好不容易現了身，她卻又不給我說是什麼事，正要再問她的時候，您就來了。」
陽剛再也聽不下去了，他表情怪異的問著曉祥：「你說你整整一個晚上，你都跟白雲在一起？」
「是啊！」曉祥回答得乾脆利落。當曉祥看到陽剛那一臉驚愕的表情時，他又下了一跳。但還是繼續往下說道：「我是說，您看沒有看見白雲？從您去教室到我們離開教室的那一段時間，白雲就沒有了。那以後，您再看沒有看見她？也曉不曉得她跑哪兒去了？」
聽到這裡，為人老道的楊剛總算是聽出了個眉目。其實，陽剛老早就看出了曉祥有一些不大對勁兒，只怕他鬼迷心竅而有所抵觸，才生拉硬扯地拽著他離開了教室。可是，他萬萬也沒有想到，話還沒有說到幾句，曉祥就赤裸裸的向自己追問起早就已經不存在了的人來。

楊剛雖然膽子大，但一大清早，還是有些忌諱。他拐彎抹角的向曉祥說些無關緊要的事，一直沒提起白雲。

「白雲到哪去了呢？」曉祥打破沙鍋問到底般的追問。

陽剛不答卻反問曉祥：「我沒來之前，你真的在和白雲說話嗎？」

「千真萬確！」曉祥肯定的說道。

楊剛緊盯著曉祥又些茫然了的眼睛，不覺輕輕地嘆了一口氣，才鄭重其事地告訴曉祥：「白雲死了。」

「白雲死了？」這一下又該曉祥驚詫了。

「是的，白雲死了。」楊剛很認真地給曉祥說道，「你去省城進修，學校裡發生的事情也不曉得。白雲害了一場急病，雙休日裡，大家都在自己寢室睡午覺，白雲發閉口砂，沒有人發現就死了。」

「白雲死了多久？」曉祥還有些不太相信。

「都好幾個禮拜了。」楊剛語音緩慢，但卻清清楚楚。「那天學校沒多少人。你曉得，白雲的寢室又很偏僻，得了急病都沒人曉得，她被人發現的時候就已經死了，還在學校禮堂開的追悼會。」

「這，怎麼可能呢？」

「有什麼不可能？」

「我……是說……」

楊剛很認真，也很耐心地給曉祥說，勸他不要急著回省城學校，一定要先回家去把昨夜裡發生的事情告訴父母家人。楊剛說：「死人最惦記熟人，白雲曾與你同教過一個班，來找你並不是什麼好事，你讓你家裡人出面信一下迷信，讓它去找別人。否則，你會有麻煩的。」

楊剛接著又告訴曉祥，白雲死後，學校最大的變化就是清靜了許多。依照迷信的說法就是帶著一股煞氣，前不久，學校裡還悄悄地請來道士作法驅邪。可一到晚上，還是沒有幾個人像往常一樣出門活動。昨晚曉祥就更不可能看見了白雲。就算你真的看見過她，也只能當做是幻覺。因為，在這個世界上，已經沒有白雲這個人了，而且，你說出去了也不會有人相信。

「唉！」曉祥一聲嘆息，無可奈何地甩了甩腦袋。

楊剛拍了拍曉祥的肩，也深有同感的說道：「是啊！老天作弄人，該死的不死，不該死的卻死了。」

15 難逃報應

最公正的審判官

白雲死了，人死如煙滅，絕不可能復生。人這一輩子，生不能帶來，死也帶不去。不管是做官掌權的，或是挑蔥賣蒜的，再風光能幹的人，只要眼睛一閉，什麼都沒有了。

白雲死了，並沒有一石激起千層浪。人們很快就忘了她，她再也不是好事者飯後茶餘閒擺的話題。白雲之死成為沒人記憶的歷史。

只有兩個永遠都忘不了也放不下的人，那就是白雲僅存的兩個親人。自扶白雲靈柩回歸，藍天哀莫大於心死。人雖活著，心卻早已隨著白雲的離世而去，如今僅是行屍走肉的臭皮囊，還在塵世蹉跎著歲月。

藍天逢人就說他此生追求野鶴閒雲浪跡天涯的生活，要拿著趕神鞭，尋遍萬水千山，立誓找到他的白雲歸來。

於是，在一派和諧盛世景象的安陽，時不時上演著一幕幕「小孩追著瘋子趕」和「無聊的人逗著瘋子玩兒」的人間悲劇、慘劇和鬧劇。

藍天瘋了……。

天理難容

牛大只以為當日那輛載著白雲遺體的靈車，在眾人目送下駛出了黑山中學，卻沒想到遺體被白母和藍天悄悄葬在一片雜林樹中。

白雲變成了鬼，它不曉得了害怕。雖然生前怕得罪領導，怕得罪權貴；怕被掌權的官給小鞋穿，怕被無孔不入的組織把它打入另類。如今的鬼白雲既不怕降級、扣工資、遭盤剝，也不怕業內通報批評或者行政處罰、記過處分，更不怕被開除公職。對於懲罰性的調往邊遠學校或者無端增加工作量，做了鬼的白雲都不怕了。甚至連送進牢房等伎倆，對白雲都起不到絲毫的作用了。

塵世間的牛大是政治天兵，仗著有組織撐腰可以不尊重天地神靈。除了上級，在牛大的潛意識裡，只有別人怕他，極少有他怕別人的時候。自從青雲有路單罡給他指引以來，牛大在同僚和屬下的面前就從未感到害怕。他一直認為這輩子會行順風船，走一輩子順腳路。但是，牛大卻忘記了老祖宗說過的一句話，「為人莫做虧心事，不怕半夜鬼敲門」。反之，假若你做事太虧心，這一輩子你也就沒得逃。即便躲得了一時，諒也躲不了一世。人怕你，鬼就不一定怕你，生前怕你的人死後變成了厲鬼，或許就更不會怕了你。

陰錯陽差，牛大自己把自己送到了白雲的埋骨之地。仇人見面分外眼紅！做了鬼的白雲終於與生前的仇人相遇了。最近一段時間，牛大常在白雲墳冢前面的林邊蹓躂。白雲的眼睛流著血，白雲望著牛大，牛大卻看不見白雲。

白雲依舊聰明，當它面對牛大時，表現非常沉著冷靜。它並不急於收拾牛大，而是決意要用鬼的方式，好好消遣那位享有特權的紅色垃圾。

牛大撞鬼，決非偶然，亦非第一次。換而言之，牛大惹下的風流債和良心債遠遠還不只此一件哪。

16 不速之客

又一個酷熱夜

牛大的故事，大都發生在火熱的夏季。

也是盛夏三伏天，也是在那火辣辣的烈日噴火般的炙烤下，那是一場百年難遇的高溫酷暑，雖然已經事過境遷，可時至今日，人們只要偶爾唸叨起那些個大熱天所受到的煎熬，凡經歷過人都還心有餘悸，深怕再來一次。

夜裡牛大躺臥在涼床上輾轉難眠。他不停地翻轉著肥胖的身軀，不停抱怨供電部門不該停電。越是折騰卻又越熱，牛大不停地翻騰滾動，也就不停地直流虛汗，甚至還有一些出氣不順。牛大張著一張吃盡了冤枉的大嘴巴，活像一隻快要淹死了的大蛤蟆。

噗哧噗哧搖著手中的大蒲扇，牛大還是久久不能入睡。輾轉折騰下，牛大的神智逐漸迷糊，進入似睡非睡，亦似醒非醒的狀態。昏昏沉沉的牛大，心裡卻又還有一些明白。朦朦朧朧中，他有種奢望，想浸泡到水裡，最好泡在冰窟窿中。

就在牛大一心幻想天降奇蹟讓他涼爽一下的時候，老天似乎真的遷就於他，給他降了溫。而且，還更像是專門為牛大一個人降溫似的，因為在牛大感到涼爽的同時，他還依稀聽見樓上樓下仍傳來「呼啦……呼啦……」的扇子搖動聲。

朦朦朧朧之間，牛大真的感覺到——風來了。

「好舒服喲！」牛大忍不住歡呼了起來。有權真好啊！一陣涼爽的風破窗而來，牛大愜意極了，精神不覺為之一振。

那風越來越明顯，勁力也越來越大。歡喜之餘，牛大隱隱感覺到，那變換著的氣溫反差似乎過大了一些，又還急了一點兒。是啊！風來的太突然，風勢的變化太快。太詭異了！那念頭才從心裡萌生，牛大馬上就覺得剛才涼爽的風好像變得更冷了。牛大禁不住打了一個寒顫，寒意便又從心裡油然而生。那寒意很有感染力，片刻之間，很快遍及全身。

真的是風嗎？這風來得突然，也來得古怪，不一會兒，牛大就覺得腦殼好像比鐘都還要大了。他連忙甩了甩昏沉的腦殼，而眼睛也像是湊趣一般，開始變得澀澀癟癟睜不開了。一陣濃濃的睡意又襲了過來，牛大覺得好睏，控制不住自己的思維，很快就去會周公了。

「牛大……牛大……」

牛大聽見有人在喊他，聲音很清脆，似乎是女音，而且正在傳入了牛大的耳朵。

「哎！」昏睡中的牛大，閉著眼睛答應著：「是誰在喊我呀？」

「牛大……」喊聲再起。

「誰？」牛大反問道：「找我有什麼事？我要睡覺了……」

牛大有些惱火，再仔細一聽，聲音很有磁性，真是女聲。牛大聽得很舒服，想發火也實在發不起來。沒有了睡意，牛大專注地傾聽著，覺得太有意思了。

「你是誰？」牛大不願意失禮，趕緊出聲回應著對方，他很禮貌，聲音也很輕，書房隔壁就是他與楊玉的臥房，對邊還有他們女兒的房間。牛大害怕吵醒了她們。

「你莫忙，我馬上就出來。」

牛大忙著回答，喊聲一聲接著一聲。牛大覺得有些蹊蹺，聽出喊他的聲音夾雜著一種冷冰冰的成份，讓他不由得心慌意亂。

夜來白衣女牛大望了望臥室，見楊玉像是睡死了似的，一點兒也沒有發覺有人在門外喊牛大。牛大像個賊娃子似的輕輕穿過客廳，再輕輕地拉開了大門。

開了門，牛大又不覺一楞。沒見有人啊！是誰在做精做怪不成？牛大以為是有人惡作劇。

有些憤懣的牛大正要發飈，卻被樓梯間外的夜色吸引住了。稍待片刻，牛大眼前為之一亮，自家大門前，確實有位白裝靚麗的年輕女娃兒。牛大不禁有些飄飄然的感覺。女孩的體態婀娜，一見牛大那副饞相，竟也不去挑破他，不嗔不怒，大大方方地對著牛大微微一笑。那一笑笑得牛大的心裡猛地一顫。

牛大覺得她不是一個簡單人，忍不住問道：「你是誰？我們認識嗎？」

「我……」白衣女只是抿嘴一笑，並不作答。

牛大繼續問她：「你找我有事？」

「我呀！」女娃兒很狡黠地再一笑，淡定地對牛大說：「我是誰不要緊。我也是受人之託，忠人之事，幫別人當鴻雁才跑來請你的。你是不是……黑山中學的牛大校長？」

「我就是牛大，黑山中學的校長牛大。」

「那我就是來找你的，牛校長。」白衣女乾脆答道。

「好啊！大熱的天裡，三更半夜，你找我有什麼事？」

「牛校長，請吧。」白衣女做了一個優美的邀請姿勢。「跟著我走，要不了多久，見到要找你的人，不就什麼都曉得了嗎？何必打破砂鍋問到底？」聲音很有磁性，非常具有少女特色，使得牛大不僅無法拒絕，而且還有點迫不及待地想跟那女娃兒一同出去。

一切都在情不自禁中，一切又都在懵懵懂懂中。一切都好像是順其自然，又似乎是身不由己，牛大緊緊跟在白衣女身後，兩個人一起向著未知的目的地走去。

17

一條不歸路

白衣女在飄

牛大跟著白衣女下樓，方覺今晚的夜色似有不同。天上沒有半顆星星，顯得黑沉沉的。轉眼看樓，樓已隱藏在黑暗中了。馬路上靜悄悄的，連行駛的車都沒有一輛。夜色中，四周好暗，一切都是那麼死氣沉沉，人們好像睡死了一般，四周又靜得出奇，天空、地下到處都如同抹了鍋底灰一樣的漆黑。

怪了！天空中沒有光亮，路上也沒有光亮，牛大的眼前連車燈都沒有了。好像整個世界除了牛大和引領他一同夜行的那個白衣女，就再也沒有任何一個人。

牛大有些焦慮地望著前面無盡的黑暗，他在心裡打著肚皮官司，有些害怕。牛大跟在白衣女的後面，從上到下的打量著她，突然發覺白衣女根本不是在行走，而是無聲無息地漂移著。只見她輕輕飄飄，悠悠然然的，像影片中的仙女一般。她與牛大相距在半丈以內，默默無語的在前面給牛大引領著不是道路的路。

看著白衣女的行走姿勢，牛大心猛然往下一沉：「天哪！她是人嗎？」

沒有路的路

牛大隱隱覺得，繼續往下走可能就是一條不歸路。他們腳下的那條路好像越走越黑，也越走越小了。沒有退路了，牛大也回不了頭。無可奈何下，只有捨命相陪。

白衣女始終與牛大保持一段距離，飄著，飄著，白衣女終於放慢了速度，他們總算來到一所去處。

看去看來，牛大總覺得那地方有些眼熟。可究竟是哪兒呢？牛大又實在想不起來了，更不曉得自己是不是真的來過那地方。但是，有一點是完全可以肯定的，那地方也是處在霧霾的包裹之下，因而顯得太過神秘還充滿了說不出的詭異。

「牛大校長！你可來了？」

又是一聲極聚磁力的女音，清清脆脆的響在牛大的耳邊。聲音清脆，卻很陰冷。牛大嚇了一大跳，不自覺地向四下周圍掃視著，尋找聲音的來源。

「誰呀？」牛大問。看不見招呼自己的人，可牛大感覺到那招呼他的就是找他來的人。牛大帶著不解的眼神望了望給他引路的那個白衣女一眼，又趕忙循著聲音四處張望，希望不要久久地躲著貓貓。可牛大的眼光掃遍了眼前的所有景物，也還是沒有看見出聲招呼他的人。

「你是誰？」牛大轉身急忙問道：「這是哪兒？」

另一女聲回答說：「這是你不喜歡的地方。」

好像是讀懂了牛大心裡的疑惑，白衣女慢慢地飄了過來，主動把她那張蒼白得沒有血色的俏臉慢慢湊近牛大的面前，讓牛大能近距離的把她看個清清楚楚。

牛大先是嚇了一大跳，之後他卻看清楚了。她是……，牛大終於看清她的面目，但還是沒有想起她。

又一位白衣女

那是一張花一般俊俏的臉，讓牛大看得如癡如醉，乃至忘記了眼前的危險。那張臉太熟悉了，牛大有種一見如故的感覺。白衣女似乎也和牛大一樣，暫時的沉浸在一陣美好的回憶之中。

在牛大記憶裡，年輕漂亮女娃兒的俏臉見得太多了，一時間想不起她是其中的哪一個，也是很正常的事情。

看著看著……牛大心裡猛然警覺起來，像被針狠狠地刺了一下。

牛大感覺到了痛，也醒了，他不敢再欺騙自己，很快收斂起輕浮和自賤，重新警醒著眼前危險的處境。

「你們如果有什麼事情，明天再到我家裡去說嘛。」牛大急切中不假思索地急聲說道。

「明天再去你家裡找你來？」白衣女問牛大。

「是啊。」牛大信誓旦旦地應承著。

「明天，你還會讓我找到你嗎？」

看來牛大還是高估了他自己，他沒料到那個白衣女也不是一個什麼馬二下家。人家一見牛大撅屁股，就曉得牛大不是屙屎，就是要撒尿，心智比他牛大還要略勝一籌。

「會的，會的。」牛大以為還是可能像平常在屬下面前那樣自以為是，急不成聲地回答著：「你肯定找得到我。明天還是晚上來吧，你還是讓她來喊我。反正我也熱得睡不著覺，明晚我一定在家裡等你們。」

「牛大校長！你以為你還是在布置得繁花似錦的會議廳裡作報告嗎？或者你是揣著明白裝糊塗，真正在哄鬼？」

「不，不，我是說真的。」聰明的牛大換了一種語氣說，「要不然，明天我回學校去，假期裡沒有人，我辦公室裡很清靜，就到辦公室裡去找我也可以。」

「是嗎？」

「是的，是的。」牛大像雞啄米似的連聲回答，他只急著脫身，至於白衣女到底是何方神仙，她把自己找了來究竟是為什麼事情等等，一切都無關緊要了。眼前最要緊的是，他要逃脫眼前的險境，溜之大吉。

牛大一說完，便快若流星般的邁開步來，意欲奪門而出！

18 來了就別回去

沒有組織的庇護

「你給我好好地站回去！」

驟然間，一聲嬌叱聲響了起來。

牛大受到了驚嚇，白衣女也很生氣。嬌叱聲中，連音色都徹底的改變了，變得非常的陰森、暴戾。牛大不自覺感到一陣毛骨悚然，好一會兒才回過神來。一時恐懼摻雜著絕望，絕望又夾雜著恐懼，把這作威作福慣了的牛大嚇破了膽，幾乎發瘋了。

「你，你們……」牛大連翻著死魚般的白眼，有氣無力的說著詞不達意的話。

「她如何了？我又如何了？」

又一陣嬌笑，後現身的白衣女，用她清脆動聽的聲音清清楚楚地問著牛大：「我們把你如何了？」

「你……你們……是在……犯法……」

「犯法？」

「哈……哈……哈……」

兩個白衣女同時向牛大圍了過來。她們倆一個輕哼，一個狂笑。兩個的臉色變了又變，最後，臉上全都充滿了怨恨，滿佈怒容。望著牛大，又不約而同的發出了一聲輕蔑的冷哼，再一起向牛大陰森森的反問道：「犯法？你們犯的法還少嗎？」

「我們？」

「對！就是你和你的主子，還有你們的那個無所不在，又無所不管的組織，以及你們組織裡所有的臭魚爛蝦……哈哈……。」

「你們……你們……」

牛大望著兩個白衣女，拼起老命地大聲吼著：「你們……要……把我……怎……麼……辦……。」

牛大欲哭無淚，呆呆地僵立在沒有一絲生氣的大廳之裡，無可奈何地接受兩位白衣女貓兒戲鼠般的嬉戲、輕蔑和侮辱。

此處非彼處

「你們放我回去吧……」

「我求求你們，放過我。」

「我這個人不光是沒有害人之心，就是連防人之意都沒有。」

這是牛大最喜歡講的一句話，今天，他委婉的向兩位白衣女表明自己是善良之輩，又說出了這一句話，證明他從來都沒有傷害過人。

一位白衣女看了牛大一眼，無不揶揄地說「喲！這麼說來，牛校長還是一個好人嘛？」

另一位白衣女扁了扁嘴巴，冷冷地譏諷道：「是好是壞，你曉得我曉得。」

牛大說：「大家的眼睛是雪亮的，我在學校及其周邊的口碑都很好……」

「那你自己說說，」白衣女咄咄逼人的追問著牛大：「你有沒有做過虧心事呢？」

牛大馬上接口說：「我可能做過錯事，但沒有做過缺德的事。」

「真的嗎？」白衣女陰森森的反問牛大。

稍大點兒的白衣女，幽幽說道：「四年前的今天，在『夢幻瀟湘髮藝空間』，你被掃黃警察給抓走時，跟你一起被抓的……」

「你……你……」牛大急懵了，驚愕的望著那位給他提示的白衣女，結結巴巴地追問著：

「你是哪一個……？」

白衣女尖聲叫了起來：「你好健忘呀！牛大校長。」

痛苦的往事激活了白衣女心底的仇恨，她忍不住兩眼都冒出了火焰來。綠幽幽的火焰不僅燒起了白衣女的憤恨，同時也燒醒了牛大自己塵封起來的記憶。

牛大聞言一驚，顫聲地問道：「你……你……。」

最難見故人

「昔日如流水，於今鶯花謝。杜鵑啼血聲，何見伊人歸？」

白衣女如同杜鵑啼血般低吟後，又是一聲輕嘆。彷彿是一層層結了繭的傷疤，被自己撕了開來。又彷彿是一陣揪心的傷痛後，那被撕裂的傷口，又血淋淋的展示在了牛大的面前。

無需多說，痛苦的回憶就是血和淚的訴說，也是和平理智的清算。白衣女的話句句都充滿了悲切，字字飽含幽怨。她說：「你牛大看似道貌岸然，實則包藏禍心；你滿口的大道理，其實你是個卑鄙小人。」

「你……你……」剎那間，牛大像是觸了電，又像害了一場大病。他的臉色蒼白，冰涼的汗水順著臉往頸脖子裡流。其實，牛大早已想起白衣女是誰，只是他不敢承認罷了，並且，還死抱著一種僥倖心理，希望能矇混過去。但恰恰事與願違，連最後一層紙都被白衣女捅破了，他還能再裝下去嗎？

牛大低哼了一聲，身子一陣亂顫，連站都站不穩了，似乎就要癱倒下去。牛大還不死心，依舊指著白衣女，揣著明白裝糊塗的問道：「你……你……是……？」

白衣女不屑陪著牛大繼續裝蒜。她看著牛大的眼睛直直反問道：「你問我是哪一個？你是在裝瘋賣傻？還是真的沒有想起我？」

「你是……你是……」

「我是……」白衣女說：「你早就想到了是我，也曉得我如今已經逃離了紅朝盛世，不再是你們那個世界的人了。到了這般光景，你還在希望不是我。對不對？」

白衣女那漂亮的嘴角上，突然呈現出了一抹苦澀的慘笑。那比哭還難看的笑映襯著慘白的光，白衣女的笑聲越來越淒厲，笑容也越來越難看了。

牛大楞楞地盯著白衣女，只覺得一陣陣地心驚，一陣陣地肉跳，一陣陣地感到窒息。驚愕中，牛大張著他那不曉得說過多少假話和空話的靈舌巧嘴，鼓脹著那雙看慣了多少虛假空的勢利的眼睛，一副搖搖欲墜的衰樣，讓人覺得又可憐又可嫌。

白衣女對牛大說：「不要問我是哪一個，我就是塵願雖未了，卻被人遺忘的孤魂。你！牛大校長，倒依舊還是官運亨通，春風得意啊！」

一聲聲幽怨哀戚的話語，字字句句都彷彿鐵錘擊打著牛大殘存的良知。

牛大不好再裝作不認識她，反倒像是又回到了過去的溫柔鄉。是她！沒錯，她就是夏荷，牛大終於承認自己認出了她。

牛大的心裡彷彿打翻了五味瓶，酸甜苦辣一起湧了上來……。

「是你……夏荷……？」

最難風雨故人來，牛大百感交集，追問著夏荷：「這是哪兒？」

「你是真不曉得？」

「我不曉得。」

「這個地方不好嗎？」

一陣簡短地對話下，夏荷幽怨的目光緊盯著牛大。目光依舊還是那麼的熟悉，只是，那眼神卻有一些漠然，還有一些陰森，又還複雜多變，直叫牛大不敢與之對視。

紅顏知己

「你怕了嗎？」夏荷陰森森地問。

「這裡太黑，又陰森，」牛大說，「我以為……以為……。」

門邊那位白衣女，飄然上前，盯著牛大看了一會兒，然後便冷冷地出聲問道：「你以為你不屬於這裡？」

牛大聽見這話，靈魂都出了竅。她問夏荷道：「這……裡……真的……是……」

「你以為呢？」夏荷反問。

「求你放我回去！」

「喲！牛校長，這麼快就想走？」另一個白衣女說道。

「你不願意留下？」夏荷反問著牛大「你不願意，別人就願意？這兒又有什麼不好呢？」

「這裡……這裡……」牛大放低了聲音輕輕地說道：「這裡……不是人……待的……地方。」

夏荷輕蔑地問牛大：「你就想這樣回去嗎？」

「是的。」回答乾脆並果決。

「一點兒也不後悔？」

「不後悔。」

夏荷說：「可是，你知道嗎？我和她卻永遠都回不去了。你知不知道，我們好寂寞喲！」

「我知道，妳還是可以回去呀……」

「我們回不去，不全是拜你和你們的組織所賜？你說這個地方不好？我卻說這個地方很好，住慣了你就一定會覺得這個地方比塵世好。這裡好在有理說得清，有冤能昭雪。這個地方，好在根本就沒有高低貴賤，沒有顯示尊卑的等級森嚴。這地方，不像你們黨國天朝，連老祖宗留下來的一切都被你們糟蹋得一塌糊塗。在塵世，有錢能使鬼推磨，有權能使順風船；在塵世，你們為了一些私慾，為了你們各自的利益，再骯髒汙濁、卑鄙下流的事情，甚至是傷天害理的交易你們都敢去做。而且，你們在可左可右的彈性政策保護下還做得合理又合法，做得天衣無縫，做得讓世人都無法抓到你們的辮子。當然，即使有人抓住了你們違法犯罪的把柄，卻也沒有人能夠把你們如何樣。法辦你們嗎？不成！因為那是你們的世界。在屬於你們所把持著的那個世界裡，你們有提攜之恩，有合作之誼；更兼著有先鋒隊組織為你們合法的靠山，有明暗雙擁的保護傘。所以，你們就可以憑藉著賴以作威作福的行政優勢，可以假借國家的名義，恣意主宰屬於你們所操控著的一切！然而，到了這裡，一切就由不得你了！因為，這裡是一個鬼的世界。我告訴你，這個地方好啊！與你們那個骯髒齷齪卻又號稱和諧的紅朝盛世相比，鬼的世界才是一個公平、公正的世界，是一個沒有任何特權的鬼世界。」

牛大徹底的絕望了，他一手指著夏荷，一手捂住自己的胸口，語不成聲的恨聲道：「你！你……」

生前美嬌娘

看著牛大那貪生怕死的狼狽模樣，夏荷慘白的俏臉上，慢慢地又泛出了些許難得的笑容。它然笑得那麼詭異，也笑得那麼滿足。

牛大嚇得靈魂都快要離竅了。這時他才明白已經走不掉了。

夏荷問：「你還記得那一夜嗎？」

牛大又裝起了孫子來，不言不語連眼皮都不翻一下。夏荷恨幽幽的目光，再次定格在牛大的臉上。

「那一夜？」牛大想起來了。

他還承認依然記得，那一夜，是他一生中最為屈辱的一個晚上。

多少年後，牛大都還記憶猶新，只是，他從不在外界承認罷了。

「對！就是你和我一同被抓進派出所的那一夜。」

「那一夜……」牛大記憶的閘門又開得大了一些。

看著牛大一副欲說還休的模樣，夏荷嘆了一口氣，接著又幽幽地說道：「那一夜，你是官，我是民；你是嫖客，我是小姐。我們倆各自所處的地位雖然不同，但角色亦都一樣，都是不光彩的買賣雙方。可是，有錢能使鬼推磨；有權能使法變通。那些心子黑了半截的執法者或許還算好一點的？可惜我的命薄，遇到的是一群官方圈養的狗奴才。他們在我們面前窮兇極惡，可在有來頭的官面前，那些所謂的執法者終於又成了你們錢權的奴隸。進了派出所後，你被你的下屬用錢作交易——按你們提的要求：筆錄『不留真名實姓，只繳納大額的罰款，而不曝光你的身份』；再把一切不齒於你身份的罪名，全都推給了我這樣一個以賣身為業的煙花女子身上等為條件，你被保釋出去。而我，被處予了又打又罰，還要滿足那些執法者的獸慾；為你背著黑鍋，擔著罵名，承受著極不公平地多重懲罰。」

夏荷如泣如訴地述說著傷心的往事，就連牛大這樣一趟子跑過十殿都不帶一點兒過的偽君子，似乎都有了一些觸動。牛大動容地說道：「不是的，我也有難處啊！其實，我的處境也並不是你說的那樣好。」

處於劣勢的牛大，為了在夏荷面前洗白自己，急切地申辯著，完全是一副受盡了委屈的模樣。

「不是的？」夏荷緊盯著牛大的眼睛，一字一句地問著牛大，「你說什麼不是的？」

「那件事情，根本就不是你剛才說的那個樣子。」牛大急聲回答道：「那是……那是……」

「那是什麼？」夏荷追問著。

「那是……那是情勢所迫。」無不委屈地喊了起來：「只要稍有一點兒辦法，我也會把你撈出來？」

「貴賤鴻溝非你所定，不管哪裡都是一樣，所以，我也就不怪你。」

夏荷恩怨分明地說：「你們這些心狠手辣的畜生，不該為了保全你們的官威聲譽和你們各自的利益，而對我——一個曾供你們玩樂的弱女子下毒手啊！」

牛大放開嗓子高喊了起來。那聲音嘶聲力竭，而且又還沙啞。近於瘋狂的牛大，歇斯底裡地大叫：「真的不是我……」

「是哪一個？」夏荷問。

牛大接口說：「是……是……」

可牛大到底還是底氣不足，剛開個頭又說不下去了。尤其涉及到一些關鍵的問題時，牛大又不願意說出真相來。

「是哪個？」夏荷陰森森地逼問著：「……」

「是……是……」牛大結結巴巴地說道：「是……單……書記……和兆……主任……。」

19 天良喪盡弱女蒙難

只想逃出絕境

牛大覺得冤枉，他是無意傷害夏荷，就是因為拒絕加害夏荷，才被單罡等人罵得一個狗血淋頭。領導雖然沒給他上綱上線，但也說他立場不堅定而沒有組織原則，不宜委以重任。

夏荷不領情，鄙夷地對牛大說道：「你們都是一丘之貉，沒有一個好東西。你們是做賊心虛，既傷天害理，也害人害己。」

想起從前事，夏荷越說越恨，恨不得除盡人間惡魔，再還陽世一個公平，給自己的前生討回一個公道。

「我……們……」牛大詞不達意，他是想夏荷能夠把他和單罡他們區別開來。

「你們本來是我的客人」夏荷對牛大悲憤地說道：「我只求財，從沒想過要惹事生非，也沒有想過要出賣你，出賣你的上司和朋友，更沒有想到隔世都還要報復你。」

說到傷心處，夏荷禁不住悲憤交集，聲音也慢慢變得越發的淒厲起來。血和淚地控述，好像又把她帶回了那骯髒的塵世紛爭中，讓她再次感受到被迫犧牲的可悲可泣。

牛大聽得夏荷述說，亦才猛然醒悟，是他們做賊的心虛，無端地斷送了夏荷的性命。原來今晚的遭遇絕非偶然。既然是自己作的孽，就根本怨不得別人。

夏荷告訴牛大：「我從派出所被放出來後，你們組織內部狗咬狗，曾有人幾次三番想從我的口裡掏出你牛大嫖娼宿妓的真憑實據。」

夏荷地述說，字字血聲聲淚，聽得牛大直流冷汗。牛大沒想到中間還有那麼多的故事，那些故事更還全與他牛大牽扯著關係，故事盤根錯節，件件事情都牽扯著他。如若夏荷真是婊子無情，還能允許他牛大在空隙裡過日子？

「他們是醉翁之意不在酒，目的是想查實了我再挖出單書記。」

「是嗎？」夏荷譏諷道。

「我只不過是他們內訌的籌碼」牛大解釋著：「單書記樹敵不少，就是這些政敵在作怪，利用倔強生事，不停舉報，想達到李代桃僵的目的。說白了，捉鬼是他們，放鬼也是他們。」

鐵蹄下的受害者

如果說塵世間有人敢於藐視權力，蔑視強權，無視權利會給自己帶來任何不幸都在所不惜，那這個人就是女流之輩的夏荷。

夏荷緩緩告訴牛大：「……為了你牛大校長的聲譽，我一個飽受塵世凌辱的弱女子，竟敢在紀調人員面前，抵死否認你曾經涉足我從業的『夢幻瀟湘髮藝空間』。那段時間，你們窩裡反要找人墊背，一次次來人找我，一次次威逼利誘，一次次纏住我扭到會，連那些不是人耍的手段都要盡了，目的就是要證實你牛大宿過娼，嫖過妓。為了幫助你，不管他們是旁敲側擊套我的話，還是變臉變色地威逼恐嚇我，我回答他們的始終都是一句話——根本就不認識你。幸好他們都是一些爛雜碎，也好在派出所裡那些貪得無厭的警察，為了隱藏他們的藏私才沒有給你製造麻煩，否則，你同樣也逃不過他們的圈套。」

「現在已經……已……」牛大喃喃地說。

夏荷問道：「已經如何了？」

「開始找我的麻煩了。」牛大回答說，同時又趕忙解釋道：「他們把我當做為他們背包的遮卵樹。」

「現在才找你是你運氣好。」夏荷說，「從派出所出來後，我就錯誤的估計事情應該是過去了。你也避開了那股風頭，該要到我那兒去找我了。可結果呢，你沒有來，而是別人來了，還把我永遠帶了出去。」

夏荷望著牛大那過分專註傾聽的樣子，心裡的怨和恨不由得又往上湧。為了讓牛大明白，引他來這裡，就是為了讓他了解他所造的孽，縱使讓他死一千次也不冤。於是，夏荷壓了壓心裡的怒火，繼續向牛大講述道：

「那一天，一個陌生的客人來『夢幻瀟湘』，他要包夜要帶我出去。由於是張從沒見過的生面孔，我有些猶豫，當時就有一種不祥的預感。可來客出手很大方，老板就是喜歡那樣的人，又如何允許我拒絕財神爺呢？為了填補被派出所詐去的虧空，我還得拼命的賺錢呀！因而，我又轉念一想，我算個什麼？既無權，又無錢，平時與世無爭，出門空身一人，誰又會把我如何呢？

那天晚上，像是老天都曉得要出事。天還沒黑就哭喪著臉，夜裡更是月殘星稀，冷風低吼，時而發出一陣陣嗚嗚地聲響，時而又無情地席捲起林邊的落葉。當我正在默默地祈求上蒼保佑不要出事的時候，把我緊緊擁在懷裡的客人，用一種異樣的眼光定定地望著我。那眼光，我在過往江輪的燈光折射下看得很清楚。眼光很複雜：有愛憐，有不捨，但更多的卻是無可奈何的殺氣。我特別害怕，身子不自覺地一顫。可是，還沒容我多想，馬上就感覺到了他的右手突然移到了我的咽喉上。我覺得呼吸困難。但我的意識還沒有喪失，腦子很清醒，我曉得——真的遇上了麻煩。」

死也不瞑目

「殺手把眼睛一閉，同時手也一緊，我就感覺到全身的血往頭上湧，呼不出氣，也吸不進氣，眼珠突出，腦子一片空白。迷迷糊糊中，我好像聽見那殺手在告訴我說，下輩子交友一定要謹慎，千萬不要曉得官方人家太多的秘密。窒息中，我覺得好難受。終於，我挺過了最難捱的時候……慢慢的，我不覺得痛苦了，反而感覺到了一種從來沒有過的舒服，那是一種徹底的解脫。沒有了窒息的痛苦，沒有了絲毫的恐懼，我只感覺到身子竟然變得輕了，輕飄飄的。」

稍停了一會兒，夏荷又接著往下說道：

「在那一天，我才曉得了，傳說中的月黑風高殺人夜，竟會是那樣的富於戲劇性。只是，致死我都還不曉得，我的存在對你們有什麼威脅？以至於讓你們那麼煞費苦心的買起兇來害我。不僅害了我的性命，還要毀掉面容沈屍江底。你們以為做得天衣無縫，無懈可擊？可你們沒有想到離地三尺有神明，人在做天在看。你們號稱偉大、光榮、正確，可你們從來都不敬天地，不畏鬼神，也不相信因果循環報應分明……」

「不要說了！是我對不起你。」牛大想讓夏荷住口，很虔誠地表態說：「我後悔也無益，從今往後，逢年過節，月半十五，我都一定會多燒一些冥幣紙錢，請端公做文書，給你開路超度你的亡靈。」

「既知今日，又何必當初呢！」夏荷對牛大陰陰地說：「幾經周折，今天總算把找你了來，為的就是要澄清一些我所不曉得的事情真相。要不然，我死都已經死了，卻也還是死不瞑目啊！」

「是什麼事呢？」牛大總算鬆了一口氣，連忙應承道：「你說嘛，只要我曉得的，都可以告訴你。」

「我想曉得，你為什麼要害我性命？」

「夏荷，真的不是我要害你性命。」

「是你還是他們，都已經無關緊要。你只說，為什麼非要取我性命不可？」

「不是我想要加害於你，確實是他們怕你壞了大事。」

夏荷問：「像我這樣弱勢群體中的卑賤女子，又壞得了你們的什麼大事？」

「這個，這個……」牛大回答不出來。

牛大願答不答的樣子又讓夏荷來了氣，不覺提高了嗓音尖叫了起來：「快點說……」

牛大嚇了一跳，連忙回答道：「是，是怕千里之堤，潰於蟻穴。」

「這樣說來，我是『匹夫無罪，懷璧其罪』？」

「也怪我，不該讓你曉得有些事情。」

情急之下，牛大才說出花錢買兇是為了隱惡藏姦。牛大說：「有人一直越級告我，上級紀檢機關要調查我的問題。罪名一旦成立，就意味著清查我經濟的源和量；再接下去，就將會拔出蘿蔔帶出泥，牽涉到單罡書記等其他的人和事……。」

夏荷忙問：「何為蘿蔔？何為泥？」

「你不該曉得的事情，恰恰你又曉得了。」牛大說「比如那一次年末歲尾給主管局領導拜年送錢事……。」

「是你牛大引的鬼上門，我也並沒有打聽什麼。」

牛大說：「我也沒想到他是這麼一個東西。」

其實，有的事情全有一定的緣由，一些看似不起眼的小事，卻又總是成了整個事體的導火繩，甚至還在不警不覺中就鑄成了災難，甚至是滅頂之災。

洩密為討女歡心

那一天，牛大心情鬱悶，在校園到處轉悠消遣。無意間轉到了總務主任辦公室門口，就輕輕地走了進去。

總務主任劉雲呆呆地坐在辦公桌前好像入了神一般。牛大覺得劉雲神色古怪，仔細一看，卻見劉雲的雙眼正凝視著抽屜裡面，專注到牛大站在了他的後面都還沒有發覺。牛大順著劉雲的目光也跟著看了過去，突然，牛大的眼睛都變直了，因為他看見劉雲手機螢幕上竟是夏荷躺在床上的一張春睡圖般的手機照片。

劉雲哪來的夏荷那樣火爆的照片呢？

牛大回到自己辦公室，順手就把門關上，一個人靜坐在轉椅上抽起煙來。今天，牛大終於有機會反客為主，他趁機對夏荷說出自己心裡多年的疑惑，並追問起那張手機照片的來歷。

「劉雲不是你最親近的下屬嗎？」夏荷先問牛大，接著又告訴牛大，「他卻背著你悄悄出入『夢幻瀟湘』，常常討好於我。」

「你可以不理他嘛！」牛大大著膽子申斥著。

「哼！」夏荷不屑地說道：你以為『夢幻瀟湘』是早九晚六的衙門？或者是你們坐著喝沱茶看報紙的辦公室？」

「我也不是怪你」牛大馬上轉著彎說：「我的意思是……」

「不用說了，你們都沒有一個好東西！」夏荷用它那雙幽怨的眼睛，看了牛大一會兒，才又緩緩地說出了劉雲背著他種種的偷腥行為。

夏荷說：「背著你，劉雲為了討好我，你們有好多事情他都對我說。而且，還是他主動給我說，只是叮囑我不要說出去。你們孝敬教委領導的事，就是他像說故事一樣主動說給我聽。而且，他還給我算了一筆賬，全市各大中小學校每一年的拜年費，會是一個什麼概念？那簡直就是一個天文數字啊！其實，你的這個所謂親信早對我垂涎三尺。在你面前他裝得畢恭畢敬，背到你時，他卻什麼肉麻話都說得出口。當然，你們的什麼秘密他也對我說。」

夏荷對牛大說，劉雲像講故事一樣告訴了它：那一天，期末考試結束了，下午就要進入試卷評改了。午飯後那段時間，不勝酒力的易老師喝得有點兒微醉，乘著酒興蹓躂進了總務處辦公室他在一張辦公桌上看見了你們所謂「送禮清單」，也就是「拜年費」，上面寫著：單書記五千，兆主任五千，鳴主任五千……從主任、書記、副主任起，依照官銜地位明明白白地標著有幾位處科級領導，接受黑山中學拜年費的名字及相應的數目。

「這是送禮清單。」同樣有了醉意的出納員尤老師今天嘴巴似乎特別快，聽得易老師在一旁亂發雜音，他竟然借著酒興連想都不想一下，連忙接口自作解釋：「是牛校長給市教委的領導們拜了年的送禮清單。」

「拜年費？」

「是啊！你還感到稀奇呀！」

「如今哪個學校不是這個樣子呢？」

一旁聽隔壁信的貝老師是一個有心人，默默聽完了他們對話後，他也突發奇想：是不是該要把那清單拿來研究研究呢？於是伸手就要去抓那張送禮的清單。可出納員尤老師也並沒有真正喝醉，竟然搶先一步將那張列有教委領導收受拜年費的紙質名冊單抓到了手上。

好一齣戲劇性的變化，就像變戲法似的變去了又變轉來。責任心很強的尤老師得手後，又漫不經心地給揉成了一個紙團，很隨便地就丟進了廢紙簍裡。僅只片刻間，尤老師似乎又覺得不大妥當，繼而又從廢紙簍裡把那揉成了一個紙團的清單拿了回來。尤老師笑瞇瞇地環顧四圍，就當著在場老師的面把「清單」鎖進了他辦公桌的抽屜裡去了。

並不好事的易老師，卻把那天的事情當天就告訴了倔強老師。倔強本來就嫉惡如仇，聽到那則小插曲就很為時下的社會風氣感嘆止。翌日，倔強跑到總務處找出納尤老師索要「送禮清單。」尤老師說根本就沒有那一回事。倔強可不是一盞省油的燈。於是乎，一個要，一個說沒有；張三說有理，李四說理長，竟然沒有一個人肯出來給倔強予支持並指認尤老師捉鬼又放鬼。

「你把那張『清單』給我嘛！」

「你莫聽別人的，沒有。」

在倔強的緊逼下，尤老師對倔強歉然地笑了笑，說：「實話告訴你，我現在拿不出來了，那張清單已經『燒了』。」

「真的嗎？」

「這一次，我絕沒騙你！」

「希望是真的，假若不是，你最好保留下來，或許有一天，它能夠幫助你洗清白你自己。」

夏荷最後告訴牛大說：「這就是你的鐵哥們，也是你的親信下屬——總務主任劉雲，主動講給我聽的有關黑山中學校長牛大代表黑山中學，給安陽市教委領導『拜年送錢風波』的始末。」

人他們要是早點一兒曉得了事情竟然如此的簡單，又何必要去害一條性命呢？可憐的夏荷，就像是懷璧其罪一樣，更還因此而糊裡糊塗的搭上了性命。

你說她不感到冤嗎？

蒼天啊！你為何要作弄人？

20 世界荒唐荒唐事

知道得太多了

牛大想減輕自己的罪孽，也想讓夏荷知道她的遇害與她自己有著最直接的原因。

牛大問夏荷：「李喬林不是你的表妹嗎？」

夏荷說：「是啊，又牽涉到她的什麼事？」

「她不就是黑山鎮政府的李文書嗎？」牛大繼續問。

「是啊，她叫李喬琳，我從小都叫她琳子。」夏荷毫不隱瞞的承認，但隨即又解釋道：「這些年來，我回家次數不多，她們都還以為我在外地打工，為什麼又扯上了她呢？」

「這就是了。所以，你才不冤，真正冤的是我。」

「為了你們那一些爛事，連我的親戚都不放過？你們真的是吃人不吐骨頭，喪盡了天良。」

夏荷想起生前事，悲憤交集，往事像那電影倒放一樣，把夏荷引入了不堪回首的生前往事中。

那一天，琳子告訴我……

到處興起一股「一幫一」扶貧活動，尤其是一些機關幹部都在慷慨解囊，一人幫助一名貧苦學生。似乎是一種時尚，據說也是一項任務。

有了一些人的出資捐助，為一些家庭特別困難學生的生活解決了一定的實際問題。善良的人們也因此對原本抵抗的政策有了不同程度的理解乃至認同，對那些慷慨解囊來資助他們的人心懷感激，覺得政府也還真做了一點好事，通過那一種形式的活動，接受和沒接受資助的人們都對那倡導舉起了贊同的雙手。由此可見，「一幫一」愛心捐助活動，在社會上所引起的反響非同一般，人們感激這場活動的發動者，也感激甘願解囊的愛心捐助者。

只可惜，林子大了，哪樣的鳥兒都有，就連資助者扶弱助貧的善舉和愛心都可能被牛大憑藉手中的權利給無情的玷汙。

在神州省城的工商銀行，就有一位姓麻的女處長。或許是女性最具有良善之心，她第一個率先響應號令並倡導同行同仁一起行動。麻處長自己積極出資兩千元錢，去幫助被安陽紅十字會引進推薦的黑山中學一名「特別困難」的學生。按照組織與政府號令的明文條款之要求，其幫扶對象必須是喪失了父或母任何一方的單親孩子，再或者是遭遇了重大災害以及家長有殘疾而無勞動能力的困難學生。

愛心款被中介單位引進到黑山中學，卻也被校長牛大連同愛心捐助者的一片拳拳愛心，私自又慷慨地賤價轉送給了他三胞弟的兒子。確切點說，接受幫扶的牛大侄兒一點兒也不困難，更不是黑山中學的學生。

而是黑山對岸另一鄉鎮——舊宅坪的麻姑中學的學生，除了伯父牛大是黑山中學校長外，他與黑山中學沒有丁點兒關係。可天下是掌權者的，牛大就是運用手中的權力在心疼他的侄兒。那一種既欺騙又盤剝的手段，就像他們平常慷納稅人之慨。

李喬琳助愛心客

大千世界，真的是無奇不有。許多事情總是出在一個湊巧上。

那天，麻處長湊巧因為公幹來到了古城安陽。麻處長是充滿助人為樂的喜悅情懷，才藉著公事到了安陽來。辦完公事後，她想親眼見見自己資助的困難學生，以便考慮籌備下一步資助計劃。

然而冥冥之中自有定數。哪曉得竟然又成了一個湊巧，還巧出了一系列的麻煩，巧出了後來的一些大事和禍事。

麻處長是一個愛自由活動的人。她原本在等待中介的安排，可中介辦事也有些拉稀擺帶。好在麻處長自己打聽清楚了受助者的大概方位，更還聽說那是一個著名景區。於是，麻處長不等中介組織安排，私自展開行動。

一大早，麻處長來到頗具盛名的黑山自然景區。當車抵黑山鎮時，太陽剛剛才升了起來。

那麻處長人生地不熟，雖然是興致很高，到底還是兩眼一抹黑，她無從打探對方的具體居所。無奈只好又一個人私下跑到黑山鎮政府詢問被資助者的住處。哪裡曉得，湊巧那段時間正在徵收計劃生育罰款，政府大小官員都下了鄉。一大早，偌大的一個政府機關儼然一座空空如也的廟宇，除了炊事員，唯一能起作用的就是那一位留守值班的黑山鎮政府女文書李喬琳。

「同志，您好！」麻處長站在值班室門口，操著一口帶有方言的普通話與李喬琳打著招呼。

「您好！」李喬琳也用普通話回答門口那位很有禮貌的客人，說：「您有什麼事嗎？請進來說吧。」

李喬琳見麻處長氣度不凡，也不拿大，就不失禮貌地回答她。

在辦公室裡，麻處長告訴李喬琳說：「我是省城工商銀行的，我到黑山……」

聽完了省城來客的自我介紹和目的要求，不曉得李喬琳是腦殼搭了鐵，或者是出於神的旨意，值班的李喬琳馬上就表示願意給麻處長帶路，向舊宅子鎮走去。

舊宅子是一處不大的山鄉集鎮，由於是鄉政府駐地，雖然小鎮不大，但也還算繁華。麻處長的幫扶對象，就是黑山中學校長牛大的親三弟家，原來就住在那一座頗為鬧熱的山鄉小集鎮上。李喬琳帶著麻處長沒費多少周折，很快就找到牛三的家裡。

麻處長媒體曝黑幕

麻處長和李喬琳被帶進牛大三弟家。哪曉得客人來時，牛三兄弟正聚集一班子掙贏鬥狠的賭場戰友，圍在麻將桌子上面進行激烈的鐵壁合圍殲滅大戰。

跟著牛大榮耀的牛三御弟，只曉得沾牛大的光，卻不曉得顧及你牛大的顏面，在愛心使者面前既無感謝之詞，亦無待客之道，視來客若無物。客人主動報了家門，他依舊佯裝不睬的自顧與紅了眼的賭徒們爭贏鬥狠。引路看不過眼，趕忙介紹來客身份，是專程來看望他們兒子和家長的。而牛三御弟卻繼續聲嘶力竭地吆喝、叫囂；拼死亡命地廝殺、惡鬥在麻將上，對其他一切充耳不聞，哪管人家跋山涉水找到他家。

黑山鎮是安陽市郊的一個大鎮，鎮政府的文書李喬琳在一般山民眼裡也算有面子的人。如今遭到這般冷遇，麻處長和李喬琳當時的處境實在是要多尷尬有多尷尬。

麻處長和李喬琳一再受到冷落，兩人進退皆不是，就只有懵懵懂懂地楞在當場。那一種尷尬又覺得飽受侮辱的慘相，就連給她們帶路的都惱恨牛三狗仗人勢。要曉得，兩個乘興而去的可不是一般的女人，她倆都有身份，尤其是麻處長，從省城大老遠的跑了來卻落得個羞紅了臉，還噙滿了淚。怪哪個呢？麻處長覺得只能怪自己討賤，自己主動送上門讓一個嗜賭如命的鄉紳作踐。

麻處長心裡像是打翻了五味瓶，她恨安陽的中介單位和主管機關太不負責，說給她薦舉的是一位非常困難的特困生，沒想到他們合夥欺騙自己拿錢資助一個有靠山有背景，還是富甲一方的賭徒。一片好心竟付諸流水，愛心被玷汙，善舉遭利用，麻處長除了委屈，更還有著一種揪心的痛。李喬琳也和她一樣傷感，倆人如何離開牛三家都想不起來了。

花錢買辱的愛心使者傷心而歸，那傷口是何等之深啊！麻處長找到安陽中介單位，曾拍著桌子問，「你們安陽是如何搞的？」令安陽教委和中介單位始料不及的是，麻處長不僅是個有才的人，而且還是有個性的人。回省城之後，她把事情經過寫成了一篇名為〈愛與書香同行，千萬不要與銅臭掛鉤〉的檄文。

那篇文章發表在了《巴國晚報》上。可能是選材比較新穎，內容又正好迎合某種政治宣傳的需要，文章一石激起千層浪，引起各階層的注意，尤其是老百姓。

書記秉公懲貪腐

終於，來到了這一天……。

黑山鎮黨委書記方民權拿著登有〈愛與書香同行，千萬不要與銅臭掛鉤〉的《巴國晚報》，和分管教育的副鎮長程近枚倆人一起光臨了黑山中學。兩人沒有任何客套，直接找到校長牛大，不客氣地發起難來。

黑山中學勢力範圍內，方民權氣勢洶洶直闖支會議現場，不管怎麼說，牛大的臉上都有點兒掛不住了。

不等牛大發著，方民權就先發制人，見面就罵牛大：「你跟老子把影響收回來！」牛大傻眼了，忙問道：「方書記！你怎麼了？」「怎麼？」方民權不屑回答牛大，只把登有麻處長文章的報紙遞給在場的人。

自此，牛大作弊「一幫一愛心捐助活動」，利用權力輾轉侵吞捐助款的事在方民權的嚴厲追查下，一度查辦得有聲有色。方書記像鐵面無私的好官，大有不秉公查辦就不罷休的態勢。

都說人以類聚，物與群分。

黑山中學一位姓余的總支委員，是個「快刀子切豆腐——兩面都光滑」的能幹人，大家平常總是能人、能人的稱呼他。

在方民權闖進會場大鬧總支會的那一天，「能人」一見方民權來勢洶洶，就趕緊示意牛大說情況不對。牛大被鬧蒙了頭，也只有「能人」連忙出來當和事佬，一個勁的對方民權說好話，賠不是。

表弟被閒置

另一方面，方民權也有一位當學校領導的親表弟。那是他姑媽的兒子程戬。程戬雖然官當得不大，可他的雄心卻不小。多年來，程戬一直在打他表哥的主意。他想若能任職黑山中學，應該可作為跳板。

程戬先拿著一紙調令來黑山中學報到後，才到政府機關去找他表哥。那個時候，方民權才曉得了程戬調來黑山中學的事情。而牛大卻把程戬涼拌起來，起因是程戬自己說漏了嘴。程戬到來黑山中學，原只想任個副職，可牛大始終推諉，不知不覺中已近一年，程戬依然沒事做。

無論方民權如何努力，牛大就是四季豆不進油鹽。方民權只有藉著權力，把表弟借到自己的政府去上班。

21 潛規則下官污吏更污

人滾人滾動天下

牛大和方民權的介蒂引來了市裡知名的調和人肥羊子。肥羊子央副市長陶洪濤幫忙，讓黑山鎮的書記方民權放過牛大。陶洪濤向來把方民權當作鐵桿兄弟，他把方民權找了去，動之以情，曉之以理，「我說我的市長哥哇，你又是在哪個時候多了牛大那麼一個老表的呢？」

方民權心裡非常不服氣，卻也無可奈何。不要說是官大一級如泰山壓頂，就是作為兄弟，陶洪濤也是老大。既然副市長出面，方民權的心裡早就認栽了，方民權只能借著笑話來道出他心裡的苦楚。

老成的陶洪濤一聽方民權的口吻，就曉得一切皆已敲定了。可又覺得有些過意不去。便用安慰的口氣對他說：「哎呀！我說老弟，禮多人不怪，老表多又何來為怪呢？」「市長哥開了尊口，我哪兒還有什麼話說呢！你放心，兄弟還敢不遵命？」「那好！實在是有勞你老弟了。」

「有勞不敢！」方民權意味頗深地回說他的市長哥「你或許還不曉得我有多委屈？」「曉得！」陶洪濤望著他的結拜兄弟，狡黠的但也寓意深長地說道：「給人方便，自己方便。」「好嘛！不看僧面看佛面。」

短短一陣對話，就解決了牛大政治生命的危機。

橫權利弊急轉彎

潛規則的遊戲下，兩位上下級兼兄弟就在一番交涉中，把一樁「惡性事件」淡化成為「處事不當」的誤會。既不是作弊，也不是貪污，那只是一場夢。

本來想為表弟出頭抹桌子的方民權，自己都不敢相信竟然失去了還席的機會。但事已至此，只有想開些，看在副市長陶洪濤的金面上，把那一口怨氣吞進肚裡。但方民權的表弟程戩可不那麼想。在穩操勝券的時候表哥「高抬貴手，放過牛大」，表哥是否真是不得已？

方民權跟程戩說不清楚，也懶得跟他說。反倒是牛大，他卻以為自己真是福人福星，他的面子可真大！

因為有了副市長陶洪濤出面，方民權也只當是為他自己今後的大好前程添了一個平臺。因此，方民權一反之前的咄咄逼人，還指示辦公室以先鋒隊組織黑山鎮委員會的名義，打印了一份「撤消牛大黑山中學總支部書記職務」的公文，蓋上大印，寄給麻處長消氣。那一紙公文，實質上是沒有一點兒作用的。只是一份掩耳盜鈴的欺世假決議。它既沒有往上呈報，也沒有往下傳達，甚至再也找不出來第二份，就連在牛大任職的黑山中學總支委員會都沒有宣告。即便有這張公文，牛大依然還做他黑山中學的總支委書記兼校長。黑山鎮政府唯一做得像模像樣的就是，把那份公文寄給省城銀行的麻處長……。

「也該讓人家消消氣，才好不再追究那一件事情了。」方民權在給陶洪濤的電話匯報中，曾經揶揄的自嘲。

一場轟轟烈烈的鬧劇，才剛拉開帷幕，又莫名其妙地偷偷謝了幕。

後發制人

戰勝了方民權，牛大覺得輕鬆多了。為了求得麻處長的諒解，牛大不惜跪在她面前，聲淚俱下地請求麻處長高抬貴手。牛大太會做戲了，在那一跪一哭間，就把一件令人不齒的貪腐行為以苦戲的手法，在苦主面前表演得讓苦主不得不為之感動。麻處長心軟了，她覺得殺人亦不過頭落地，也就原諒了牛大。

這些鮮為人知的內幕，很多是牛大忘形時，有意或無意間說給夏荷聽的。可麻處長在省城晚報所披露出來的「一幫一」風波，倒確實是李喬琳給夏荷擺龍門陣時說出來的。姐妹倆才因此而送掉性命。

「是的！就是你所說的這樣。」牛大對夏荷的指控供認不諱。「你表妹說的一點兒也不假。」他還告訴夏荷：「就因為那件事牽扯太寬，涉及的人物複雜，假若我因此出了任何問題，大家都會出問題。」

牛大是個罪人，帶著負罪的心，向夏荷說出更多不為人知的內幕。

心直口快招殺身禍

牛大對夏荷說：「你表妹喬琳，就是因為年輕氣盛，她太年輕了，充其量也只是一個小小的文書，卻不曉得在這個社會裡，她又能搬起石頭去打天嗎？她的膽子也算不小，敢把這一切經過都攏給你聽。雖然她在最初那段時間還沒有受到組織的『幫助』，可她又如何會想得到多嘴嚼舌的結果，換來的是一場不明原因的車禍，糊裡糊塗地斷送了自己的一條性命。」

「你們這些畜生都不如的東西！」

門口的那一個白衣女陡然一聲嬌叱，一雙長著長長尖指甲的手臂突然間就暴漲了起來，更還一直伸到牛大的眼面前，那架勢沒有了半點兒再與牛大玩下去的樣子，而是對對直直地一直伸到了牛大的眼前，眼看就要被它抓住，讓它掐斷牛大的喉嚨。

「喬琳！先不要忙要他的命。」夏荷急忙出聲阻止道：「你還怕他跑了嗎？他跑不掉的，你再聽聽，又何必急在一時。」

「表姐！……我……我忍不住了，我要……把……他們……撕成碎片……也不為過呀！」李喬琳怨憤交集，聲音悲切又淒厲，但更多的卻是怒不可遏。

到了那個時候，牛大總算才明白過來了。卻原來，處心積慮的把他引導那個鬼地方去的那另外一位白衣女，竟然就是黑山鎮政府的原先的文書李喬琳。

難怪一見面時就覺得它很有一些眼熟。只是，由於那地方一直只有迷迷濛蒙的些許光暈，而且有還是有些迷迷濛濛的實在認得不大真切。唯一的感覺中總是覺得它有一些面熟，好像似曾相識。

牛大也很感嘆。他感嘆夏荷的表妹李喬琳，就因為曉得了一些不應該它曉得的事情，才年紀輕輕的竟也魂歸了地府。那時候，牛大彷彿才感覺到了自己和組織的罪孽深重。為了維持一方暫時的穩定，竟然害得人家年紀輕輕的就已經魂歸地府了。

唉！真的是造孽呀……。

「我們都是匹夫無罪，懷璧其罪！」夏荷一想起了生前往事就禁不住恨從心起。她對著牛大咬牙切齒地恨聲道：「在陽世是殺了人的天不睜眼！在這裡是你的組織和靠山都救不了你。」

又是一股怨氣直沖黑沈沈的天際。

一霎時間，整間大廳及大廳的周邊四圍裡的光暈，全都變得更加的迷濛了起來，就連整個黑洞洞的空間也都跟著更加的黑暗了。

牛大急忙接著說道：「是的，我有罪！我和我的組織都有罪。但是，你們該反省一下，你們是不是也有不當之處？」

「我們檢討！」夏荷、李喬琳同時都叫了起來。

22 弱女死後成怨靈

沉冤積恨怨女索命

牛大說：「李喬琳就是因為曉得了不該曉得的事情又藏不住話而害了她。如果有這樣的人活著，對我們那個大家庭的威脅將是無可估量。加害你們的性命確實是沒有辦法，但絕不只是我們幾個人的意思，其實，這是我們組織內不成文的規矩。尤其是我，只是一個處處逗人恨的小角色。組織要保穩定，由我出錢出面請來殺手取你性命，本來是叫他做得利索一點，那想他竟這麼殘忍……。」

許是，人之將死，其言也善。到了眼前那種份上，牛大也實在沒有辦法了，他想盡快的作一個了斷。所以，不待夏荷兩姊妹再繼續追問，牛大乾脆就像竹筒倒豆子似的，主動、徹底地交代著一切。

「你們真狠！」停了一會兒，夏荷又恨聲說道，「自古來殺人償命，欠債還錢。」

「今天，你就還我命來！」李喬琳也恨聲地喊了起來。

弱女成冤魂，變成了厲鬼，往昔嬌艷的容顏瞬間又成了恐怖的骷髏一般，曾經風情萬種的眼睛霎時間也是有眼無珠竟有血。一時間，夏荷與李喬琳已不再是生前的那副嬌巧惹人愛的模樣了，它倆手指如鉤似針，一起向牛大直逼過去。

那手亦經不再是昔日的娟娟玉手，是枯瘦得只剩皮的骷骨。骷骨恰似炭灰，像久經腐爛，正一塊一塊地直往下掉。牛大早早聞到一絲直沖口鼻的腐臭，胃裡的酸水直往外冒。「你要做什麼？」牛大禁不住歇斯底裡地驚叫了起來：「莫過來……」

「你也曉得怕了？」夏荷一邊慢慢地逼向牛大，一變冷森森地問道：

牛大帶著哭腔喊道：「我……怕……」

夏荷陰森森地對牛大說：「我也害怕過你們，沒有想到，總是讓人害怕的你們也有害怕的時候？哈！哈！你也怕了我們……哈！哈！活人怕了死鬼。」

夏荷用手掐住了牛大，那一瞬間，牛大彷彿感覺自己的咽喉也驟然一緊，連氣都換不過來了。牛大心裡明白，他連喊都來不及了，只能咿呀咿呀地低吼著。

岔過滅頂之災

楊玉是聽見牛大房裡異常的響動，來到書房一看，楊玉便皺緊了眉頭。她覺得，這個牛大呀，都四五十好幾歲的人了，還是那樣一副德行，那沒有一點兒睡相的不雅模樣，楊玉覺得有一些滑稽。

「唉！」楊玉不覺歎息一聲，稍有不滿的嘟嚕著：「也真是的，連睡個覺都不老實。」

楊玉去的那時候，牛大恰恰又像安睡了一般。可是，當她正要轉身離開的時，確又覺得有些不大對頭。於是，楊玉就在窗前站了一會兒，她想看一下牛大到底如何的了。終於，楊玉看到牛大的雙手又不安分的在胸前和咽喉亂抓亂刨。楊玉覺得牛大可能是在做惡夢，看那樣子他顯得很著急，有點兒像是在與人拼命。

那幾年，或許是流年不利，楊玉被牛大折騰夠了。她很害怕舊戲重演，所以，楊玉儘往好的方面去想。

楊玉又以為是室內溫度不夠涼爽。她想牛大由於長得胖，最是怕熱，可能由於燥熱才睡不安生覺。於是，楊玉又連忙走了過去，把室內的溫度再調低了一些。但牛大卻並沒因室內溫度的降低就停止了動作。

「唉！」楊玉嘆息一聲，還是伸手去抓牛大，想要把他搖醒過來。

與肥胖壯實的牛大比較起來，楊玉不僅身體單薄，而且，她的力氣又太小了，根本就抓不住牛大在劇烈動作著的手。於是，楊玉就只好對著牛大喊了起來：「醒一下，牛大。」

牛大竟像不願意搭理楊玉的輕聲呼喚似的，仍舊一個勁地用力扭動、掙扎。

「喂！牛大……，醒醒……」

回魂過來恍里稀惚

「牛大……」

突然間，一縷聲音飄進了牛大的耳門，牛大似乎覺得有一個熟悉的聲音在喊著自己。但牛大卻回答不出來，他簡直急得心裡都快流血了。

牛大還不曉得是誰在喊，好在那呼喚牛大的聲音，像是有著一種神奇的力量，夏荷一聽有人在喊牛大，她和李喬琳馬上就鬆開了緊緊掐著牛大咽喉的手，一閃身就不見了蹤跡。

好不容易才撿回了一條命，牛大還在驚慌失措中喘息不止。還是剛才那熟悉的聲音，很快地又傳進了牛大的耳朵裡。是有人在喊自己，牛大有些肯定。而那呼喚的聲音竟是那麼的清晰，也很有力度，更還好像一陣緊似一陣地在耳邊喊個不停。

「牛大！」「你醒一下，牛大……」

努力睜開眼，牛大彷彿看見了一個人影。那人影先還模糊，一會兒才又慢慢清晰起來。是他的老婆在喊他，對！真的是楊玉。

怔了怔神，牛大剛剛努力地睜開著澀癟癟的眼睛時，陡然又發現了呈現在他眼前的，竟然已經是一片刺激眼神經的明亮而又柔和的亮光。牛大又想起了先前的黑暗，還有黑暗中的事物，包括夏荷、李喬林全都不見了，一切都已消失殆盡。

牛大覺得好疲憊，好疲憊。

一夜經歷孰假孰真

「楊玉……」牛大極富感情地輕聲呼喚著。但是，卻沒有發出聲音來。

牛大定定地望著楊玉那關切的目光，他的眼光直直的，但心裡也實在有一些被感動了。還是家裡好啊！可是，牛大卻還是沒有弄明白究竟發生了什麼事情？

哦，想起來了，一定是自己又撞到鬼了。唉！近幾年來，自己撞到的鬼還少了嗎？牛大禁不住又在歎息起自己這幾年間的不大順利。

看見牛大好像醒了，楊玉卻也正在用她那充滿了困惑與疑問的眼神，久久地凝望著牛大的臉。她發覺牛大醒了。雖然，牛大懶懶洋洋地睜開了眼，但她還是感覺到了那是牛大很努力的結果。

牛大的眼神竟是還是那麼的茫然、癡迷、呆滯、還閃爍不定。

儘管牛大正微微的睜開著眼睛，可楊玉曉得那並不能說明牛大還牛大那雙正在努力地強睜著的眼睛，好像睜得非常的辛苦，隨時都有可能在努力支撐中再閉上眼睛。

牛大害怕一閉上，可能就永遠睜不開來。

不能洩露的秘密

一看牛大的神態，冰雪聰明的楊玉曉得牛大不是做了惡夢，就一定是又撞到了什麼不乾淨的東西。楊玉曉得牛大已經醒了，只是有所忌諱，裝佯隱瞞。儘管楊玉的心裡充滿了疑惑，可她還是懂事地搖了搖頭，像是要把鬱悶釋放出去似的嘆了一口氣。接著又俯下身來，望著似有一絲歉意的牛大，還是打破沙鍋問到底地繼續追問著他：「你剛才究竟是做了什麼惡夢？驚喊些什麼呢？」

「我叫了嗎？」牛大努力睜開眼睛迴應道：「我叫了些什麼呀？」

「叫些什麼沒聽清楚。」楊玉一邊回答一邊繼續追問：「叫得嚇死人，你究竟遇見了些什麼啊？」

「我……我叫……」牛大欲言又止。

牛大心裡想：「折騰了一晚上，難道真的與鬼打了一晚上的交道？或者只是一場惡夢？」

經歷雖然詭異，但整個過程牛大都回想了起來……那黑暗又陌生的不知名的去處，那素裝靚麗又冷冰冰的白衣女——李喬琳與眼中還在流著血水的恐怖夏荷，夏荷對自己清楚明白地講述的：自己因為嫖娼不慎被掃黃警察抓獲，劉雲、倪擁幾經奔波，辦案警官法外開恩，不予曝光，只予重罰。後來橫生變數，殃及池魚，最終導致夏荷因受連累而命喪黃泉。麻處長在《巴國晚報》披露「一幫一」作偽，市長、書記、主任都像「痲子打呵欠，一起動員」了起來幫他牛大再度避過劫難等等。那都是鮮為人知且已經塵封了的往事，但往事裡的一切因果情由，夏荷都講得那麼有條有理，有根有據……。

但若說這一晚上所有遭遇全然屬實，自己為何又這麼快就從夢中醒了過來呢？而且，還安然無恙地躺在自家書房的床上。

牛大只想弄明白：這是怎麼一回事？是夏荷放過了自己，還是自己的組織、領導、恩師指派圈子內的同志又在暗箱操作，連鬼神都可戰勝，才又一次幫助了自己？牛大覺得都有可能，也都不大可能。

「不！不是的！應該都不是這樣。」牛大在心裡喊著，又把眼睛緊緊地閉了起來。

「那麼，究竟又會是如何一回事呢？」牛大問著自己。

牛大的心裡時而糊塗時而明白。一晚上所經歷的盤根錯節的事情如同一團亂痲，剪不斷理還亂。

「啊……噓！」

驟然間，一聲聲響亮的噴嚏地爆響了起來。

23 又逃過一劫

傳統女與花心男

牛大突然覺得一陣鑽心的冷，惡狠狠的噴嚏對著楊玉的面就噴了出來，同時也把自己整得個滿臉都是鼻涕、口痰。

噴嚏還在一個接一個地繼續著，楊玉竟也管不了髒不髒，只能任由牛大的鼻涕夾著唾液，在噴嚏的爆響聲中四處飛濺了開來。

「你慢點兒……」楊玉彎著腰正要替他抹去臉上的污垢時，相距牛大嘴臉就更加近了。不巧正張嘴與他說話時，牛大又是一個響亮的噴嚏，把鼻涕、唾液等污穢液物隨著噴嚏聲一下子就噴射了出來，楊玉剛好接了正著，弄得一頸一臉都是髒污。

不僅粉頸沾沾糊糊，甚至連嘴巴裡都被噴進去了些許的帶有腥臭味的即沾稠又腥鹹的液體。楊玉不覺揪心一緊，一股內氣就直往下體沈去，可惱的是，那一些已經入了楊玉口裡的臟污之物，也就順勢滑下了咽喉裡，對對直直地浸入了肺腑腸道之中。

一旦回過了神來，楊玉感覺到那一股污穢的惡臭氣味，馬上就從她的胸腔裡面陡地又升騰了起來。可憐楊玉平時太愛乾淨，尤其是對於進口之物更是過細得又過細，沒有整理乾淨的東西她是絕不輕易進口的。

一楞之下，楊玉心裡陡然萌生了一股厭惡的情懷。她嘆息自己的紅顏薄命，有生以來又何曾受過如今這般的磋磨？自從嫁給了牛大，好的沒多少，得到最多的儘是陪著牛大承受一些來自人們背後裡的指指戳戳和憎恨的白眼。不管楊玉情願不情願，她都還要默默地為牛大擔驚受怕，同時亦還得受到一定的受牽連。

想到了這一些，楊玉心裡不由湧起片片愁雲，陣陣辛酸。隨著心裡的不痛快，楊玉的眼神也很快就不自覺的跟著黯淡了。驟然間，她的臉上很自然地流露出了一股無可言狀的古怪表情來。

「唉！萬般都是命呀！」無可奈何之下，楊玉終於發出了一聲輕嘆。隨即便是一滴清淚，涓涓地順著楊玉的臉頰緩緩流了下來。

一進洗漱間，楊玉就把自己關在裡面，先是一陣子嘔吐，幾乎連黃膽汁都吐完了，而後對著水龍頭痛痛快快地沖洗著整個腦殼。最後，楊玉乾脆合身站在噴頭下面任其流水地沖洗，一邊洗滌，還一邊壓低了聲音，痛痛快快地哭了一場。

就在楊玉一連串的動作中，她把積壓在心裡的委屈作了痛快的發泄之後，又覺得輕鬆了一些。對著鏡子照了照，楊玉又回到書房繼續照顧牛大。

24 夜安陽光怪陸離

繁華清冷對比鮮明

夜幕下的安陽似乎比白天更有魅力。

大街上車水馬龍，夜間街景全無異常，一切依舊，在五花八門的燈飾襯托下，整座城市好像更加地充滿了神秘。

傍晚時分，在城市的面子工程地段，應該是安陽最為鬧熱的一段時間。一條條柏油馬路，一處處黃金地帶，在燈光的映村下，夜晚更比白天顯得繁華。

安陽的夜景真美，除了四處行走著的人流，還有四處流淌著的音樂，既點綴了城市，亦誘惑著有閒心逛夜市的市民。夜幕下，行人在街上流淌，音樂在在空間飄逸，實在就是安陽表面繁華的真實寫照。

曉微並不愛熱鬧，可是，今天她也在趕著熱鬧場合。是的，曉微真生氣了，她越想今天在會議中遇到的事，越是生氣。經過了一會兒故意地奔走勞累，曉微的情緒稍微比先前要好了一些，但還是沒有辦讓自己完全平靜下來。她一路奔走是故意讓體力消耗來自虐自罰，但也仍然抹不去心裡的煩惱和激憤。

看著夜幕漸黑漸濃的周邊四圍，曉微陡然感覺到天色已經不是很早了。也就是在那個時候，曉微才發現自己也都漫無目的地跑了無數一條有一條的街道。

曉微也很強，雖然離她的家還有一段距離，她卻仍然連公交車也不願意乘坐，只想一個人繼續快步行走在回家的路上。

長時間地奔波中，曉微走得很費力氣。她感到自己好累。因此，比較起先前，曉微才又放慢了匆匆而行的步伐，換成了緩慢地行走。就是那樣緩慢地行走，也讓小偉追的個夠嗆。

一路上，曉微覺得心裡像是壓著了一塊石頭，感到胸口悶得慌，甚至還有著隱隱作痛。那是因為氣憤才讓悶氣淤積在了曉微年少的心裡，一時之間又無法排泄出悶氣，才有了心胸悶痛的現象。就是由於心理不痛快，曉微想要一個人以超強的運動量來消耗體力，以超強的勞累來麻疲自己。

從繁華鬧熱的大街已經走到了眼前僻靜的拆遷區域，前面已經是距離自己家不遠處的那一條舊街道了。其實那只是昔日的一條街道，曾經是一處小區住宅的連接路，如今已經冷清得沒有了多少的住戶，所以，實在是連鬼都打得死人。

曉微一個人穿街過巷，一個人不緊不慢地走著，走著……。

陰森詭異的鑊子巷

那一條舊日的小巷，僻靜又幽森，是包括曉微一家在內的極少住戶連接外界的必經之路。比較起周圍那些冷清的邊緣街道，小巷又要僻靜得多了。

曉微土生土長在那一帶，仗著輕車熟路，一點也不害怕。

小巷冷冷的橫在曉微的面前，好像是在阻止曉微繼續前行，又好像是在等候著夜歸遲到的老熟人。小巷似乎在用它那獨特的語言，要轉告曉微一些什麼事情。可曉微不曉得，她只是感覺到街口和巷口之間的路燈雖然依舊，只是在路燈昏黃的燈光照耀下，小巷口極像一只巨大的怪獸，正好迎著曉微張開了它黑乎乎的大嘴巴，就等著曉微自己把自己送進它的嘴巴裡去。然而，有了變化的還不止是小巷口處，似乎連看不見的小巷子的裡面亦都有了一些不大對勁兒。

縱使曉微的膽子大，今天她一走到小巷口時，也不由自主的在巷口停了下來。走或不走呢？正躊躇間，小巷口處那盞照明的路燈，好像突然間也改變了顏色。由剛才的昏黃變成了眼前的慘白。曉微定了定神，路燈稍許又亮了一些，可是待她準備再邁步時，卻發現原本就不強的光似乎比較先前還要黯淡了一些。

曉微微一楞神，彷彿又覺得在路燈微弱的燈光籠罩下，小巷子的周邊四圍處，又無端地騰起了一股股若有若無的白色煙霧。那如輕煙般的白霧就在巷口飄飄逸逸，連巷口周圍的一切景物都在白霧下飄逸了起來。那一片片活動著的白色煙霧亦在夜色中漂浮不定，既如行水，亦似流雲，它們漂浮不定，忽閃即逝。才在曉微遲疑不前的瞬間，稍微的躊躇了一下，曉微竟又毅然決然的踏著那些些許許的不明物所投下的斑斑駁駁的倒影，但多少也有點兒不由自主地走進了那條幽靜的小巷子裡去了。

石板路越走越長

小巷子很深，越往裡走就越黑暗，空曠又寂靜的小巷裡較起本來就冷清的外面不曉得又要清冷了許多。

曉微覺得小巷好像變長了，已經走了許久，都還沒有走出去。

「這不對呀！走了這麼久，為什麼還走不出去呢？」曉微喃喃地自語著，但她還是沒有停下來，依舊固執地堅持著一直往前走……。

由於心裡不痛快，也還有一點兒害怕，曉微一邊踽踽獨行，一邊努力地回味著傍晚的會議情形，以此來沖淡心裡莫名奇妙的緊張。

回憶中，曉微的思緒又回到了今天那令人憤慨的場面。單罡的專橫和那所謂的意見不統一，輕而易舉地推翻了包括自己在內的辦案人員，幾經艱辛得來的系列人證和物證。案件被擱置了，一切努力都已白費了，曉微就是懷著被專制制度強姦了意志的困惑與痛苦憤然離開了會場。一個在那條寂靜的小巷裡獨行，那種勇氣實在是來自於自己對單罡專横和無理的憤慨，曉微不願意在強權面前妥協，更不想與其同流合污。想起在會上的無助，曉微的心裡就在隱隱作痛，憤和恨像一團燃燒著的火，燒得曉微膽氣大增，甚至連害怕都忘記了。

一邊想著心思，一邊繼續走著夜路，腳步也就邁得更加的慢了。雖然，曉微覺得腳下的路似乎越走越長，但在個性驅使下，她也覺得沒有退路，只能堅持往下走去，一定要走出黑暗。

小巷歷史六百多年

小巷雖然不是一處鬧熱地帶，卻也並非一方無名之地。算來歷史也頗為悠久，小巷的名字還非常的好聽，叫做「罈子巷」。

罈子巷就像是一位經磨歷劫的歷史老人，它雖然不說話，但它卻曉得很多的故事，因為，它本身就是一段古老的歷史故事。罈子巷經歷了那一處原著居民好十好幾代人的踩踏，即使是從沒有去過那條小巷的人，也聽說過罈子巷的來歷和早年間發生在巷子裡面的事。

如果站在高處看罈子巷，就會發現那條巷子倒真的像兩只罈子。只不過那是兩個特別細長的罈子，兩頭細長中間卻很粗，恰像是兩個罈子底靠底的對連在一起，被造物主輕輕地平放在了西山腳下。哪曉得，兩只罈子被那一放，或許就是成千上萬個年頭。

從罈子巷裡面的兩邊院牆看，內牆比外牆矮，可能是地形地脈的原因，罈子巷的高牆內竟一點兒也不比牆外邊要潮濕。外牆雖然險要，但有一些吊腳樓卻朝著巷子的裡邊開有門窗，多少還可以滲透一些些光亮，來沖淡一下巷子裡面的陰森恐怖，也給巷子裡的夜間行人稍稍的壯一壯膽。

一個傳說百年流傳

那是很久以前的一個晚上，陰沈沈的天一直下著綿綿細雨，就像一個經歷坎坷的悲催之人在沒完沒了地向人世間傾訴著不盡的哀愁。

有兩個做完夜班的工人結伴而歸。

那時還沒有手電，夜行照明全都指靠叫做「洋油燈」的照明燈具。

其中一人就提著一副叫做「巴巴亮殼」的油燈，乘著夜色結伴同行。兩人一邊聊著閒話，一邊不緊不慢地行走在那條小巷中。

正走著，提燈的人發覺自己裹腳布給走散了。在安陽早年，無論是上班的工人或是練功的武士，乃至那些挑蔥賣蒜的農夫，只要是男性，幾乎個個都有一副祖傳下來的習慣——纏裹腳。就是在小腿肚纏上一段布條，那種裝著既不傷大雅，又還顯得精幹並利索，有利於集中自己潛在的體力。人們從古至今代代相傳，安陽及其管轄的所有區域幾乎是人人都習以為常。

話說提燈的人因裹腳布的一截又拖在小巷裡濕漉漉的石板地上，一沓一沓地很不舒服，要是同行的人稍微一個不注意，一隻腳踩了了上去的話，兩個人不摔倒一個那才叫怪事。沒辦法，提燈的人只好停下來，順手把燈交給同行人，就把腳很隨便地蹬在小巷的牆壁上，彎腰低頭重新纏起裹腳來。

另外一位，接過了燈就近為他照亮。突然，提燈照亮的人發現牆壁之上又還有一個人，正被纏裹腳的同伴用腳蹬在了牆壁之上。那只顧自己纏裹腳的人倒不曉得，而被他蹬在牆壁上的「人」卻呲牙裂嘴，一副痛苦不堪的樣子。照亮的同伴看見了，被眼前那一幅畫面給嚇傻了。他用手指著同伴，身子像是被雷打硬了似的，嘴裡卻在「咿咿呀呀」地囈語一般。

纏裹腳的人感到很詫異，抬起頭來問他道：「你在做什麼呀？」

「他……他……」被嚇傻了的人，終於發出了聲音來。

「哪個他？」同伴不懂他的意思，反問道：「這裡除了你我，還有誰？」

好一會兒，緩過了氣來的同伴，結結巴巴地說，「你……的腳，蹬在了……一個人……的身上。」

纏裹腳曉得了自己蹬住的是何物，而且還是深更半夜在那漆黑幽森又故事頗多的小巷子裡面，把他三魂六魄都給嚇掉了。

兩個被嚇傻了的人，愣禁了一會兒，像是同時接到命令一樣，纏裹腳的連裹腳布也不要了，提燈的把燈丟在了地上，兩個人像是百米賽跑的運動員一樣，同時抬腿邁步，不要命地在小巷裡面狂奔了起來。

前腳才一跑，後面竟然跟著滾來一只土窯燒制的泡菜罈子。奇怪的是那只罈子好像既有生命也有思維似的，不緊不慢地追著兩人，一路上還發出乒乒乓乓的聲響。

罈子是瓷泥燒製的土瓷，大凡瓷器乃為易碎物品，在那青石板的路面上一路滾起走，既沒有破，也沒有碎，至始至終罈子依舊還完好無損的，僅僅就那一點無從解說的原由難道就不叫人害怕？

那倆個逃出了小巷子人，都是一口氣跑回了自家的門口，一陣猛拍大門後，便倒地不起了。家人各自將他們後拖進屋裡一陣施救後，又聽得他們醒來後講訴起小巷子裡面所遭遇到的咄咄怪事，一家人也跟著擔驚害怕了起來。

自那以後的百十年間裡，大凡夜行人來到小巷子，也就常常有人會遇見那只永遠都摔不碎的罈子，它從小巷子中乒乒乓乓的一路滾了出來追著人趕。罈子巷的名字，也就由此而來，一直被人叫了百把幾十年。隨著歷史的變遷和社會的發展，人們的照明逐漸由原始的油燈變換成了不怕風雨的電燈。但是，罈子巷的故事卻依舊流傳了下來，罈子巷的名字也還在被人們叫著，並且還名聲遠播，故事不斷。

如今除了那條小巷，到處一片狼藉，難得再有其他的出路。本來就僻靜陰森亦神秘恐怖的罈子巷，更顯得荒涼陰森了。

死鬼沒有活人可怕

罎子巷裡面不是很寬，但進深卻頗為深長。

曉微覺得今天心事不順，連道路都在改變著長度，總覺得今天晚上的罎子巷似乎變成了一個無底洞，又像是總走不到盡頭的深淵。

曉微是本地人，很清楚那條小巷的內間距離，假若趕急，好歹也不過是幾分鐘的時間而已。怎麼會這樣呢？今晚曉微覺得腦殼裡裝的東西多了，所有的東西又全都案情分析匯報會左右著。腦殼裡揮之不去的幾乎都是她在會議上想釋放，卻又沒有能夠釋放出來的憤懣的情緒。

曉微覺得已經沒有了回頭路，她明白出路就是走出罎子巷，回歸到屬於人類的自然中。曉微默默地告誡著自己：只有走過黑暗，才會有出路。

早聽說政法委書記單罡要來聽取專題匯報，事先有人曾經悄悄地給曉微透過風，說她們太認真了領導可能會不高興，搞得不好更還會是三斤半的鯉魚給倒提起來。因此，從領導一出現在會場開始，曉微的心裡就一直在擔心。其實，曉微不是怕領導，也是怕領導。只是沒有料到領導會是這麼的專橫，正直又過於單純了些的曉微，就是帶著一腔的激憤，一腔的不平，才在漫無目的地奔走中，竟然鬼使神差地走進了離自己家不遠處的那一條出了名的罎子巷。

還在剛才一接近巷口的時侯，心事重重的曉微就很敏銳地感覺到了那條小巷異乎平常的詭異。可是，曉微不是一個喜歡退卻的人，再加上她滿腦殼早就裝滿了今晚會上那些錯綜複雜的內容。所以她才沒得那份細膩的心思去慢慢思想那些看似無關緊要的區區小事。

楞禁了片刻間，曉微毅然決然地走進了那條充滿了詭秘的鑣子巷裡。雖然一個人在鑣子巷的石板路上行走著，可曉微的思緒卻始終還是糾結在今天的匯報分析會上，還在一門心事的想著會上的那一些內容。那一些不能讓外人所曉得的會中內情，本著工作紀律和保密原則，曉微是不得向外界泄露的。可是，曉微的心裡面裝著的那一些不被外人所知的情況，簡直使她快要發瘋了。有人說那一個鑣子巷裡不乾淨，常年陰氣聚集，有出了名的鑣子鬼經常現身作弄人等，曉微即以身臨其境，她反倒一點都不怕了。甚至於她倒覺得，說不定鬼還沒得有些人可怕。

觸景生情，曉微的心裡竟陡然又湧起另一層想法：都說鑣子巷有鬼，不乾淨，難道人世間又比鑣子巷乾淨得到哪裡去呢？就事論事，較之今天晚會上的情景，那些睜著眼睛說瞎話，昧著良心做缺德事的人不是比鬼都還要可怕？還要可惡？根本就是人不如鬼。想到這些，曉微就更加地感到沒有什麼可怕的了。

那一爿偏僻的地帶在黑夜裡顯得更加的僻靜又荒涼了，鑣子巷裡面又非常的昏暗黑幽。曉微想，人要是都能做到無欲則剛，最多不要了自己那條命，塵世間那些有權有勢的活鬼不就沒得什麼可怕的了，又哪裡還有心思去害怕已經沒有了生命的陰鬼呢？

25 很多時候人不如鬼

再難也要挺過去

曉微也曾經是黑山中學的學生，從離開黑山中學，曉微再回學校的時候卻是在白雲的追掉會上。由於好朋友的突然離世，自己當時心裡很難過，好像也還聽到過一些流言蜚語，但在當時曉微也沒有往心裡去。

當領導把「黑山中學貪腐案」的複查工作交給曉微時，曉微從心裡自覺地產生出了要一查到底的決心。不曉得是什麼原因，總像是有著一種責任在督促著自己。無數次艱難又危險的取證行動中，曉微都沒訴過一絲苦，沒叫過一聲難，像有使不完的勁，用不完的力。在單罡近乎明顯的袒護下，在案件被迫決定擱置時，曉微連找單罡拼命的心都有。可在那種情況下，她一個人又能起得了什麼沖天樓呢？過於極端反而不好，會給單罡一個理由讓他掐死案件。所以，曉微才選擇了忿然離開會場。

眼下，一股股被強姦了意志的憤和恨，就像一團團的火，在曉微的心裡熊熊地燃燒著。激憤中，曉微忘記了害怕，也沒有了絲毫的躊躇，大有一股明知兇險亦向前的勇氣。

曉微一個人在鑼子巷裡面昂首闊步地走著，走著。

會中的情景，像電影一樣在曉微的腦殼裡面不停地放映著。按照曉微從小所接受的教育來理解：先鋒隊組織的一員理所當然要比組織以外的普通群眾的思想覺悟要高。因為，他們是先鋒隊嘛！尤其是像單罡那樣地位顯赫的大領導，他們的思想覺悟、道德素質更應該高於小老百姓，才合乎他們的身份。

然而，世上有很多的事情並不是可能完全按照常理去推斷的。曉微就萬萬也沒有想到單罡會公然包庇牛大；作為堂堂的安陽市常委、市政法委書記，卻要包庇一個腐敗的親信下屬。而且，單罡在為牛大開脫時連彎都不會轉，甚至於還赤裸裸的一點兒也沒有顧忌。在遭到抵觸時，一個政法委書記也會無理取鬧地要起無賴來，竟然與平常道貌岸然裝正神時成了一種鮮明的對比，那神態活脫脫的一副流氓嘴臉——我是流氓我怕哪一個？

單罡仗著他們所把持著的霸王政策，不可理喻地要起了專橫的流氓手段，根本就不顧經辦人員的建設性意見，就要硬性了結黑山中學的貪腐案。

「簡直就是一個政治流氓！」曉微在心裡狠狠的罵道。

本來開的是專題案情匯報分析會，與會者很長一段時間都付出了許多，曉微與小偉更是幾經奔波，辛勞調查，乃至冒險取證，儘管還沒有系統歸類，而所有材料顯示下，案情幾乎就要大白於天下了。

領導還沒有到場，是沒法匯報的。所以，主持者一開始就讓大家先分析各自的情況，邊開邊等。勝利在望，大家的情緒亦很好，使得整個會場也就充滿了非常嚴肅、認真又生動、活躍的氛圍。

在會中，大家各自簡潔明了地匯報了前一段時間裡幾經周折所得來的資料，然後大家一同分析、討論。整體表現得活躍又很輕鬆，大家都願意提出自己的看法，分析著進展得失。都在為那一樁延時較久的大貪腐案——「黑山中學校長牛大，勾結市教委書記、主任行賄受賄、貪汙腐敗案」，以被匯聚的材料鎖定，眼看就要落到實處了。這樁案子不僅涉及的賄款數目大，更在於其中還牽涉到幾起人命案；案情錯綜複雜，牽涉到本市不少的官員。

對這樁「處理」過幾次無結果的貪腐案，下面的群眾反映非常激烈，黑山中學校內校外亦都民怨四起，更有舉報者數年不停地堅持定告的鍥而不舍。為此，安陽市以及更上一級的政府也不得不作出一個樣子來，要求安陽市紀委、市教委及市監察局要認真查處。就因為上面催得急，下面壓力大，也才有了今天晚上的這一場案情回報分析會。只可惜，老天暫時還沒有憐憫心，最終的結果還是因為政法委書記的從中作梗，會議又能不歡而散，案件也還是被擱置了下來。

一手遮天

按會前安排，今晚的案情分析匯報會曉微是主角，由她作「案情專題匯報」。大家插漏補缺，共同研討，以期及早結案。曉微欣然接受了本部領導下達的指示，更還做了比較詳盡的文字材料和影像佐證資料等會前準備。也就是在那一主題思想的指導下，大家根據較長時間的查證落實，現在基本上已經理順了案件的全部始末。只需要最後一道程序的操作，就可以將行動方案付諸落實了。可是天不隨人願，包括讀者在內，大夥兒都高興得太早了。事實上在那晚的會議上，還沒有待到大夥兒高漲的情趣發揮得淋漓至盡的時候，即時趕來聽取匯報的市政法委書記單罡，在聽取曉微的專題匯報時就坐不住了。

聽著，聽著，單罡那張本來比較白淨的臉，很快的就布滿了黑雲，變得陰沈了起來。或許是心裡太煩躁，單罡在下意識中不停地彎曲著他那白白嫩嫩的食、中兩根手指，偶爾又還用力地敲擊著桌面，好像在催促著曉微快些結束。無需明說，大夥兒都曉得單罡心裡不高興了。與會者都被單罡不友好的神態鎮住了，雖然分析會需要大家的共同發言，各自抒發己見。然而，淫威之下，一個個很快就沈默了，都在裝聾作啞。但也有人在表面屈服下暗自偷窺著單罡，竟也看到了單罡那一對鬥雞眼正在放射出來一股股冷颼颼的光，連臉都跟著發青了。

會議室裡一片沉寂，似乎連空氣都緊張到只要劃一根火柴就可能燃燒起來。那氛圍使人既覺得難過又感到窒息，無需人的提醒，偷窺單罡臉色的人馬上就垂下了眼皮，微閉著雙眼像在瞌睡，又像在虔誠認真地聆聽領導的教誨。

單罡說：「可以肯定，大家這段時間工作努力，做出了一些成績。」

緊接著表揚後，單罡又提出了嚴厲的批評。「你們大家也要好好反省反省，看看偏沒偏離組織定的辦案方向。我們的宗旨是懲前毖後治病救人，那是一代偉人的話呀！在任何時候都會管用。」

見大夥兒沒有反應，單罡明明曉得那是抵觸情緒，可他還是翻著白眼繼續訓斥道：「我們的辦案方針要實事求是，對犯了錯誤的同志，不要一棍子把他打死；更不要在沒有確切證據的前提下輕易毀掉一個同志。說到證據，我認為對有一些證據，也需要用組織原則去篩上一篩，看有沒有合法性，不要光去聽人說。」

一陣連珠炮後，單罡也越說越有氣，他指張三，點李四，最後乾脆站了起來，泛著那一對鬥雞眼掃視了一遍全場，繼續教育著大家。

單罡說：「什麼是證據？證據就是眼見為實；除非是你當面拿住了，那就是鐵的證據。輾轉得來的，跟道聽途說有好大個差別？」

「曉微，你說是不是這樣個理？」單罡開始指名道姓地問了。他原本還是一番好意，想讓曉微順著他的話意滑過去算了，那是單罡慣用的快刀子切豆腐手法。

可曉微卻是一個死腦筋，何況於案子涉及到她的好姊妹，還有可能會牽帶出白雲的死因。曉微站了起來，問道：「單書記，有一些證據很直接，而有一些證據是不可能夠取得到的。比如說……」

「好了！好了！」話不投機，單罡粗暴地打斷曉微的侃侃而談。

繼續要大家必須本著懲前毖後治病救人的方針，在處理違紀案件和處置犯了錯誤的同志時，要明辨是非，不要一棍子把人打死，要留給他們改正錯誤的機會。

按照單罡的意思，取證雖然重要，但一定要在證據的來源可靠又合法的基礎上，組織才會相信、支持、並接受為辦案依據。沒有這些基礎，所謂的證據就失去了它的合法性，充其量也不過是拿它作為定性時的參考而已。

不要小看單罡的那麼幾句話，他可是代表市裡在說話。主管領導的表態就等於給案件定了性，也定了型，更為今後的工作確定了方向。

會議室完全沒有了先前活躍的氛圍，一下子就像降了溫一樣，很快就冷了場。

大家都在洗耳恭聽，大家一片恭順，一片服從，可心裡都明白，書記的高談闊論，其實是在變著法子阻止與會者綜合分析案情，因為案情很快就要涉及到一些不應該涉及到的人。結果是有著拍板權力的單罡，拒絕接受經辦人在辦案中辛苦獲得的、能把被舉報人送上法庭的證據和材料等。

在那樣種生存空間和生活環境下的黨國天朝人，有幾個不圓滑？大家抱著適者生存的理念，不得已時也只能夠裝裝憨。可大家畢竟都不傻呀！除了曉微不曉得變通，還有哪個願意發雜音？

對抗亦無濟於事

單罡是位久經各種場面磨練的老狐狸，他曉得眾怒絕難犯，也曉得前只要達到了目的，就該恩威並施，酢情處理。於是就像對待娃兒一樣，對下屬打了又摸；打的時候用力狠狠地打，目的是要讓他害怕；而摸得時候就要叫得乖一點兒，好給他一些想頭。

還沒有等到生出了什麼事端，單書記便大度地結束了與曉微之間的會議口角。領導主動收兵，宣布散會，未必還有什麼異議不成？不管曉微願不願意，單罡口諭已下，眾人倒是如獲重釋，巴不得及早離開會議室。只是當領導的都還沒有離開，作為下屬又如何好先他而走人呢？於是，大夥兒依舊正襟危坐，漠然處置，其實是在機械的等待著那位菩薩先走人。

被氣昏了頭的曉微楞禁片刻，第一個清醒了過來，也恢復了自我。只見她「叭」地一聲合上卷宗，就第一個從會議室裡面疾步走了出去。

襟坐當場的同事們覺得很解氣，同時也從心裡佩服曉微。

曉微的個性很強。她在途徑會議室主席桌前時，彷彿聽見單罡在指名點姓地叫她等一會兒，說是還有事情要與她交換一下意見。然而，倔強的曉微竟然連看都沒有朝穩坐在主位上的單罡看上一眼，就帶著一種明顯的憤憤不平之色，急匆匆地從單罡身邊穿身而過，就像是躲避瘟疫似的，匆匆茫茫的離開了單罡和滿屋驚愕的同仁們。

一時間，在座的哪一個都沒有了語言。那尷尬的場面瞬間又變異為緊張的氛圍，雖然只是短短的一會兒，但也讓那位大權在握的單罡楞禁在了當場。

單罡曾聽說過曉微很有過性，但絕沒有想到她會給自己來個下不了臺。因此，單罡雖然恨在了心裡，可是，他也不能把曉微一口給吞了下去。

從在場的其他人看來，那尷尬的場面是每個人都極少遇見過。有人緊張到了連大氣都不敢出，而最下不了臺的還是單罡。他把臉繃緊緊的，好像眼睛都綠了，簡直就像鬼一樣，非常的難看。

是啊，想他老人家貴為統管公檢法三家的政法委書記，哪個時候受到過這樣的輕蔑和藐視呢？眼睛是靈魂的窗戶，無時無刻不在傳遞和表白著一個人的內心活動。可對於曉微來說，她的眼睛此時噴射出來的簡直就是一團團的火，而臉上流露出來的真實表情恰恰就像一塊晴雨表，她把心裡的一切委屈和憤慨全都明明白白地寫在了臉上。

單罡亦在想，假若有一天，自己所賴以依靠的先鋒隊組織，不再被越來越逆反的人民認同為永遠「偉大、光榮、正確」了，會有多少雙像曉微那樣充滿著仇恨的眼光，在等待著清算自己及自己所賴以依靠的組織啊！

一想到那一些令人心悸的未來，單罡就有些不寒而慄了。

「唉！管他那麼多做什麼？」單罡心裡在想「如今已是騎虎難下，倒不如像吃甘蔗一樣，吃一節，剁一節……」

一旦走出了機關，就像是出得了牢獄一般。曉微突然覺得開會的時間很長，浪費的時間更長。在裡面大著膽子和單罡針鋒相對時，還沒有警覺得時間過得有多快，可一到了外面才曉得天早就已經黑了。

由於心情非常的不好，從懷恨離開會議室，那一路下來，曉微的心情都很沈重。儘管她已經像逃生似的逃離了會議室，直到出得了機關的大門，曉微才感覺到總算擺脫了剛才的那種快要窒息了的鬱悶氛圍。但是，糾集在曉微心裡的那股激憤的情緒，依舊沒有辦法平靜得下來。

曉微是一個藏不住心思的姑娘。她愛憎分明，大家都說她是陽性人。屬於曉微那種個性的人實在是心底無私。但是今天，曉微內心裡的那一股憤憤不平，是如何也收藏不住了。終於，因為忍俊不住而自由地顯露在了臉上，爆發在了行動中。

曉微的臉才至始至終都被漲得紅紅的，整個人就像是被怒火焚燒著似的。而曉微的臉色雖然發紅，可她的心裡卻在發冷啊！所以，曉微的面色經過外面的風一吹，紅色亦就慢慢地退去，反而顯得非常的冷漠了起來。

行色匆匆的曉微不顧旁人詫異的眼神，她若無旁人地穿梭在傍晚的人流中，漫無目地疾步行走著。

由於心裡憤憤不平，曉微心裡像是憋著一團火。她只想在急劇地行走中來消耗自己的體力，從而也好磨合自己異常激憤的情緒。

那時候，她還感覺到心裡憋得慌，不僅是想走，而且還想要哭。想找到一個沒有人注意的地方，好去痛痛快快地放聲大哭一場；想盡快到地釋放憋在心裡的那一股鬱悶的體內瘴氣。然後，又輕輕鬆松地再上戰場，再去迎戰單罡和單罡體制內的一個又一個單罡。

憤恨交集怒火中燒

夜幕下的大街已經是華燈璀璨，行人熙熙攘攘的了。

曉微一來到大街上，很快地就匯入了街上湧動著的人流之中。可曉微卻沒有心思去享受那一種動感激情。即使再鬧熱的環境和氛圍也都變不好曉微早就已經壞透了的心情。在步行街的一處，曉微匯入川流不息的人流，就急匆匆的朝著前面方向漫無目的地奮力擁擠著……

人流如潮，曉微恰似人流中的一朵不太起眼的小小浪花。才一瞬之間，就不警不覺地消失在了似水的人流中。

「曉微……」

一聲聲長長的呼喚傳了過來。可惜的是曉微沒有聽得見，依舊還是繼續地走她的路。

「曉微，等等我……」聽見了！曉微彷彿聽見是有人在喊她，但又不敢確定是誰在喊她。

人流如潮，實在擁擠，那川流不息的人流裡面，出現了小偉的身影。小偉是她的搭檔，此時就在曉微後面不遠處，正在一邊喊著曉微的名字，一邊又氣喘吁吁地緊追了過去。眼看小偉就要追上了曉微，可在如潮水般的人流擠來湧去下，很快地又把他們給岔開了。

眼看著就要消失在人流中的曉微，小偉毫無顧忌地放開嗓門高聲又急切地呼喚著：「曉微……，等一下我……」

不曉得曉微是沒有聽見，還是根本就不願意理睬在大街上追著她呼喊的小偉。曉微卻依舊我行我素，自顧自地在熙熙攘攘的人群中穿行著，逃也似的向著前面的路上疾步而去。

在那時隱時現的追逐間，曉微和小偉的距離又開始拉長了一些。

好一個小偉，也是一個極有個性的人，既好強又倔強，追來趕去的時間一久了，小偉竟然也有了一些莫名其妙煩躁。但是，他依舊還是緊緊地跟在曉微的後面窮追不舍，而且，還在不停地疾行之中不住聲地呼喊著曉微的名字。

「等……等……我……曉……微……」

近前的路人感到非常詫異，他們以為小偉有些毛病。有人止步看著他，就像看耍猴戲一般。只見曉微在前面跑，小偉在後面追……。他們雖然是近在咫尺，可說到底最終還是相距得有一段時近時遠的距離。說遠也不遠，說近亦不近。可礙於來來往往的人群擋道，乃至近在咫尺卻又不能聚首。

這就是城市的夜生活。

人流如潮，接踵摩肩，小偉要想追趕上前面不遠處的曉微，卻也不是那麼容易的事情。突然，小偉發現曉微已經不是連走帶跑，而像是在連竄帶飛一般。

小偉更加的落在了後面，來往行人相阻相隔下，他卻飛不起來，只好認定曉微的去向不停地追。一邊喊，一邊追，由於間隔著一段距離，小偉才總是趕又趕不上，喊也喊不應。

曉微就不同了，她挺胸昂頭，一往直前地匆匆而行。前方似乎是她的唯一目標，她沒法注意到發生在身後的一切故事。

一路上，曉微都任由小偉在她後面追著、喊著、追著……

在小偉看來，曉微確實好大套喲。她行她素，就是不理睬自己的窮追苦喊，就像一個聾子一樣，對不斷地呼喚的聲音充耳不聞，自顧自地匆匆而行。

其實，那不是曉微大套，故意不理睬緊緊追著她的小偉。事實上是曉微根本就聽不見任何的聲音，她太專注了，整個一門心思全都用在了對今天晚上的案情回報分析會的回憶之中。小偉追著她喊的時候，已經完全進入了角色的曉微，甚至知都不知道小偉就在她身後不遠處，不停地追趕著她，呼喊著她。

小偉想要追上曉微，是怕她出事。從會議接近尾聲時，小偉就一直在為她捏著一把汗，總覺得曉微今天有一點兒不大對頭。小偉想：曉微今晚不會是有了什麼毛病吧？她好像連靈魂都已經出了竅一般，一路上的行為都顯得既有些癡呆，又有些詭異了。

她究竟想要幹什麼？小偉想從曉微身上得到答案。

曉微的精神沒有毛病。她只是在想著心事，才沒有留意到周邊的環境以及發生在周圍的事情，又哪裡會聽得見有人在喊她呢？

「曉微……」不管曉微理不理自己，小偉還是窮追不舍，並且還頗有耐心地一邊追，一邊不住口的繼續呼喊。而曉微還是不理不睬，既沒看到小偉，也聽不見小偉在喊她。

「她為什麼這樣呢？」喊得累了的小偉心裡嘀咕著。

曉微依就我行我素，無論後面的小偉怎樣抱怨和不滿，根本就不顧及小偉的感受。

「鬧她個鬼喲！她是怎麼回事呢？」小偉怨氣陡生，卻又百思不得其解。

小偉不僅是心裡感覺氣惱，更還是自尊心一次次地受到了傷害。曉薇對自己的辛苦表現得很漠然，任憑自己一路上很辛苦地追她、呼她都無動於衷，小偉覺得非常難過，但又不想放棄繼續追趕。

小偉喜歡曉微，怕她的情緒不好，萬一有了事情也好幫助她，所以才一路緊追不舍。可是，曉微依然不領情，小偉覺得有些不值。想自己鍥而不舍地窮追猛趕，換來的竟然是人家的充耳不聞，實在有點兒冷心。

眼看著曉微依舊若無旁人地自顧往前如飛奔走，小偉以為曉微是故意不睬他的，就感到很委屈。

「算了！」滿心失落的小偉在心裡嘆息自己「落花雖有意，而流水竟無情。天下何處無芳草？」

由躊躇滿志開始變得有些一籌莫展的小偉，終於放慢了腳步，但還沒有轉身離去，只是由追趕變成了慢慢地跟著……

26 沒有萬年富貴樹

官宦子弟的辛酸史

小偉姓韋，人稱偉哥，大名就叫韋光臻。他和曉微同在安陽市檢察院麾下的「職務犯罪偵查局」工作。在求職極為艱難的當今社會，那可是一份實在惹人眼紅的工作啊！與韋光臻同代的年青人愛和他開玩笑，說他屋裡的祖墳埋得好，占了好的地形地脈，才兩輩人都耍盡了威風，就連偉哥都是享受的世襲餘恩，否則，他又憑什麼進入的衙門機關。

就是因為韋家幾代人全都仰仗並依附的組織太偉大，所以，他們一家幾輩人包括小偉和他的祖父還有父親都跟著偉大了又偉大，光榮了再光榮。不知是出於嫉妒，或者只是為了取樂，朋友們當面或背後都愛叫他「偉哥」。

韋光臻雖然大度，不怎麼在乎別人對他的戲稱，可曉薇卻從沒那樣叫過他。曉薇不是因為害羞，而是覺得那樣很傷人。其他的人由於小偉不反對，自然也就讓那些人越叫越歡。一來二往，假以時日，「偉哥」的諢名像巴山豆一樣賴到了他，只怕這一輩子都甩不掉了。而他的真名，反倒被人遺忘了，極少有人叫。

在小偉看來，偉哥就偉哥，有什麼不得了？或許，偉哥是在一定程上受到了家庭潛移默化的影響，個性陽光的偉哥，有時候也有很多不為人所了解的另一面，因而，他展示給人的始終是一個謎。

小偉並不以他祖輩、父輩為驕傲，因而，也不在乎別人怎麼叫他。有時候，他反倒覺得「小偉」比較起「偉哥」之雅號，確實要文雅得多，好聽得多。聽得久了，他甚至還感覺叫得很親切，尤其是曉薇這樣叫他。

久而久之，韋光臻亦就更加樂於有人稱呼他「小偉」。

其實，小偉原來也並不姓韋，那是由於他自己的親生父親死得比較早，母親改嫁，繼父姓韋。從小隨繼父姓，更姓易名為韋光臻。

小韋的媽改嫁之時，小偉的年齡實在太小，姓什麼，隨哪一個姓都無所謂。只待小偉成了半大小子後，在別人的叫罵聲中才曉得了自己的真實姓氏。若不是陳狗屎翻醬巴的話，真的還很少有人曉得他小偉竟然不是韋家的後人。

上帝的安排

童年時代，小偉就發現自己比其他的同齡人要孤單。沒有兄弟姐妹，也沒有親戚朋友的娃兒曾與他作過伴，就連他的母親與繼父也沒有給他生過弟妹。即使是在學校裡，小偉除了平常愛打話牙祭外，在很多時候又不屑於跟別的同學交往。寂寞中倒是喜歡找他看不順眼的人爭霸鬥狠，常常故意搞些惡作劇，藉以惹得很多人憎恨和厭惡，讓更多的人去恨他。

由於小偉臭名昭著討萬人嫌，學校裡的老師和同學，連同機關大院裡面的家屬和周邊四圍的街坊鄰居裡面，都找不出來幾個人會喜歡小偉。所以，不管小偉是有理或者無理，也不管小偉是受到了傷害或者是打傷了別人，每次吃虧的一定是小偉。

雖然，現在小偉穿著標有臂章的制服，戴著嵌有國徽的大簷帽，可他的手臂和額頭上至今都還留得有混鬥時的紀念疤，像是他心裡的創傷，成了永遠也抹不去的痕跡。

人都有感情，再頑劣的人都有，尤其是飽受歧視的人的感情還會更加的豐富。就像小偉，每一個人所有的感情，小偉也有，甚至還會更加的豐富細膩。

在這個世界上，小偉最愛的是他爺爺，他感覺到最對不起的也是他的爺爺。只可惜，小偉和他爺爺一樣，都醒悟得太遲了點兒。

小偉的爺爺是在小偉上班的第一天，就放心地去找小偉的父親和自己的老伴去了。

而小偉的奶奶則是從廣西老家出來的一位激進派女性。廣西不僅山水好，風景好，而且也出美女。年輕時的小偉奶奶，堪稱安陽南下工作團裡的一枝花。

小偉的童年有苦亦有甜，奶奶早已作古，不管生前如何受上級領導青睞和器重，而今已成一堆白骨。父親亦如算命先生當日所料的那樣英年早逝了，只給人們留下了茶餘飯後嚼舌的話題。

二十來年，小偉與爺爺相依為命，爺爺的關心愛護才是他的唯一安慰。小偉覺得，父親去世，母親不能給他的，爺爺卻給了他。就連那短了命的生親，生前亦是靠沾了爺爺的光，才能夠在仕途上一展雄風。同樣，小偉也是靠爺爺光環的庇護，才有了一份體面的工作。

而洪奇，則是南下幹部子女，屬於根紅身正的紅色中堅分子，命裡註定是先鋒隊組織培養的對象。靠了那一塊充滿光環的金字招牌，洪奇原本就充滿了光明的前程亦就更加燦爛輝煌了。那時候，洪奇像眾多紅色後代一樣，幾乎沒有經過什麼周折，很容易就擁身進了衙門，端起了組織發給他的金飯碗。單就從那一點，假若沒有父親南下幹部塊金字招牌，洪奇能輕易步入仕途嗎？

在洪奇的仕途生涯中，儘管工作在黑山鎮政府，那可是屬於過度到市裡的搖籃啊！洪奇自己也知道是組織給他機會，讓他去塑形象，造政績。說白了就是組織原則，是組織對幹部重用前的最後考驗。因為，有值得炫耀的家庭背景作為鋪墊，洪奇在人生起跑線上才能從一開始就先人一步。

那一天，仕途太順利了的洪奇突發奇想，像隻雞母那樣帶領著一群小雞，要到野外去覓食、打望般地帶率著一群下屬去街上蹓躂。

黑山鎮比較大，街市亦繁華，不似一般的鄉下小集鎮那樣一條獨街。眾星捧月般出來找樂子的洪奇，在鎮子上轉悠了一街又一街。他們那一群人多數上班在鎮上，家卻是在市裡，覺得在繁華鬧熱的街面上蹓躂起來沒意思。於是，就轉到了靠近白水河邊那條幽靜的背街上，又走了一會兒，不覺來到一處算命攤前。

算命的是個瞎老頭兒。幾十年來，他眼睛雖然看不見，卻鍛煉出了一副好聽力。甚至連鼻子似乎都有靈性，難怪那老頭兒生意好，人員也廣，名氣更大，根本不需要招牌。

洪奇一群人圍在老頭兒面前，早就有人故意在他面前書記長，書記短地叫了開來。按說他已經知道了眼前是何人，可瞎老頭兒竟然比書記還要拿大，不像其他人見到書記總是諂媚讒言討喜歡，只是閉著他那本來就沒有珠子的眼睛裝睡。

有人搖醒瞎老頭兒，洪奇也難得主動地招呼他，他卻依舊一扇一合地聳動著鼻翼，使勁兒地嗅著眼前氣息而不回聲應酬一下。眾人見古怪的瞎老頭兒根本就不搭理權霸一方的書記和狐假虎威的官吏，覺得他不是挑釁也是挑釁！一個瞎眼老頭兒都敢冷落他們，對領導如此不友善，似乎還懷有一絲敵意。那還了得！尤其是韋正，好像是容不下那算命的，乾脆出言不遜，要找茬辦那瞎老頭兒。

洪奇倒沉得住氣，一如先前的親和友善。及時地呵斥住了正欲發難的韋正，他隱恨含笑、皮笑肉不笑地親自出聲招呼那瞎老頭兒。

落下了心病

洪奇是無神論者，不相信封建迷信，但他迷信並愚忠唯物主義思想。今天也是一時興起，或許是高估了自己，也或許是大意，才招來瞎老頭兒的冷待。洪奇以為，他是書記！憑他在黑山的地位和條件，瞎子怠慢哪個必不會再怠慢他。看嘛，今天一定會贏得算命瞎子的奉承，自己也樂得和屬下一起高興。

俗話說得好，笑一笑十年少。洪奇覺得有那麼多的人在陪著自己樂，即顯示了自己為官的親和，又使得自己很巧妙地顯擺了錦繡前程和富貴命運。如此這般，不單風趣也還和諧，又何樂而不呢？

洪奇真的想算一算命了，他覺得今天非算不可。於是，洪奇催促算命瞎子快幫他算，看他的前程是更上一層樓，還是鵬程萬里？

「你真的要算？」瞎老頭兒問。

洪奇連聲回答：「要算。」

「幫洪書記算一算嘛。」大家跟著書記改變了態度和口吻，迫不及待地打著幹幫。

「那……」算命先生嘆了一口氣，無奈地說道：「報出你的生辰八字，可不要後悔喲。」

大家都在起哄，韋正興趣似乎特別的高，他剛才還在罵算命瞎子，現在叫喊得比哪個都響亮。

「我的個洪書記，快報你的生辰八字？」韋正認真地催著。洪奇楞了楞，卻無可奈何地搖了搖頭說：「我記不得呀！」

「你記不得」一群人都覺得很失望。

「真的記不得。」洪奇回答說，一副真正沒有算過八字的摸樣。

「唉……」韋正一聲長嘆，覺得非常失望。但他又不甘輕易罷手，就問瞎老頭兒道：「看像，怎麼樣？」

「噓……」那一群人中總算也有曉得尊重人的人，急忙用手指了指算命瞎子的眼睛。

「哦，他是個……瞎子。」韋正覺得失望，嘀咕著「看不……。」

「不必了」瞎老頭兒用他那無珠的眼眶不經意地瞅了洪奇一眼，很準確地對著他擺了擺手，就再無多話可說了。

「怎樣不必呢？」

「這個……」一向口齒伶俐的算命瞎子，倒也有了一些口吃起來。他不曉得該怎樣回答這位本地最高官長。

一時間，場面很尷尬。

「為什麼說個半截話？」

生兒的不著急，抱腰的倒著起急來了。韋正氣得臉紅脖子粗，一副就要找瞎老頭兒興師問罪的樣子。

「真要聽？」瞎老頭兒楞了楞，只好問事主，卻不理睬氣勢洶洶的韋正。

「那是……」洪奇回答得很爽快。

「那是自然！」同行人都不甘寂寞，一起起哄。

「你呀！」算命先生嘆了口氣，很鄭重的告訴他，「不要只看眼前風光，你的結局可不那麼好哇！最好還是注意一點兒……」

瞎老頭兒說洪書記是一個短命相，而且，還要從兇上去，時間也不會太久了。話還沒說完，韋正就把憤怒爆發了出來，「你個死瞎子！」

不只洪奇掃興，大家都跟著嚇了一跳，同時也為瞎老頭兒捏著一把汗。

一時間，大家全楞禁在了當場。你看我，我看你，都無話可說，全都面面相視，似乎連空氣都緊張了起來。

「呸！」韋正還是忍不住對瞎老頭兒開口罵道：「你個瞎框框，真是瞎了狗眼，連人話都說不出來一句。」

「算了。」洪奇大度，阻止著意欲借瘋發瘋唯恐天下不亂的韋正。

「是啊！」大家都讚頌洪書記的大度，紛紛譴責瞎老頭兒說話不負責任，更多的人是在安慰著洪書記。

「八字先生的話信不得。」

「他是岔起嘴巴在亂說。」

「說得嚇人一點，好敲幾個錢嘛，我從來就不信那一套。」

有人及時出面打圓場，多少也把近乎緊張的空氣緩解了一下。那瞎老頭兒也自知失言，一時間又不知道該怎樣做才好。

大家望著洪奇，洪奇卻是在克制自己，不讓自己怒形於色。可心裡總還是有那麼一塊硬疙瘩，連繼續再蹓躂興趣都沒有了。

前呼後擁的跟隨者感覺到掃興，跟洪奇一樣沮喪，甚至比洪奇還要難過。玩不玩不要緊，要緊的是怎樣來慰藉他們的書記，讓他心裡好過一點兒。

草草收場後，在回政府的路上，大夥兒都很小心，儘量說好聽的話。那曉得不僅沒有讓洪奇有所安慰，反而令他為命運堪起憂來。韋正善解人意，總是故意轉移話頭，好叫洪奇沒有空閑去想那件事情。

洪奇嘴裡不說，心裡卻沒有大夥兒那樣輕鬆。韋正越是刻意要把他的注意力引開，洪奇就越是覺得韋正所起到的恰恰是相反的作用。在韋正善意的撥弄下，本來就有心病的洪奇，心裡反而變得更加沈甸甸的了。

兔死狐悲

洪奇紅得過頭，有些發紫；洪奇贏得了諸多下屬的認同，但沒有處理好他和助手韋正之間的關係。韋正很圓滑，是個張狂的有心人。當著洪奇是人，背著洪奇卻又是鬼，簡直就是洪奇前程上的一個剋星。

在諸多的關係中，洪奇與他淵源極深。韋正與洪奇一樣忠於先鋒隊組織，倆人既是同僚搭檔又還是同一祖籍的老鄉，父輩情同兄弟，而他倆卻貌合神離。

在黑山鎮，這對一把手與助手，一個張狂，一個狡詐，實在就是半斤對八兩。熟悉內情的人曉得，他們之間的關係不是處理得很不好，而是有一些不為人所曉得的微妙。因為兩個人都富有心計，都是屬於那種個性較強又互不認輸的人。多年以來，兩個人明爭暗鬥，做精做怪，那一種微妙的關係，也只有他們倆個人的心裡才清楚，局外人是很難看得出來。

在現代衙門裡面，像洪奇與韋正那種包著爛的情況，實在就是司空見慣。哪一座衙門裡都少不了類似的故事，即或是有人看出了些許端倪，作為下屬，又有哪一個會說三道四呢？既然大家同分一塊蛋糕，也應該是一種緣分，是為了一個共同的革命目標才走到了一起來的，彼此間至少得也需要在老百姓面前裝裝樣子，來保持和諧穩定的大好局面嘛。

然而，表面上的和諧並不就是真正的和諧，一片祥和的背後同樣充滿著殺機，內訌就像是一場沒有硝煙的戰爭，坐吃滿帳的是他們的組織，受傷的卻是他們雙方。在黑山那一畝三分地上，老大和老二實實在在的在各自唱著五方神。

據後來有人說，他們倆人的同室操戈、窩裡反根本就是挑明了的事。只不過，他們的關係卻又時好時壞，沒有穩定性。曾有一段時間，他們相處得非同一般的緊張。有時候，他們又像是一對肝膽相照的好兄弟，簡直還有點讓人羨慕不已。不管他倆是怎樣的心懷鬼胎，各打各的小九九，唯有一點是他們兩人之間達成的共識。那就是他們倆都不願意撩開衣服把肚子露給組織外的人看，要鬥就鬥陰的，兩個人都不希望讓外人窺究出他們那些互不相容的破事。

俗話說兩虎相鬥必有一傷。果然，還在小偉讀小學的時候，洪奇就死了。

本來是一死百了，可有一些事情也實在經受不起追根問底。洪奇的事業、前程、家庭本來都很如意，他那令人羨慕的前半生猶如姹紫嫣紅的花一般的興盛一時。可他又哪裡會意料到，總是遜他一籌的宿敵，既是同僚又是助手，可最終還是成了他前程上的繼任者。更詭異的是，韋正不光是接替了他在組織內的職務，甚至連他的家庭，除了小偉爺爺，全都接管了過去。

韋正名正言順的成了洪奇兒子的繼父，洪奇的老婆也就成了韋正的老婆，黑山鎮委書記的職位也由韋正頂了缺。

上天有時侯造化人，有時候也很捉弄人。命運即已賦予了洪奇一個優越的環境，一個無量的前程，把他送上了美好生活的巔峰，卻沒有給他長命百歲的時間。曾有時候，就連洪奇自己都有些羨慕他自己。他以為，他這一輩子總算是一根蒿桿打出了頭，應該不會再有其他什麼變數了。

人的命運畢竟是掌握在全能的上帝手中，在洪奇愜意又自負的時候，命運之神竟和他開了個大大的玩笑！好運先是青睞他，眷顧他，把他寵得有些飄飄然，可後來終於還是拋棄了他，還把他重重地摔進了地獄裡。

洪奇是出車禍死的，據說是屬於機械事故造成的車毀人亡之慘禍。儘管洪奇的死亡原因是由交警部門代表官方作出的明確裁定，但他若泉下若有知的話，或許也會感到自己死得有些冤枉。

洪奇的死是不是有些冤？黑山鎮一些長舌婦人前背後總是嘀咕，而有人問及細情的時候，她們又不說了，背地裡她們到處亂說。嚼牙巴骨般的眾說紛紜，褒貶兩者皆有。有人說洪奇是死有余辜，也有人卻為他傷感不止，說他一切努力都是幫親爺搬家——幫了舅子的忙。

老百姓說肥田瘦店，又怎麼會是空有名頭？何況於，新逝的洪奇到底曾經是黑山霸主。不管他掌權時治下的政績、業績、民意皆如何，但生人又豈能與死人計較？因而，民眾也都跟著流下了一把辛酸淚。

官葬到底還有別於民葬，洪奇雖然沒有得到好死，到底是當官的，所以，總還是得到了好埋。他的後事都是在市裡領導指示下，被安排得非常隆重，就連規格和場面在安陽亦屬於空前的浩大。

追悼會是在市郊殯儀館專供組織悼念活動的廳堂裡舉行的。會場在燈光飾物的映襯下顯得非常莊嚴肅穆，上方是祭臺，兩邊放滿了花圈、條幅和祭幛。在悠悠揚揚的哀樂聲中，到處在都晃動著白的花，黑的紗，隨時都看得見悲戚和哀傷的人。那黑白相間的色調，恰如其分地點綴著肅殺又肅穆的靈堂，如泣如訴的哀樂催動著前來弔唁的人們感傷的情懷，讓人不在知不覺中悲從心裡起，淚自眼裡流。

大家都在哀嘆，無產階級先鋒隊組織又失去了一位好同志，黑山鎮的人民群眾又失去了一位好領導。

人鬥不過天

天下事要真亦真，要假亦假。有人說這樣是我的，那樣是你的。其實，哪一樣是你的？哪一樣是我的？縱使你有著萬貫家財，也不一定就真是你的。世間之事，看似沒有一個定數，其實應該是一切皆有定數。

事實證明韋正是一個城府極深的人。結果是幾經拼搏，他總算得到了他所期望的一切，在心理上也得到了極大的滿足。可韋正也沒有把這個世界看透，他以為這是組織在眷顧他，才使得他的苦心終究沒有白費。韋正愜意的是，他即報了當年的失戀之仇，又由最早的傾慕到後來的垂涎，結果總算讓自己擁有了姿色依舊的小偉他媽。

韋正也算個人才。他挺會把握時機，一旦如願以償，獲得了垂手可得的機會，就當仁不讓地採取了果斷的措施。在別人看來還不是時候的時候，韋正也就完全不顧來自外界的輿論壓力，竟以快刀斬亂麻之勢，乾淨利索地打發走了他借口沒有多少愛意的髮妻。速戰速決的結果是，韋正離棄髮妻改娶了小韋的媽。那種做法在當時，還不算是很時髦，至於是否有悖常理，他且不管那一些。韋正並不認為那樣做是對發妻的傷害，他只注重事情的結果，讓自己了卻昔日的夙願。

只有小偉的爺爺，變故之下好像更加的老了。小韋當時年齡太小，爺爺一下子就變得七老八十不管事了。但小偉爺爺的生命力極強，大病一場之後，老頭子總算戰勝了自己，喘過了那一口氣，終於挺了過來。因為，他曉得現實的處境容不得他有異議，一切都是假的，只有唯一的孫子身上流淌著洪家的血才是真的。兒子雖已先他而去，總算留下了一個連接香火的根。雖然小偉還是個膩蟲，好在上天沒有讓洪家絕後，給留下了一條根，讓洪家後繼有人。

如今洪家垮了，只留得了一根苗。小偉還是一個小屁孩，需要他的呵護。所以，老頭子告誡自己，為了孫子必須活下去，哪怕是活得非常艱難。

韋家現在是一代比一代強，美中不足的是斷絕了延續香煙的種。事實證明韋正遠比洪奇強，比他的父輩也都還要強得多。自從洪奇因車禍死後，韋正才算真正出人頭地了。再沒有人壓在他上面，也就有了韋正發揮才能的平臺，有了他後來的大好前程。

韋正官場上得意，情場也如願。稍待時日，韋正的才幹更加的顯現了出來。他一反過去的那種始終都要略遜洪奇一籌的壓抑局面，放開手腳工作之下，政績相比起洪奇做老大時還要更加的顯著一些。因而，春風得意的韋正也慢慢的變得飄飄然了起來。

人就是這樣，一旦走出了磨苦運，就會變得一順百順起來。韋正在仕途上沒有了洪奇的擋駕，他的官也就越做越大，沒有多久他就走出了黑山，很榮幸地晉升進了安陽市裡。再後來，更是錦上添花，幾經升遷乾脆又還擠身進了省委機關，擔任起省委政法委書記的要職，到了如日中天的地步。

若說長江後浪推前浪不假，若說報應不爽亦不錯。韋正自覺官癮還沒過足，可惜很快就體會到什麼叫做好景不長。

韋正雖然依舊享受著省廳級待遇，可是，卻也只能夠長時間的坐在他一看見了就想哭的輪椅上，一分一秒地打發著今後那漫長又無聊的時光。再不然，就只能躺臥在病榻上面，圓睜著一雙失神的眼睛望著天花板，帶著懺悔的心情在默默地回憶著昔日裡的風光往事和恩怨情仇。

儘管往事歷歷在目，是那麼的記憶猶新；儘管血淋淋的教訓彷彿就發生在昨天，是那麼的發人深省。可是，韋正卻依舊是一個死不悔改的頑固份子。時至今日，韋正都還認為自己並沒有錯，錯在讓他擁有了犯錯的權力，錯在賦予了他權力的先鋒隊組織。

一想起曾經與他相鬥數年，最終還是敗北在他手下的洪奇，韋正就認為那不過是優勝劣汰的自然現象，亦是政治沈浮的必然規律。至於他，若是比較起百姓家的同齡人，韋正也承認多少還是占了一些便宜。韋正覺得那也不過是命運對他的眷顧，甚至於還理所當然地認為，他們的父輩們流血流汗，為的就是讓他們今天能夠獲取回報。

27 環境變人不一定變

靚女變俠女

小偉自認為他很熟悉曉微，他覺得曉微今晚真的生氣了。

在會議間，小偉就曾經幫助過曉微。包括給她遞眼色，故意轉移主題去分散罩罡的注意力。凡是能做的他都作了，就是沒有公開與曉微站在一起去公然反駁對抗罩罡。

認識曉微以來，小偉還是第一次看到她生那麼大的氣。而且，令他始料不及的是曉微生氣起來竟會有這麼大的反應。若是把曉微平常那種斯文模樣與今天被逼急了樣子相比較，今天晚的曉微簡直就是一條母老虎。事情雖然都已經過去幾個小時，可曉微還在激憤之中，害得他緊趕慢趕，喊去喊來都硬是不被她所搭理。

「曉微不是這種個性啊！」小偉心裡想。一路上追著曉微趕，受累不說，委屈的是自己一再受冷遇，心裡有點兒埋怨曉微不該眉毛胡子一把抹。

「不就是不讓查下去嗎？又不是針對你一個人。」小偉心裡在想「我也沒有得罪你。」

正當小偉自艾自怨的時候，一幅讓他瞠目結舌的畫面更把他僵立在了當場：前面熙熙攘攘的人群，滯留在一家大夜市的門前，在緩慢地蠕動著。而曉微恰像是一個頗具功底的武生演員，正在拍攝武林高手的輕功動作似的。只見她恰似一條遊魚一般地在熙熙攘攘的人流中穿梭著，跳躍著；非常輕巧地避開了人流障礙，獨自往前闖蕩著。

「這是曉微嗎？」小偉愣住了。

「不是她又是那一個呢？」小偉想，「難道是看錯了不成？未必還有另一個曉微呀！」

小偉懷疑自己的眼睛。看了一會兒，又不相信是自己看花了眼？小偉被搞糊塗了，他使勁甩了一下腦袋，又用力地眨巴了幾下眼睛，再朝前看去。

不！沒有看錯，那的確是曉微。小偉看見曉薇不是在走，好像是在飛。

好一個曉薇，像一個俠女。若非親眼所見，小偉不會相信眼的曉微就是與他一起工作了很長一段時間的那個斯斯文文的曉微。此時的曉微沒有了一點兒斯文的影子，竟然比影視片中的武林高手都還要強一些。因為，小偉看見的是真實的人，而不是視頻圖像。只見曉微身輕如燕，敏捷如猿，英姿颯爽又動作優美地跳躍在川流不息的人流中。她健步如飛，也不怕驚世駭俗，幾竄幾縱，便如一溜輕煙似地匯入在了茫茫的人之群中。

片刻之間，曉微已是時隱時現，芳蹤難覓。

「難道不是曉微？」小偉嘀咕著「我跟錯了人嗎？」

小偉更加糊塗了，他先懷疑自己的眼睛，稍後又以為自己的精神出了毛病。完全是自己的錯覺，看到的曉微只是幻影，而真正的曉微早在不知不覺中給跟丟了。

「可是，她明明就是曉微啊！」小偉倔強地嘀咕著。自己還沒七老八十，得絕不可能糊塗到連人都認不到了的地步。那麼，飛天女俠一般的曉微究竟是不是真的？

「是鬼？是妖？」小偉越想越覺得糊塗。

「會不會是有神靈鬼怪把她罡起的不成？或者是被鬼附了身？」

突然，一個更加怪頭怪腦的想法湧上小偉的心頭，竟讓小偉完全相信了。

安陽人生得邪，有些事情想都想不得。就在小偉為曉微的反常行為驚詫又還擔的時候，突然之間情況又有了異乎尋常的急劇地變化。突如其來的變化對小偉來說，猶如一場惡夢，把他搞得個恍漓稀糊、目瞪口呆的了。

一路上，小偉的眼睛一直都在盯著曉微的背影。可是，就在剛才心思湧動間，僅有片刻的疏忽，就完全不見了曉微的蹤影。

曉微突然消失了，小偉著急了。好端端的把人給跟丟了，而且天都已經黑了好一陣，一個女娃兒家，她會到哪兒去呢？今天晚上她又特別的反常，所作所為不僅讓小偉驚心，更還讓小偉不放心。

如何辦呢？還是快點找人要緊。小偉又毫無顧忌地放開嗓子高聲叫喊了起來。

「曉微……曉微……」

追到郊區去

剛才還在縱跳穿行的曉微不見了，小偉又驚又怕。可怪異的是除了小偉一人之外，大街上其他的人好像都沒有看見。但小偉高聲大叫地呼喊聲倒是把路人驚住了，因為，不少人差不多都在用異樣的目光看著他，以為他是個瘋子。如果小偉給同事們講起眼前的異象，會有哪一個相信？

「曉微！」小偉放開喉嚨喊了起來。

過往行人中沒有好事者，無人干涉他。大家都當他精神有毛病，或者是個潑皮。人們還給他讓出了一條路來，好讓他快點兒過去。小偉也顧及不了許多，一路上，發狂般地朝前奔跑著。一邊跑，一邊喊著曉薇的名字。

終於，黃天不費苦心人，小偉又看見了曉微。只見平常斯文的曉微，那會兒竟然像電影裡的特寫鏡頭似的嵌入了小偉的眼簾。

「天吶！」小偉又禁不住一聲驚呼。但他只是喊在心裡，因為他驚愕地張大了嘴巴，根本就沒有發出聲音來。

一次一次的意想不到，讓小偉一次次的糊塗了又糊塗，驚愕中再驚愕。小偉又使勁地甩了幾下昏沈沈的腦袋，努力地眨巴著有些發澀的眼睛，他看見——曉微當街又是幾個起伏，在人群裡幾次閃現後，又不見了她的倩影。從那以後，曉微就再也沒有現過身了，真的就是芳蹤杳無。

「我的天啊！」小偉大張著眼睛，又喊叫出了聲來。曉微的行為實在叫人匪夷所思，小偉也不得不懷疑自己的眼睛。

「今天是什麼情形呀？」小偉口問口，心問心。

可回答倒是非常肯定的：「絕不會是我看花了眼，剛才飛騰縱躍的就是曉微。」

從來都相信自己眼神很好的小偉，根本就沒有理由懷疑自己看花了眼，相信自己的眼睛不可能欺騙自己的心靈。尤其是今天晚上，在曉微心裡很不痛快的時候，假若不相信眼前的事實，曉微又到哪去了呢？小偉一直跟在曉薇後面，他是眼睜睜的看著曉微融入在馬路上的人流中，也消失在人流之中，人行道上人流逐漸稀少起來，而曉微已經杳無蹤跡。

「她哪兒去了呢？」小偉的心裡既納悶又迷惑。

左猜右猜小偉總猜不出曉薇到底去了哪裡，亂了方寸的小偉，越是著急就越是茫然不知所措了。他僵立在了人行道上，像是被人挖去了心，摘了肝一樣。

「都近半夜了，她總不會是回家去了嘛？」突然，一道靈光在小偉的心裡陡然閃現了一下，他相信自己這一想法應該沒錯。不管是走也好跑也好，曉微她不可能一晚上就那樣沒有目的的到處亂跑。

「對！一定是回家去了。」小偉覺得「曉微今晚負氣離開會場，一出單位就像發了瘋似在街上蹓躂了一個晚上，這會兒一定是跑累了就回家去。」

小偉跟著跑了很長的時間，也很累了。

招來了一輛的車，小偉一上車就心急火燎地催促著駕駛員快一點兒。司機有些疑惑不解，但還是加快了車速，按小偉的指示飛快地朝著城市邊緣疾駛而去。

在距離曉微家最近一處連接路的路邊上，小偉喊停了的車。隨手扔給司機一張早就捏在手裡的百元值紙幣，只說了一聲「不用找了」，便飛快地下得車來。

順著連接路，小偉一口氣就跑到了鑷子巷口。

心中裝滿不平事

曉微正朝著回家的路上，一個人在黑忽忽的小巷裡面獨自走著。

走著，走著，曉微又禁不住想起了歷經艱辛所調查的案情來，想起了自己周圍的人與事，想起了單罡輕易否決了正義與良心的對峙，大家大都不滿在心裡，表面上卻不敢有些許的異議。曉微覺得心裡很苦！可惜了那些證人與證物，可惜了那些尋找證據時的辛苦全都是白忙乎了。奸詐與狡猾沒有哪個不是空表演，整件事的原委從頭至尾就像是上演了一場滑稽的鬧劇。

想到了那一些，曉微也禁不住啞然失笑了。她笑自己是傻兒，大家夥都是傻兒，可是，大夥兒再傻也還知道緘口，抱著一種惹不起，總躲得起的阿Q精神，來個不開腔的吃全羊。只有她是真的傻，她卻敢笑，不過卻也笑得那麼的苦澀，笑得那麼的無可奈何。

不是嗎？一些有良知亦有正義感的辦案人員，千辛萬苦的，有時甚至還是頂著風險，步步艱難地調查去，調查來。所取得的旁證佐證也好，人證物證也好，在關鍵時候還不如單罡的一句話。

大夥兒的一切辛苦，根本就沒有一點兒的用處。雖然，大夥兒不是傻帽，可都是代表組織的領導手裡的一顆棋子。不管你願意不願意，從你一生下來就註定了你棋子的身份，領導指向哪裡，你就得到哪裡，不需要了，就一把將你抹掉。

在假話盛行，真話少有，道德幾乎殆盡的而今，像曉微這樣敢於抗拒強權、仗義執言的還真不多見。相反的倒是造就了很多的能夠把死人都說活、同時也能把活人說死的人才。可悲的恰恰就是，他們明明知道單罡、兆名畫以及在他們保護下的牛大等官吏根本就是混蛋，可他們卻沒有誰敢呵斥他們是混蛋，反過來官吏們又還非常喜歡和利用這種人才。

有那麼一些人，他們酷愛表現自己。所以，他們與需要供其利用的官吏幾乎都有一個共同的特點，就是利用與甘願被利用。因而，也就有那麼一些人，最喜歡圍著官的身邊轉。哪裡有當官的在場，哪裡就會有那種人在官的旁邊。

曉微就有著內柔外剛的個性，是一個倔強又執著的憨厚姑娘。她既無靠山也沒背景，全靠自己寒窗苦讀，靠著一次實屬偶然的機會，沒有靠山的她才出人意料的進了市級司法機關。可是，曉微的工作原則竟是不被一般人所理解的。她從來是對事不對人，在工作中曉微只講原則，不講人情。因而，很多時候曉微也曾招來方方面面人的不滿，甚至是有理無理的對她充滿了怨恨。

28 沒有獨立辦案人

追到小巷才追上

從一離開會場，憋了一肚子氣的曉微就急匆匆地走上大街，在川流不息的人流中漫無目的地疾步行走。

為了宣泄心裡的鬱悶和憤慨，曉微自虐般地走過了一條街又一條街。從繁華的鬧市區到僻靜的城市邊緣拆遷地段，時間和行程究竟有多久？有多遠？曉微無法去計算，也沒有閒心去計算。雖然是負著一口難以嚥下的悶氣，但時間太長久了，曉微所感覺到的也就不僅僅只是憤懣，而且也非常的疲憊了。

好不容易走在了距離自家很近了的那一條小巷子裡，卻又依舊無法快些走出鑊子巷，快些回到可以修正自己心緒的家裡，乃至步履珊珊，路卻越走越遠。

正當曉微拖著沈重的腳步，剛剛走進距自己住家已經不太遠了的小巷裡時，小偉也終於氣喘吁吁地追上了她。

「曉……微……，等……等我……。」

小偉嘴巴長得很大，用了很大的力氣才喊出聲來，而且，發出來的聲音既沙啞又微弱。那個可憐的男孩兒，沒有追上曉微的時候還仗著一口不服輸的硬氣支撐跑去跑來，一旦追上，好像累得他全身的骨頭都散了架一般。

小偉感覺沒有了一點兒氣力，就算近在咫尺也只能夠靠著心靈感應和連比帶畫，才算叫住了曉微。

「你？」曉微乍一看見小偉，感覺很驚訝，急忙問小偉：「你如何跑到這兒來了呢？」

「我……」

小偉含糊地答應了一聲，馬上又彎下了腰，張著嘴巴直喘著粗氣。

最難風雨故人來，雖然這一對搭檔自會議結束也不過才幾個小時，可曉微卻因為心情鬱悶，像是與世隔絕了許久似的。一旦見到最為熟悉的人，又哪有不激動的了？

曉微連聲再問：「小偉！你如何跑到這兒來了呢？你要到哪去？你要做什麼呀？」

一時間，小偉卻回答不出來，看那樣子像，他也好像累壞了。

「是找我嗎？」曉微忍不住又開始問小偉。

在這麼晚的時間，又是在這麼偏僻的地方，曉微看見小偉追上來喊住了自己，覺得非常的奇怪。以為是出了什麼大事。

「難道是自己的莽撞給大家帶來了禍事？要不然，小偉會連夜趕到這裡來？」

這麼一想，曉微心裡更加的急了起來。不管小偉歇沒歇夠憩，她馬上又忙不疊聲地追問著小偉：「你快點兒說，是不是出了事？」

「我……」小偉勉強地答應了一聲，馬上又彎下了腰去，一雙眼睛翻白翻白的，只能夠張著嘴巴直喘粗氣。

曉微愣住了，可依舊向小偉連聲問道：「你快說話呀！是不是出了什麼事？」

小偉回答不出來，那樣子實在是累壞了。

「你到底為什麼事情找我？」曉微一邊問小偉，一邊又抓著小偉的肩膀又搖又搡，連聲追問著他是不是有事情發聲。

曉微著急，小偉也很著急，直喘著粗氣。直到曉微冷靜了一些，看到小偉那副痛苦模樣絕非假裝出來的時候，曉微才感覺到自己不僅急躁而且還莽撞。她及時止住了話頭，等著小偉喘過了氣來再問他。

一晚上來，小偉追著曉微趕了一條街又一條街，就是一個鐵打的金剛差不多也累垮了。好不容易追上並叫住曉微後，才感到一雙腿又酸又軟，沒有了一點兒力氣，幾乎站都站不穩了似的。等到曉微不再急著追問時，他像拉風箱一般的氣息才稍微均勻一些。

許久，小偉才指著曉微，依然還是喘息不止地對她說道：「你，你走……得好快……喲！」

「你來找我有事？」曉微見他好了一些，又問了起來，「發生了什麼事？」

「你……先……莫忙……」

最難黑夜同伴來

小偉還在喘著粗氣，無力地擺了擺手，示意曉微先別忙著追問原因，還是再讓他小憩片刻，他會告訴一切。

要說這個公子哥兒也算頗有背景的，儘管還在他幼年之時就家遭變故，一下就從米籮裡跌進了糠籮裡。可底還是生長在掌握政權的官宦家庭，就如人們所說，餓死的駱駝比馬大一樣。就是在最艱難、最落魄的時候，失去了掌權的父親庇護的小偉，又何曾受過眼前這般的勞累呢？可是今天，為了自己心裡的女神，也算把他累得夠慘了。

小偉共有三個家，先後曾有兩個家都在市委機關的家屬大院，那裡可是被稱之為安陽中南海的官邸住宅區呀！是很多人嫉妒又向往的地方。而第三個家也就是他現在一直住著的家，卻在大院外面的另一棲身之處。那裡離這條小巷相距數十里。就是大白天裡，曉微上班都得緊趕慢趕的，每天都得提早出發才不會遲到。可是今天，夜黑路遠，不熟悉地理位置和環境情況的小偉卻追著自己，跑到了幾乎是鬼不生蛋的偏僻地來，確實是曉微沒有想得到的。她沒料到像小偉那麼一個公子哥兒，還會吃得了這樣的苦？能夠追到鑷子巷來，把自己給追上了。

曉微深感奇怪，又很著急，等到小偉小憩片刻稍微平靜了些許後，她又追著小偉問原由。

「你快給我說，是不是出了什麼事情？」她想知道究竟是不是有事情發生。是小偉的，或者是有關她的，再不就是她今晚在會上惹下了人天大禍不成？

「唉……。」小憩片刻後，小偉才用他那雙帶有疑惑的眼睛仔細地打量著曉微。

夜色中，小偉那有神的眼睛似乎有點兒怪怪的，像是在驗明正身，要把曉微看個仔細明白，看看眼前究竟是不是真的曉微。

小偉問：「你是曉微嘛？」

「神經病！」曉微反問道「有哪裡不對嗎？」

曉微被小偉肆意的目光緊緊地盯著看，看得她的心裡直發慌。

小偉再問：「你才走到這裡……」

「是啊！你看夠了沒有？不認識呀？」曉微覺得又氣人又笑人，連忙對小偉說「看夠了你就快點兒給我說，來找我有什麼事？」

「你呀，把我累死了。」小偉氣喘郁郁地對曉微說：「這一路上你像是在飛一樣啊！」

曉微卻連聲聲辯道「沒有啊！我怎會……」

「還沒有？你哪裡是在走路喲！」小偉也是又氣又笑，說道「看你平時斯斯文文的，今天倒像個女飛賊……」

「你才是賊！我不是和平常一樣走的嗎？」

「你自己沒看到……」

又歇息了一會兒，小偉覺得呼吸已經流暢多了，這才很認真地對曉微說起他這一晚上來，追得她有多辛苦。

「你在追我？」

「我不只是在追你，你曉不曉得？我還追了你一個晚上？」

「你追了我一晚上？」

「是啊！」小偉說「未必你還不相信？」

曉微說：「從會議室出來，我在街上走了一會兒，就到這裡來了。」

「你聽我說」小偉見曉微還是一副不大相信的樣子，就把這一晚上的情景全都講給了曉微聽。

聽完小偉的訴說，曉微也覺得糊塗了。她根本不相信自己會像小偉說的那樣健步如飛，簡直就是高來高去，實在有點兒匪夷所思。可她又怕真的是出了什麼事情，才讓小偉連夜來找自己。於是，曉微又向小偉問道：

「你說，追了我一晚上？是有急事情？」

「是啊！你是木頭人嗎？這麼久了才曉得我在追你呀！」小偉藉此機會，清清楚楚地回答著曉微。

年輕就是好，小憩過後，小偉不僅恢復了一些體力，又還恢復了他那樣一種放蕩不羈的天性。在這樣一種環境下，他還有閑心打趣，望著曉微狡黠地一笑，半開玩笑半認真地對著曉微話中帶話地繼續說道「追你追得我好辛苦喲！」

「哼！」曉微似乎生氣了，愣了一下，很快就扭過頭去，又不理不睬的，讓小偉看不出來她的表情來。

一時間，倆人都沒有了話說，默不作聲地站在小巷子裡，小偉覺得有點兒沮喪。跑了一大半晚上，千辛萬苦地追趕著曉微，到底為了什麼？難道是為了趕來受冷落，討沒趣？沈悶的氛圍中，倆個人都覺得有些難堪，也顯得特別的疲憊。小偉感覺到累，曉微覺得無聊，倆個人都沒有去想法打破僵局。

沈悶的氛圍中……曉微首先清醒了。她楞了楞神，也沒有說話，只是默默地望了小偉一眼，就丟下了趕天趕地地趕得連氣都還沒有真正喘得均勻的小偉，轉過身就獨自向著小巷的縱深處繼續走去。

原來都是被利用

「你給我站住！」

一見曉微又要走，小偉覺得很委屈，這一晚上所有的情緒全都在那一瞬間爆發了出來，他厲聲地對曉微吼了起來。

曉微真的站住了。她的心裡也禁不住猛然一顫，從認識小偉並在一起工作那麼久，今天還是第一次對她大發脾氣。從小偉的吼叫聲中，曉微看出小偉被激怒了，憤怒到了極限。

「你又要走？」小偉見曉微愣住了，就慢慢地走了過去，語氣也稍微軟和了一些。

曉微說：「不走，還要在這兒站一晚上？」

聽見那話，小偉更加憤怒了。一晚上的奔波勞累他都不曾有過半點怨言，吃苦受累他也都全不在乎。可是，曉微的不理解和無端的冷漠卻讓小偉忍受不了。而曉微看見小偉真生了氣，才轉過身來望著他。

她也覺得很委屈，回答小偉時，淚花還在眼裡打著轉。

曉微感到自己今晚太黴了，一切事情都不順利。受了當官的氣，有還要受他的氣，又沒喊他來，是他自己跑了來的，憑什麼無緣無故的把自己吼一頓呢？

「你曉得不？」小偉感覺到了曉微的委屈，就忘記了自己的委屈。他連忙緊趕幾步，走到曉微的身旁，帶著幾分明顯地討好，藉以和解的口吻對她說「我一路追著來找你，就是因為有重要的話要對你說。」

「就為了說幾句話？」曉微不信。

「是的！我還怕你出事。」小偉說話的態度很誠懇，他說「你自己還曉不得，我是看你今晚上的神色不對頭，一個女娃兒家負著氣到處亂跑，還要穿街過巷，你不覺得有一些危險？」

「哎呀！你這個人也真是的。」曉微急忙回答說。她的態度竟然明顯的溫和多了。

人非草木孰能無情？

那時候，曉微是完全被小偉那種真誠和執著給感動了。於是，曉微又柔聲地對小偉說道：「看你，那麼遠追著趕著跑來做什麼呢？有事情明天上班時再給我說不行嗎？」

「我追著趕來是想告訴你，你不要去當惡冤頭了，得罪了單罡，你的日子不好過。你知道嗎？最先的舉報材料上講牛大行賄的前教委書記就是如今的政法委書記單罡。」

「立案材料不是註明了舉報的市教委主任兆名畫參與庇護『黑山中學校長牛大群體貪贓枉法』嗎？」

「你呀！也真的是個傻兒喲，這是一件擱置了好幾年的存案，是一件很棘手的案子。為什麼一直解決不了，並非案情有好複雜，也不是證據不足，而是……」

「而是什麼？」曉微急切地催促著曉微。

小偉看了看正充滿著期望神色在凝神細聽的曉微，又繼續說道：「因為案件牽涉面太寬，牽涉到的人不好處理。那時候你和我都還沒進這個單位來，但我一直都曉得，那個舉報人就是他們本單位的，一直扭到牛大不放手，現在趁著一些浪頭才又拿了出來。只不過，不是真的要解決問題……」

「你到底還知道些什麼？」曉微繼續追問。

「我知道這是一場政治秀，單罡也是從學校出來的，先後擔任過中學校長、市紀委副書記和教委的書記。他這個人很有一套，不久又晉升到市委，當上了我們市的政法委書記……」

小偉把他曉得的原原本本地說了出來。

「原來是這樣！」曉微小聲地嘟嚕著，「怪不得他猴急狗急地要橫加阻擾，連過場都不讓走完就要及早結案。卻原來，他的溝子裡面也夾了屎的。」

小偉見曉微對這一話題感興趣，也就更加地來勁了。於是，又很神秘地反問著曉微：「牛大行賄教委的官，你以為還會少得了時任教委書記的單罡嗎？」

「他們都是『黑山中學貪腐案』中直接涉案的當事人？」

「是呀！他們都不願意案件真相大白於世。假若那樣，豈不是拔出了蘿蔔要帶出泥。」

「那上面還不作出處理，讓他來主管政法，抓案子？」

「處理不處理全都一個樣。你以為上面不知道？他們都知道，天朝那麼大，貪官又那麼多，還會把他們一個個全都處理掉不成？單罡在教委當書記時都沒處理牛大，現在當了政法委書記還會處理牛大？你今天晚上的態度，豈不是枉自逗人記恨？你不記得了？我早給你說過，只是沒有像現在這樣說得明白。我乾脆再說明白一點兒，牛大有不有問題，他單罡還不知道？還用得著去調查了解？那是在做戲，是在忽悠老百姓。」

「這樣說來，什麼紀律、法律豈不都是形同虛設，全是在扯淡？」

小偉見曉微還是不開竅，就不得不把現代官場上的一些潛規則扼要地講給她聽。待曉微有些將信將疑時，小偉又老成地開導著憨厚幼稚的曉微說：

「你呀！莫傻了。這樣的案子在安陽，在全省，乃至在全天朝算得個什麼？案子一拖就是好幾年，一般是拖完了事。上面要提升誰，也並非無緣無故，那是大事大非問題，根本就不是你我左右得了的。」

「你早知道？」曉微覺得小偉是個不可捉摸的人，禁不住反感地問道「從一開始你就知道我們的工作是徒勞？我們是在……」

「對！只不過是一種形式。」小偉怕曉微還聽不懂，接著又說道「服從組織決議是我們鐵的紀律。領導就代表組織的意思，領導說南瓜能做瓢，我們也承認可以做瓢；領導說冬瓜能做燕子，我們也承認可以做燕子。」

曉微越聽越糊塗，也越聽越氣憤，禁不住氣憤地質問道：「既然如你所說，那還設什麼反貪局？立什麼案？還要我們去調查、了解、取證，這樣做豈不是天大的笑話？」

心裡都明白

「你個傻兒喲！」小偉感到自己下力不討好，可恰恰又是自己願意的。這樣一想來，不禁覺得又好氣又好笑。

他對曉微說：「你怎麼反把矛頭對準了我呢？你問我，我又去問誰？像這樣敏感的問題，我也不敢公開地打聽呀！」

「我只是就事論事」曉微對著小偉歉意地一笑，解釋說，「也不是針對你。」

有人稱他們「人民衛士」，有人把他們比喻為「正義之劍」，曉微實在懷疑到底是褒還是貶？

聽她這樣一說，小偉一時也找不出適當的話來回應她，只好跟著曉微一起陷入了深深的煩惱中。

「好了，我們都不必去多想。」小偉本來就是一個樂天派，他轉彎最快，就對曉微說：「聽你的，我們只管踏實地做事，只要不違背做人的良心，管他們如何去扯皮。不過也沒有必要去檔當頭……」

「我明白你的意思」曉微回答說。

沉思了一會兒，曉微又以商量的口吻問小偉道：「我們所調查到的材料基本可靠，今天的專題彙報，我只不過是依照程序匯報，也是同大家一起分析、商討，以便讓案情早一點兒真相大白，再按正常程序結案。就因為材料過於敏感，牽涉到一些當官的，難道就……」

不待曉微把話說完，小偉連忙給她糾正道：「你還不開竅呀？

不知道審時度勢，硬要哪壺不開提哪壺。你說，領導不認為你是成心找麻煩嗎？」

聽見這話，曉微站住了。突然，她用眼睛直勾勾地盯著小偉，冷聲地問道：「這麼說，你相信舉報材料上所列舉的事實都是真的，你也悖著良心承認領導的決議是正確的？」

「材料的真實與否我們先不去管。」小偉回避著曉微無謂無邪的眼神，帶著幾分狡詐對曉微說道：「這些材料的可信度，不待調查，無論是哪一級主事的官或者是經辦的人，他們心裡都有幾分明白。甚至啊！哈，比你我都還要明白呢……」

「那，他們不是在騙人嗎？我們也要跟著去騙人？甚至這個機構也是形同虛設？美其名曰反貪局，貪官不反反舉報人？」

「你真的是傻得可愛呀！」小偉說。

剛剛才握手言歡，小偉不想和曉微再鬧僵了，就像老大哥一樣，世故地對曉微說道：「你說的沒有錯！你也算是明白過來了！要知道，在黨國天朝什麼真的？什麼是假的？我倆現在說的是真的，明天誰來證實？黑山中學的貪腐賄賂案真的也好，假的也好，誰來主持公道？是你？還是我？」

「難道就沒有王法了嗎？」曉微一臉的正氣，她那心裡非常的不服，語氣也就變得更加的冷漠起來。

「王法！哈……哈……王法！……」小偉被曉微那沒有絲毫做作的純真表情逗得發笑。他想起了民間有句「蓮藕生在汙泥中，卻出於汙泥而不染」的說法，就像是對眼前曉微的真實寫照。

小偉越想越覺得曉微真有點兒傻，但也傻得可愛，因而，他實在忍不住了，竟哈哈大笑了起來。

「好笑嗎？」曉微被小偉的笑聲又給激怒了。

一看見曉微又要生氣，小偉連忙解釋，「千萬不要誤會！我絕不是笑你。」

「還不是笑我？」

「我笑現在這個社會上，居然還有你這樣純情又固執的人。你應該知道？你如今端的是誰的碗？」

曉微問他：「你是說為了一口食，不得不折腰……？」

「不是的」小偉連聲否認說「我倒希望在個渾濁的社會，能多保留幾你這樣摯著又純真的人，只可惜，像你這樣的人有幾個？」

小偉說的是實話，在曉微面前，他感到有些自慚形穢，也就無不傷感地說道：「你真像一朵荷花！出於淤泥而不染。不瞞你說，我們同處淤泥中，和你比較起來，實在有些慚愧。」

聽著小偉的感嘆之言，也不知道他是在發牢騷，或者是在調侃自己。曉微用一種非常複雜的眼神看了看小偉，什麼都沒說，只是覺得心裡很不是滋味。

「好了，不說這些。」小偉又恢復了常態，見曉微面色充滿了厭惡，就趕快轉過了話題，認真地問曉微：「你剛才不是說王法？可是，你也該知道王法需要證據嘛，你能拿出證據來嗎？比如：牛大以拜年為藉口孝敬單罡和兆名畫他們幾個主要領導，給他們送拜年費，你能拿出他們當時正在『送』和『收』的最直接證據嗎？」

曉微說：「你這簡直就是胡扯八拉！像那樣的證據，我還沒有。也可能一輩子都拿不出來。」

「不是我胡扯八拉呢？」小偉無不感慨地說道：「是……你……在胡扯，你知道行不通，還要去撞南牆。」

聽見小偉那番話，曉微又很不服氣，感覺很酸楚，但她心裡也沒有多大底氣。

片刻之後，她突然對小偉說道：「你們都……知道實情……卻不說實話……，你們的……良心……都壞……了！」

巷裡走出陌生女

「你們……良心……都壞了……壞……了……」曉微的聲音陡然變得很怪異，陰森森的帶著一股深深的怨恨。

小偉四處望了望，眼前除了自己就只有曉微。他覺得那聲音不像是曉微說的，難道在萬籟俱寂的罎子巷裡面，還有第三個人？

會誰呢？小偉糊塗了。那聲音不像曉微平常的聲音，聽起來音冷冰冰的，沒有熱度，沒有人情味，倒像是恐怖片裡的聲音，在這黑暗的罎子巷裡播放出來，實在瘮人之極。

心念方才至此，小偉陡然覺得又是一陣陰風，從小巷的深處慢慢地襲了過來。真有點兒扯皮，冰冷的聲音，冰冷的風，更讓小偉心裡直冒寒氣。小偉心裡突然湧起一陣莫名其妙的慌亂，渾身都不自在起來。

從那一刻起，小偉有點兒怕了曉微。

小偉過去那麼喜歡曉微，眼前卻有些怕她，而且，是從心裡怕她。這種心理上的的變化讓小偉自己都敢不相信，可是，在那特殊的環境中，他又該怎麼做呢？

不敢看曉微的眼睛，但形勢所迫，小偉又好像是在曉微的逼迫下，不得不去看。一抬眼，小偉不由自主地朝曉微看了過去。

果然，他看見曉微的臉色有些異常。巷子裡面非常的昏暗，但小偉還是看得很清楚。只見曉微呆呆地站立著，她那窈窕的身軀好像變得跟木頭一樣僵直了，一雙本來很好看的杏仁眼，竟有一點兒攝人心魄似的陰森。眼光更是直勾勾地逼視著神慌意亂的小偉。

又一陣陣陰風拂來，曉微的眼睛裡面放射著小偉從來都沒有看見過的詭異光彩，在一閃一閃的，好像是在受著別人的操控。

曉微的眼睛對著小偉的眼睛，始終都在重復著陰森森的一句：「你們……的良心……都壞……了！」

聲音好難聽，小偉的心裡直發毛。雖然害怕，可小偉也不知道該怎樣回答她才好。無可奈何地後退了兩步，待到他與曉微稍為有了一點兒緩衝距離的時候，小偉才又顫聲地問道：「曉微……你……你怎麼……麼……了……」

小偉的牙齒都在打顫，說話的聲音也不好聽。

「沒怎麼呀，我沒得事嘛？」曉微用一種平常的聲音在回答小偉。同時，她倒還反問著小偉：「你在搞什麼名堂啊？總往後面退？」

「我……我……」小偉的聲音在顫抖。

怪！小偉又糊塗了。未必是自己在嚇唬自己？可他實在想不明白，也不知道這一晚上究竟是什麼原因，搞得神秘兮兮的。面對曉微的反問，小偉說不出原因來，但也很不服氣，就有氣無力地反駁道：「還說沒怎麼樣？那你剛才……」

「剛才沒事啊！」曉微的回答很正常，聲音、神態全無異樣。

小偉說：「你剛才說……」

「剛才是我說的！」

回答小偉的聲音很清脆，但也很冷漠。

一個完全陌生的女音，適時地在小偉和曉微倆個人的耳邊響了起來。那聲音雖然脆，卻又冷得讓人頓生寒意，就像剛才曉微說話時一樣的冰冷。

隨著說話聲，又是一股冷冷的風從小巷的深處傳了出來。

「你是誰？」曉微尋聲望了過去。

曉微的樣子不像做作，小偉搞不清狀況，顫抖著聲問道：「你究竟是誰？為什麼偷聽我們的談話，還故意嚇唬我們？」

由於害怕，小偉全身的汗毛又都樹立了起來，嗓子裡所發出來的改變了音色，連他自己都不相信是他說出來的。眼前他卻顧不上害怕，還是很快就越過曉微，擋在了曉微的前面。

就在小偉和曉微驚魂不定的時候，從巷了裡的深處走出了一位陌生女娃兒。

那是一個與曉微年紀相仿的女娃兒。

29

罎子巷裡另有天地

陌生女是引路人

小巷裡面的採光來源於兩頭巷口的路燈，光線本來就很微弱，因而，越往裡面就越暗淡。不知道是什麼原因，突然出現的陌生女卻讓曉微和小偉看得很清楚。她長得也很漂亮，步伐也輕盈，一轉眼間，就來到了小偉他們面前。

曉微是罎子巷這一帶土生土長的原住民，不管是過去還是現在她都沒看見過那陌生女。平常往日裡最喜歡接近漂亮女娃兒的小偉，這時侯卻特別的老實了起來。甚至於，他一點兒也沒有了那份閑情逸致去欣賞陌生女的美。相反的，小偉和曉微都非常害怕那個忽然出現的陌生女。

害怕不是假裝出來的，完全是出自於他們的本能。小偉、曉微兩個都怕她，全都掩飾不住心裡的恐懼。倒是那陌生女顯得很大度，但也很冷漠。她早把小偉、曉微的膽怯全都看在了眼裡。

陌生女說：「你們不要害怕，我對你們沒有惡意，也不會傷害你們。」

聲音雖然冷，但卻表明了她沒有敵意，也讓曉微他們感覺到了陌生女其實並不可怕。兩人的情緒總算穩定了一些，又一起望著那個突然出現的陌生女，希望能夠從她那裡了解到一些事情的原由。要不然，經過了這一晚上一再變故的小偉和曉微，總覺這個陌生女來得有些古怪。

她從哪兒來？要找他們做什什麼？

陌生女好像是看穿了他們的心事一樣，她為自己的唐突抱歉，才息事寧人般地對小偉和曉微倆善意地解釋著：「我又不是來害你們的，你們別怕，我只是受命於人，來接引你們，要帶你們倆去一個地方。那裡有人在等著你們，他們今晚就要見到你們兩個人。」

曉微問道：「你要帶我們去那裡？哪些人要見我們倆？」

「我說不清楚，也不敢亂說，到了地方，你們自然就會明白。」陌生女回答得很委婉，也很誠懇，全無敵意。

曉微和小偉幾乎是異口同聲地問道：「那地方是哪兒呢？你能肯定我們就是他們要找的人嗎？」

「就是你們倆，我能肯定。」陌生女朗聲說道，又怕曉微他們不肯相信她說的話，接著又說道：「你們兩個不要害怕，我知道你們是好人，好人在哪兒都會受到保護。」

小偉很困惑，也很茫然。他先看了看曉微，然後又看著那位來引路的陌生女，如此幾遍三番，他都沒看出有什麼不對來。

曉微問他：「你看我做什麼呢？」

「我，我以為……」

「你以為我和她認識，是一路的，會聯起手來對你不利。」

曉微從來都是口直心快，一語道出了小偉心裡的疑惑。小偉一時說不出話來解釋，但他也沒有否定，只是喃喃的低聲道：「我不是這個意思。」

其實，那只是小偉心裡意識的自然反映，是一種心裡糾結太重所流露出來的條件反射。原因就是剛才曉微那變了腔調的聲音還在他的耳邊縈繞，才一會兒，情況戲劇性地有了改變，但他始終還是沒能判斷出來，究竟是不是曉微發出來的聲音。陌生女搶著說是她的聲音，可她又不大像剛才那樣一種腔調了，在這幽森森的小巷裡，又怎能不令小偉心生疑竇呢？

情勢所迫，小偉才輪番地比較著曉微和那陌生女。或許，也正是由於今晚上有過太多的意外，把個聰明的小偉腦殼都搞糊塗了。小偉感到茫然，但也有了警覺，他不願意曉微和陌生女認識，也不願她們就是一路的。

怪一切都發生得那麼的突然，那麼不可思議。小偉的心思被曉微一眼看穿了，小偉覺得不好意思，也不好解釋。就那樣，小偉看著前面，又回顧著後面，那種神態簡直無法形容。不管曉微高興不高興，小偉還是看來看去的，拿不定主意。

曉微個性率直，但也冰雪聰明，這種情況下，她倒想起了瞬息萬變那個詞來。曉微覺得小偉的變化就很快，僅僅是那一種懷疑的眼神，就是對自己的一種褻瀆。

該死的小偉，什麼意思嘛？好像把自己也當成了異類似的。

曉微本來就是一個不信邪的人，眼下又被小偉誤會，心裡很不舒服，更加上好奇心又在驅使著她，使她產生了想一探究竟的衝動。

「哼！」

曉微狠狠地白了小偉一眼，那眼神裡充滿了不屑，就那表情也完全換成了一副不理不睬的樣子。連招呼都懶得打一聲，曉微就毅然決然地舉步隨陌生女往小巷深處走去。

這一晚上來，小偉算受盡了委屈。

怕也怕不了那麼多

看著曉微那一副神態，他氣也不是，恨也不是，又不知道自己究竟是哪兒做錯了。小偉那個樣子實在就是「回籠的包子」，受了氣，再受氣。一個晚上，受盡了氣。

眼瞎那種情，除了追隨她們一走到底，已經別無選擇了。小偉稍一躊躇，又急忙跟著曉微她們走了去。

巷口那一盞孤燈雖然光線很微弱，奇怪的是它那昏黃的弱光竟然還照射得很遠。淡淡的光暈不僅照著巷口，又還照著小巷的深處。

在燈光的作用下，小巷的深處，卻又更加地顯示出了一片迷茫，一片朦朧。兩邊的牆壁，地下的石板路，全都變成了神秘又詭秘的景物，叫人看上去就會覺得毛骨悚然。

小偉一路上走得小心翼翼，也走得戰戰兢兢。那些都還不要緊，要緊的是越往前走，越不知道前面還會出現一些什麼事物？

一行三個人，就那樣默默地走著，走著……。

「喵……喵……」

突然，一聲貓叫從小巷深處傳了出來。

小偉和曉微都嚇了一跳，不約而同地站住了。倆人還是對望了一眼，又把眼光掃向周遍四維，目光所及處沒有貓。然而，就在他倆非常緊張的時候，貓兒才現身出來。

那是一隻黝黑的夜貓，它像表現自己一樣，又在向他們打著招呼。它發出了一聲更大地撕咬聲，便從靠左邊一座還沒有拆完的瓦房頂上跳了下來。等到它一回首，小偉和曉微都看清楚了，貓背上油光水滑的黑毛根根豎立，發紅的貓眼瞪得圓圓的。

那畜生直望著他們叫喚，好像是在催促他們別磨磨蹭蹭，走快一點兒。

「喵……喵……」又是兩聲夜貓驚叫，叫聲隨著夜貓很快又竄進了罎子巷那黝黑黝黑的更深處了。

傳說貓是邪惡的象徵，曠野出現的夜貓，在人們的心裡是凶物，是引人進地獄的邪靈的化身。不管那夜貓是不是代表邪惡，但在萬籟俱寂的罎子巷，夜貓的叫聲特別刺耳，淒厲的喵喵聲能讓人不寒而慄，把人引入恐怖的感覺中。

小偉曉微越聽越膽怯，實在不知所措，兩個人都放棄了前嫌，共同對抗著夜的恐懼。他倆覺得今夜極不平常，天昏地黑，曠野茫茫，周邊雖有幾戶人家，兩人不由自主地心裡一緊，雙腳好像灌了鉛一樣，幾乎都邁不開了腳步，卻又無可奈何的跟著陌生女行走在小巷中。

從小到大，只有今天晚上，小偉才真正體會到了怎樣才叫緊張、害怕。那種害怕來自於心裡，遍布了每一根神經。可是，怕歸怕，小偉明白，這種情況下怕也怕不了，怕也得跟著走下去。要不然，一個人留在那個充滿了詭異的巷子裡不成？跟下去還可以看看，究竟是哪些人要見他們，見了他們又會是怎樣一種情景？

通常情況下，人的膽量也是可以逼得出來的。這樣一想，小偉的心裡就稍微放鬆了一些，他開始無可奈何地繼續走著。

行走間，小偉突然發現曉微比他還害怕，那種害怕不會是假裝出來的。雖然曉微還是在他前面艱難地舉步行走著，但小偉敢肯定她是努力在他面前裝出一副不害怕的樣子。其實，曉微的心裡一定在害怕，這一點，小偉是從曉微正顫抖著嬌弱的身軀上看出來的。

剎那之間，一絲愧疚在小偉的心裡油然而生，隨即他那男子漢的勇氣也陡然大增了起來。小偉在心裡暗暗的自責：「小偉啊！小偉，你堂堂一個男子漢，平常還自譽膽子大，沒想到在關鍵時刻竟然連一個女娃兒都不如，你也好意思胡亂猜測，更沒來由地牽強鬥氣。說到底，你也不過是膽怯……」

小偉有一種痛心、自責地衝動，他為自己的怯弱羞愧，更為自己在危險時候找藉口而不顧及曉微的自私而不齒。小偉的心裡在譴責著自己，他一邊懊悔剛才的自私，一邊又緊趕了兩步，走上前去一把拉住了曉微的膀臂。曉微還來不及有所反應，小偉就把她拉在了自己的身邊。這樣小偉又感覺到了自己有一些大男子主義，但他也發現了自己這一次粗魯行為並沒有引起曉微太大的反抗。曉微只是強了強，也沒有作過多的掙扎，就隨他而去了。

小偉想要縮短相互間的距離，處於吉兇難料的非常時刻，他也不管曉微願意不願意，他都要去保護她，要讓曉微緊緊地依偎在自己的身邊。

恐懼在增加

「喵……喵……」，又是貓的驚聲嘶叫。

那隻該死的夜貓不知是在哪個時候又竄了出來，它像個惡魔一樣，就蜷縮在他們前面的院牆上，正瞪著一對閃爍著光焰般的貓眼，在惡狠狠地望著小偉和曉微。不知那畜生是討厭他倆，或者是嫌他們倆走得太慢？因而才無不詭異地望著他們叫喚著，催促著。

「夜貓在監視我們耶。」曉微對著小偉呶呶嘴，輕輕地說道。

那畜生不再跑遠了，總在前面等待，等得久了，又顯得很不耐煩，才蹲在前面不停地用嘶叫來催促他們快趕些路。

曉微嘴上沒說害怕，但卻沒有了平常那樣的從容不迫，甚至連嬌靨也因為驚嚇而變蒼白起來。她是在強忍著心裡的害怕，抬頭又看了一眼小偉，卻見小偉也用充滿關愛的目光在望著她。

曉微覺得已經被小偉盯著看了好一會兒，不覺臉上一熱，心裡猛地一顫，俊俏的臉稍稍地紅了一紅。接下來，曉微還是忍不住再次朝小偉看了一眼。嬌嗔道：「快點兒走，明天還要上班吶。」

小偉得到了鼓勵，對曉微的關切之情就更加大膽並明顯地溢於言表，他對曉微說道：「莫慌！我陪著你，用不著怕！」

「呸！死小偉，都什麼時候了……」曉微很氣惱。

夜幕籠罩下的鐔子巷裡，除了他們三人，外加一隻貓，又還沒有其他人看得見曉微自覺狼狽的樣子，要不然曉微就一定會感到更加不好意思起來。雖然曉微有些惱怒小偉口無遮攔，不顧還有一個陌生女在場。但在那種情形下，她還是把緊挨著小偉的身子不由自主地貼得更近了。

曉微是個拘謹又嚴肅的人，吃不著葡萄總說葡萄酸的失意者，曾是在背後把她叫作冷美人。可是今晚，她做夢都沒想到自己竟然能夠在小偉面前如此的小鳥依人，甚至因為緊張，更還在不時地扭動著身子。

小偉一路擁著曉微，跟在陌生女後面不停地朝前走著。行走間，小偉一點也不感覺到累了，反倒有一絲甜甜的感覺，甚至還想就那樣一直走下去，也不失為一件美差事。有了這種想法，小偉也就更加地感覺到了自己責任的重大。他告誡自己，一定要保護曉微，要對曉微的安全負起責來。

有了責任感，小偉的膽子也大了。他放慢腳步，用力地握緊了曉微的手，小心地擁著曉微跟在白衣女後面緩緩向前移動著。

「莫怕！有我呢。」小偉更大膽地在曉微耳邊輕聲地說：「怕也怕不了，乾脆莫怕，把膽子放大些，好歹我們倆個在一起。」

「我不怕！」曉微果斷地回答。

橫下了一條心，還有什麼可怕的呢？有了小偉的支持和鼓勵，曉微真的感到不怕了。她揚了揚頭，又恢復了平常那種自信。膽子一大不僅挺直了腰板，甚至連話也多了起來。

曉微問小偉：「你呢？一點都不怕嗎？」

「我當然不怕！本來我就是個夜貓子嘛。」

「就像那隻貓？」

「莫提那隻貓。」

「喵……喵……」又是兩聲令人心悸地夜貓叫。

那隻該死的夜貓子好像具有非常的靈性，如同聽懂了小偉與曉微的對話一般，生怕把它給忘記了，才又鑽了出來，望著他們叫喚幾聲，也算是在回應他們。

小偉和曉微嘴上雖說不怕，其實他們倆都是怕在了心裡。

今晚算是跟那隻討厭的夜貓子纏上了。那麼長時間來，甩都甩不掉它，它也就一直跟著曉微和小偉轉悠。

他們一路走得很慢，夜貓也故意尋著適當的機會朝他們嘶叫，既像在戲弄他們，也像在引誘他們，可就是沒打算放過他們。那貓也好像看出了他們還在害怕，尤其是小偉，完全是在曉微面前哭臉強裝成笑臉般的硬撐著。所以，夜貓好像並沒有多壞，只是故意在磋磨他們，故意製造出一些恐懼，目的是催他們趕路。

「喵……喵……」貓的叫聲突然變得淒厲起來。

那聲音在小巷狹長的空間久久地響起，憂傷又淒厲，悲慟更詭異。迴盪在小巷的貓叫聲，讓小偉和曉微不僅沮喪，而且寒膽，倆人再會裝，都免不了內心裡極度的害怕。而那隻幾乎擾亂了小偉二人心智的夜貓仍不放過他們似的，還在不厭其煩地嘶叫著。

在夜貓的提示下，小偉陡然發現了環境有變，立足之處已經不再是久走不到盡頭的小巷了。原來，就在夜貓地嘶叫聲中，他們已經在不警不覺間，跟著那陌生女走進了一處很大的廣場。

於是，鑁子巷不見了，容納他們的是一座大的廣場。

小偉問曉微「巷子裡面有廣場？」

「怎麼會呢？」曉微也糊塗了。

絕對熟悉鑁子巷情況的曉微覺得匪夷所思，她想：這附近哪兒來的廣場呢？她可是從沒聽說過。

那廣場很大，卻少光亮。夜色籠罩下，天空中連點點疏星都看不見，不僅顯得撲朔迷離，亦還陰森森的令人害怕。

今晚有些悶熱，小偉和曉微都已經走了很長時間的路，兩個人既緊張又疲憊，恐懼已從倆人的每一個細胞、每一個毛孔裡面滲了出來，使他們再也控制不住不斷隨著恐懼滲出毛孔的冷汗，在額頭上，面頰上，在渾身上下到處流淌，連衣衫都緊貼著身子，實在有些不舒服。

恐懼的感覺還使他倆緊張得直喘著粗氣，小偉感到曉微的手在顫抖，而曉微又覺得小偉的手汗津津的。

他們倆都討厭那隻貓，但很快就感覺到了與他們作對的也並不只有那隻貓，而是不知結果如何的接下來的時間。

陰沉沉更冷颼颼的夜風，從四面八方向著廣場吹了過來。小偉和曉微很快就感覺到了夜寒在加劇，與身體貼得緊緊的衣服很快給吹乾了，但也感到了先前所沒有的寒冷。兩人身上又已經起滿了雞皮疙瘩，毫不誇張地說，那感覺就是冰火兩重天一樣。

越冷越吹風，但冷風亦刺激神經。小偉和曉微在陰涼的風地侵襲下，頭腦反倒清醒了許多，也想到了許多的事情。尤其是小偉，他擔心曉微，是因為她負氣行走。後來出現了個陌生女，不容商量就要帶他們去見一些人。神秘的夜貓現身、讓他們一再感到害怕的同時也感到了好奇。

不是小偉和曉微想得太多，而是他倆實在沒有底氣，倆人都只能暗暗地嘀咕著眼前的處境和未可知的未來。

「喵……喵……」

好不容易稍微穩定了一下的情緒，又被那隻死貓子給破壞殆盡。恐怖的氛圍又回到了先前，讓小偉和曉微再一次跌進了恐懼中。

未必在拍電視劇

「啊嚏！啊嚏！」

受生理條件的局限，曉微的抵抗力要比小偉差一些，在風地侵襲下，她打起了噴嚏來。

「這是哪裡呀？」小偉不好直接問得曉微，只是喃喃地自語著：「我從來都沒有聽說過有這麼一處廣場呀？」

正在用紙巾使勁捂住鼻子的曉微，瞄了小偉一眼沒說話。那眼神沒有一點兒責備小偉的意思，她只是想讓小偉相信，她也不知道這裡還有一處廣場。

「莫說是你，連我都沒聽說過。」看著小偉因為不太相信而有些迷惑的眼神，曉微接著說：「我是這一帶的原住居民，卻從來不知道這裡還有廣場。」

小偉原以為曉微了解具體的情況，聽她那樣一說，心裡就更疑惑了。她在想，這裡屬於拆遷區域，如今安陽是寸土寸金，哪兒來這麼大的空置廣場呢？

不要說家住市中區的小偉不曉得，土生土長的曉微都是第一次到來。她也不否認，這廣場，廣場的情景，還真有點兒似曾熟悉卻又不太熟悉的感覺。

曉微從小就在鑼子巷裡往返穿越。可能是窮人的娃兒早當家，別人說怕，曉微卻一點兒都不感到害怕，她與小偉一樣，對突然出現的廣場亦心存疑慮。倆人的表情一點也不是做作，委實是丈二金剛莫不著頭腦。

小偉生性好奇又好事，還是想找曉微問一個，畢竟她的家距離這神秘的廣場很近，於情於理她也應該有所耳聞。可是，當他看到曉微那一頭雲裡霧裡的模樣時，小偉又覺得不好意思為難曉微了，只好把想要問曉微的話嚥進了肚子裡。

沒有辦法，他倆只能隨彎就彎。既然都來了，不如跟去看看是哪些人要找他們，把他們找到這個無人知曉的廣場來，有什麼好事情？曉微從詫異到萌生懷疑，她乾脆就以為是罼罡唆使的一些人來找她的麻煩。曉微覺得自己是個禍駝子，可惜把小偉也給拉扯了進來。曉微想，若有可能，最好是讓小偉跑掉的好。於是，她又仔細地打量起眼前的情景來。

仔細一打量，才發現那廣場雖然寬闊，卻也並不空曠。由於光線太暗心裡又害怕，她和小偉都在想著心事，太專注了，才沒有去注意其他的事物了。再一細看，又才發現了廣場上原來還有很多人。

從眼前情形看，這裡好像有什麼盛大活動似的。因為，除了曉微和小偉以及那個接引他們的陌生女外，廣場上到處都密密麻麻地站滿了很多人。

那麼多的人好像都顯得很激動，也很憤慨。沒看見還好一些，看見之後，他們兩個又不能不害怕了。準確一點說，他們所看見的那些可能也並不算是人，因為，它們全都是一些黑色的影子一般的人。

黑影人處都是，擠滿了廣場，而且更在不按本分的騷動著。它們聚集在廣場的各處，都在不停地動作，不過也算得上守紀律。無論怎樣動作，至少都沒有散了開去，更沒溜金盾。只是它們的動作各有所異，有的就在原地飄動，有的卻又在廣場上四處遊蕩……。

任是小偉和曉微年輕眼尖，也不是能夠把那些飄動著的影子看得多清楚。黑影人越來越多，還有陸續新來的在不斷地飄進廣場。

曉微和小偉都是第一次看見那些東西，只覺得它們顯得朦朦朧朧的，不是看得很實在，更說不上清晰了。

廣場上的照明似有似無，連天上的幾點疏星亦難得一見，四周圍的一切卻像是籠罩在一片飄飄逸逸的光暈中。唯有廣場的最邊緣處有光，卻又像是搭建在廣場盡頭的一座頗大的舞臺。那舞臺好像經過了一番精心的布置，有點像是在影視劇中看見過的古代戲臺一樣。

「是在拍電視劇？」小偉嘴快，一下子就把心裡所想說給曉微聽。

聽了小偉的話，曉微想笑，卻又沒有笑出聲來。她也產生過類似的想法，但馬上就自我否定了。

曉微望了小偉一眼，再把目光投向了前面的舞臺上，示意小偉不要亂說。

整個廣場也只有舞臺上有亮光，因而，那舞臺就顯得很特別。那時候，曉微和小偉總算看見了臺上已經早到的好幾個人。細看之下，小偉和曉微的心裡都覺得寬慰了一些，因為那是一些真真實實的人，而不像臺下到處飄逸著的那些影子。

辦事員成了貴賓

原來廣場上遠遠不止他們那一行三個人外加一隻貓。除了到處漂移不定的影子人外，舞臺上亦還有著與曉微和小偉一般無二的人。

那座舞臺不僅很大，相對而言亦還比較的亮堂。借著光的延伸作用，走進了廣場邊緣的曉微和小偉又發覺了聚集在廣場上的影子人越來越多。

才一會兒功夫，黑壓壓的影子人幾乎把廣場都給占滿了，黑暗又充滿了神秘的夜裡，看見這麼多的人應該是一件好事情，可是，曉微和小偉卻總是覺得它們不是同類，倆人嘴上沒有說出來，心裡都是那樣想，並且越看越心驚，越想越肉跳。過了一會，或許是適應了，沒有了剛才那麼害怕，他倆又才發現那些影子人雖多，但卻非常有秩序。隨著後來者的逐漸增多，廣場上連一點兒聲音都沒有，就更不要說喧譁了。

細看之下還發現，人影雖然在不斷增加，但也並沒有引起多大騷動。廣場猶如能納百川的大海，聚集了那麼多的「人」，竟然沒有多少聲音。

影子人在無聲無息地飄遊，無聲無息地集結，廣場上還是一片死一般的沈寂。它們有的負手站立，有的席地不動，有的半蹲在地的表面，也有的在緩緩地飄遊。那麼大的場面，不見有負責的領導指揮，約束它們的行動，它們卻又那麼自覺，一點兒也不亂來。看它們的姿態各異，像是等待了許長時間，但它們還是耐心地守候當場，自覺自願的在等待著。

它們倒是很警覺，距離曉微他們一行較近的，似乎感覺到了小偉他們的到來，但對生人的到來卻又一點兒也不奇怪，好像早就知道他們會到來一樣。曉微一行人要穿過廣場，所到之處它們都會自動地讓出一條通道來，他們朝著有光亮的舞臺方向走去。

「喵……喵……」又是那隻討厭的夜貓在叫。

曉微他們快要走近最前端的大舞臺時，更加陰森的夜貓嚎叫聲又響了起來，再一次打破了廣場上的沉靜。

該死的貓，它突然發出來的驚叫聲，把本來就繃緊了神經的小偉和曉微嚇得差一點兒跳了起來。

在那充滿了恐怖的厲叫聲中，曉微不由得又緊鎖著眉頭。她的臉色顯得很不好看，但卻又在努力地掩飾著內心裡的恐懼，儘量的不讓恐懼的心理表現出來。

「叫你個頭哇！你去死啲。」小偉見曉微特別的厭惡那貓，討厭它像是故意嚇人似的突然斷叫，就忍不住罵起了那只貓來：「你這隻死貓子，總是跟我們過不去。」

「喵……」

詭異的貓卻一點兒都不在乎生人對它的厭惡。像是聽懂了小偉罵它的意思，竟用它那兇狠的貓眼使勁地瞪了小偉幾眼，又轉向舞臺喵喵地叫個不停。

畜生也知道表功討好，那夜貓亦像表功似的向著主事的交差邀功一般，表示給你把人給帶來了，它任務已經完成。

夜貓的叫聲一停，引領他們的陌生女竟已杳無蹤影。

那一瞬間，寬闊高大的露天舞臺像變戲法似的，燈光突然變得亮堂了起來。

曉微和小偉又是一驚。他們在昏暗的罏子巷裡折騰了很久，來到廣場亦是一片昏暗，陡然亮相在燈光下，一時之間反倒還不適應了。眼前情形匪夷所思，小偉和曉微實在無所適從，不知道該怎麼做才好。

「兩位貴賓到了！有請上面就坐。」

有人在招呼他們。隨著一聲洪亮的邀請聲，臺上的照明一下子又更加明亮起來。

小偉和曉微聞聲驚醒，好在小憩了一會兒，也算恢復了一些元氣。倆人不由相對一望，難以確信他倆就是貴賓。

難道相邀者在另指他人？他倆四下尋找著。

「不用懷疑，今晚的貴賓就是你們倆，安陽的執法者。」

有人來到他倆面前說：「在場的所有人，恭候的就你兩人。」

曉微小偉一頭的雲霧，彷彿來到了另外一個世界。舉目之下，眼前的情景更加令人瞠目結舌。兩人糊塗了！曉微使勁地掐了一下自己，感覺很痛；她又使勁地掐了一下小偉，小偉用力一強，還忍不住叫出了聲來。

曉微相信他們還是在現實世界，而沒有去另外一個世界。今晚實在變幻無窮，不怪他們兩人的腦殼轉不過來彎。一晚上盡遇古怪，怪事一變再變，變得他們一時清醒一時又糊塗。變去變來，最後變得他們差點兒忘記了先前，忘記了自我。

想不到的變數亦如魔術，曾把小偉曉微引入了恐怖的巔峰，又使他倆忘記了害怕。

算了，是禍也躲不脫，既然今晚事事都如同亂麻，更還越來越複雜。怕，肯定是怕不了。小偉就像是一個被逼上了梁山的好漢，覺得他的責任就是保護曉微。這樣一想，不覺勇氣陡然大增。他相信鬼沒做虧心事，不怕鬼敲門，索性又恢復了往日那種放蕩不羈的天性。

30 百年難逢空前盛會

非常時刻真情自然流露

小偉乾脆緊緊地簇擁著曉微，大大方方地走上了舞臺。

都是吃公家飯的人，各種不同規格、形式的會場，曉微他們都曾經歷過？可是，像眼前舞臺上的那種布置，實在是簡單又大不相同。至少，在會場中央，沒有懸掛著著組織魁首的畫像，也沒有紅底黃字的橫幅、標語等，就連必不可少的音響麥克風等會議必備物也沒有。

小偉覺得有點兒扯皮。他看見寬大的舞臺上，設為主席臺的竟然只有一張影視戲中最常見的八仙桌。桌前老掉了牙的太師椅上，大馬金刀地端坐著一位穿古裝戲服的人，像是包青天。

「未必是在拍攝電影呀？」

小偉拉了一下曉微，又是這般說法。曉微卻是一臉的嚴肅，像沒有聽見小偉的話一樣。小偉不好造次，也只好同她一起陷入了困惑之中。

「貴賓到了，請上臺就座。」

邀請聲再度響了起來，那聲音高亢洪亮，吐字亦清清楚楚。

還沒有等到小偉曉微會過意來，馬上有人很客氣的把他們倆引到小几前面，安置他倆入位就坐。這個時候小偉曉微才敢確定，所謂貴賓就是他倆。一起道了聲謝，倆人也就一屁股坐在了那古色古香的木椅子上。

一經落座，小偉又一反過去那種放蕩不羈的神態變得嚴肅起來。他轉眼向曉微看了去，見曉微正輕輕地咬著嘴唇，低眉斂目，似在沈思，也像是在害怕。小偉只從曉微額頭上已經滲出來了的一片汗珠，就完全看出了她的心裡在害怕。

曉微很不願意讓自己的害怕流露於表面，她試圖將自己既驚詫又恐懼的害怕情緒，隱藏在那長長睫毛的陰影底下。看到小偉投來關注的眼光，這才勉強地報以一笑。曉微恨自己不爭氣，她不想讓小偉看出自己內心的害怕，更怕自己的情緒會感染小偉，影響到小偉。

小偉卻不這麼想，他伸出另一隻手來，大膽地握住了曉微緊挨著自己左邊的手，把它放在自己雙手中。看了曉微一眼，見她並不反對，小偉再大著膽子稍稍地用了用力，給她傳遞著信息。通過小偉傳過來的一波又一波的力度，曉微明白那是小偉在暗示她，要她不用害怕，他喜歡她，會保護她的。

曉微感動了。她看了小偉一眼，平常吊兒郎當的小偉，這時候像變了一個人似的，他的態度、神情除了嚴肅，就是莊重，更還表明他負有的責任。

曉微不僅感受到了小偉通過手傳遞過來的力量，同時，她也看見了小偉那一雙充滿了關愛的眼神，正在更大膽地愛撫著她，鼓勵著她。

心裡一熱，曉微感動得快要流出淚來了。

在那樣的境遇下，小偉不僅沒有大限來時各自飛，反倒無時不在關心著她，愛護著她，此生能有這樣的朋友，甚至託付其終身，曉微覺得此生足矣。

小偉在患難時，自然而然地流露出來的那種不離不棄的執著，正在徹底地感動著曉微。

有時候，無需言語交流，一種眼神，一個動作都能夠表達心裡的意思，起到心領神會的作用。曉微就沒對小偉說感激之類的話。她認為，自己假若要那樣做，就只能是對小偉的一種侮辱，而不是友情的回報。古人有云，來而不往非禮也。曉微只是對小偉報以感激地一笑，接著她又堅定地揚起了頭來，不慌不亂地用右手梳理著自己滿頭的秀髮。

小偉會心的笑了笑，竟像喝了蜜一般。他實在陶醉了！僅僅從曉微的那一個眼神，那一絲微笑中，就得到了滿足。

牛鬼蛇神聚集一堂

「咦！」

又是一聲輕輕地驚呼，從曉微的口裡發了出來，小偉的心跟著又收緊了。

一愣之下，小偉看見曉微滿臉一片驚愕之色，眼睛睜得大大的，好像受到了特別大的刺激。那副瞠目結舌的樣子不像只受到驚嚇？更像看見了不該看見的事物。

小偉越看越迷惑，他不知道又發生了什麼事情，就儘量做出一副很淡定的樣子，輕聲地向曉微問道：「你看怎麼了……」

「你看」曉微的神態一點兒也不迷糊。她用很輕的聲音告訴小偉：「你看那裡……」

「看哪裡？」

「看那裡！」曉微抬手指了一下舞臺的另外一角，對小偉顫聲地說道「你看那裡都是哪一些人？」

「還有哪些人呀？」看著曉微那一副著急的樣子，小偉那顆剛才平靜下來的心又緊張了起來，連連聲回答說「沒有其他人呀！」

「你朝那裡看！他們都是哪些人？」

「哪些人？」

「你看！仔細看！」

剛剛穩定了慌亂情緒的曉微，見小偉還沒明白她的所指，就使勁地掐了一下小偉的手，再示意他注意舞臺上現在多出來的那一些人。

小偉看去看來，眼光最終落在了曉微所指之處。一眼看見，小偉也不由得目瞪口呆了。原來，舞臺上出現了不受他們歡迎的人——舞臺的另一邊，不知什麼時候，站立著幾個小時前都還在強行左右他們辦案的單罡。
「單書記！他們……」
「對！就是單罡。」曉微提醒小偉「你再看，還有……」
「牛大也在，還有……耶！他們哪時候來的呢？」
「我們來的時候，好像沒他們嘛？」
曉微覺得非常意外，禁不住向小偉問道：「為什麼他們也會在這呢？」
「我也搞不清楚！」小偉感到疑惑不解，連忙反問道「你怎麼發現他們的？」
曉微回答說：「我一直在注意周圍的情況，無意識間看見了單罡，難道找我們來的是他？」
「不一定。」小偉沒有把握地說。
曉微堅持說：「有可能喲。」
「看看再說。」小偉也猜不透，嘀咕道「他找我們來，不會有好事。」
「算帳嘛！」曉微按自己的思維解釋「今天我讓他下不了臺。」
「真趕盡殺絕，就撕破臉皮得罪他到底，我跟你站在一起。莫怕！」
聽見小偉說得那麼果決，曉微感激地用力握緊了他的手，向小偉點了點頭。
「咦！你看，還有……」這一次是小偉驚叫了起來，非常不解地對曉微說道「他們……，都來了呢。」

「我看見了，有些人我認識。」曉微輕聲地回答小偉說「除了單罡，還有姚市長、兆名畫……」

跟單罡站在一起的另外還有好幾個人，是小偉曉微再熟悉不過的了，但也有他倆似曾熟悉卻又不太熟悉的人。那些人或許也不認識小偉曉微，但小偉曉微所經辦案子的卷宗材料裡面，卻非常清楚地記錄著這一些人的詳細情況。

經小偉一提醒，曉微才恍然醒悟，他們似曾相識原來是有緣由的。

因為，卷宗裡面除了文字材料外，還附得有他們每一個人的照片，乃至一些列為證據的視頻材料。所以，小偉曉微倒是把他們都給想了起來，也就覺得他們都不陌生了。

在這種環境裡，單單隻看見單罡與牛大就已經叫小偉曉微吃驚不小，而與單罡、牛大待在一起的，還有完全沒有理由同時出現的其他人都聚集在了一起，就實在令他倆感到意外了。

那些人不是頗有身份的領導，就是雄踞一方的霸主，再不就是黑白兩道都吃得開的人精梟雄。他們全都是不可一世的體面人物，除非是在市裡以及相關部門組織召開的不同會議及活動上，他們有可能雲集在一起外，像今晚這樣神秘的大會哨，就不能不叫小偉曉微大跌眼鏡了。

曉微問小偉：「他們為什麼會搞在了在一起呢？」

「鬼才知道！」小偉感到很茫然。

眼前情景難以置信

凡與《黑山中學貪腐案》有關聯的涉案人員，幾乎一個不剩的聚集在了一起。這實在是一件怪事！單罡不久前還在反貪局的案情分析會上獨斷專行，這時候卻像換了一個人似的，那麼的循規蹈矩，好像在受制於人。

曉微懷疑自己看花了眼睛，就是小偉，也同樣覺得怪異。由於從小到大，生活環境和條件的差別，小偉對有一些事物早就已經司空見慣並習以為常了。但像今天這樣的情況，他也簡直沒有想到。

歸根到底，小偉還是要比曉微老成一些。雖然他的心裡亦覺得奇怪，但他嘴巴卻不肯說出來，他不想讓曉微去胡亂猜度，陡添煩惱。

因此，小偉才繞著彎子，含糊其辭地把話說得個模棱兩可的。

「這不奇怪！疙瘩七、算盤七、扣子七……配在了一起，就是一副好勞傷藥酒耶。」

小偉無不詼諧地調侃著，算是回答曉微，亦是自我解嘲。

曉薇並不那樣想，她是個認真的人。今晚遇到的所有事情，似乎總在與她作對，搞得她精疲力竭不說，還硬拉著小偉陪她一起承受這麼多煎熬。就事論事，曉微實在想不通，還是不住地追問著小偉：「你究竟知不知道這其中的原因？」

「鬼才曉得……」小偉還是那句話。

其實，小偉是即明白又糊塗。根據自己從小看到的和聽到的，小偉相信黨國官場等級森嚴，下級謁見上級不是在辦公室，就是在比較得體的一些場所裡面，絕不會在眼前這樣陰森森，淒慘慘的廣場。

小偉想解釋，卻怕曉微並不真正懂得這些仕途規則而說不清楚；不給她解釋，又怕曉微會因此而產生不必要的誤會。

沈思片刻，小偉又才向曉微解釋起來。

小偉說：「看起來，今晚硬是叫做熱鬧誒。你看嘛，又是龍燈又是會的，都趕在了一起。這到底是唱的哪齣戲，我們慢慢等，慢慢看。」

「這些人，不是都跟我們經辦的案子有關聯嗎？」曉微迫不及待地分析著「除單罡外，他們無論級別、系統、部門、幾乎是風馬牛不相及的。怎麼會在同一時間，同一地點聚集在了一起的呢？」

「我跟你一樣，也被搞得恍裡浠糊的。」

小偉故作世故，提醒曉微「我們現在只看和聽，乾脆以靜制動。是兒是女，總會是要見面的。不管是誰，既然把我們請來，就一定會有個交代。不信，你就等著看好了。」

聽小偉這樣一說，曉微不出聲了。他倆都靜靜地觀察著眼前的形勢，在焦急中等待著事情的演變。

像在考驗他倆耐心似的，小偉曉微在難捱的焦慮中等待著，他們拭目以待，在等待著一場好戲的開始。一時間，兩人都不作聲，只把眼睛睜得圓圓的，張大耳朵，努力地傾聽著凡是能夠聽得見的聲音，希望從可能出現的聲音裡面有所發現。

小偉曉微相互有了默契，除了聽和看，兩人都不在說話。只一會兒，兩人的眼光就越過單罡看清楚了：與單罡並排而立的分別就是安陽市主管文衛的副市長桃岸兵等人，緊挨桃岸兵身邊的就是市教委主任兆名畫以及教工委書記余明琿他們。

喲！還有省民政廳曾經下派到黑山鎮的肥羊子，接在肥羊子後面的還有任過黑山鎮委書記的方源明和副鎮長程近美。而黑山中學校長牛大卻與城東區王家樓子派出所的所長和警官米文文等人，全都一一在場。

好熱鬧呀！看那情形，他們真像是為了一個共同的革命目標，走到了一起來。

不知是不是沒有資格，或者是自卑，牛大他們那一撥人卻是乖乖地站立在方源明他們一行人的後面。他們呆呆地僵立著，臉上幾乎都沒有表情，顯得死板板的。

三撥人形成了三個不同的階層，奇怪的是那一些人平常都是難以直接扯上關係的，更難聚集在一起。他們每一個都和曉微手頭經辦的那一樁擱置了數年的案子有關。如今舊案再次翻出，涉案人也全部聚齊，換句話說，今晚聚集在一起的這些人，就是涉及案件的嫌疑人，同時也是因為層層阻擾而使曉微他們那點兒權力處理不了的人。

令人不解的是眼下那些涉案人，像是完全失去了自主一般。他們神色黯然，身不由己，沒有了過去那種咄咄逼人並驕橫跋扈的霸氣，也沒有了以往那種道貌岸然的偽君子模樣。

為什麼？這就是小偉曉微覺得奇怪的緣由。

牛大平常很喜歡充正神，這時候，他卻一點兒也不像個正經人，倒像一條失去了主人依靠的喪家犬。

他們是官啊！為什麼全都一掃過去那種在老百姓面前狐假虎威的派頭？他們都雙目微閉，神色木然，規規矩矩地垂手而立，像是在等待著宣判的人犯一樣。

假若安陽的老百姓能有幸看得見，黨國天朝的書記市長及其惡吏走卒們站在被告席上，認罪伏法一般的接受著人民的清算。不知是不敢相信？或者是大快人心？

那，他們來做什麼呢？

人神共憤天理昭彰

「他們是來接受審判的！」

一聲鏗鏘有力的聲音洪亮地響了起來，清清楚楚地鑽進了曉微小偉的耳朵。

像是猜透了曉微倆人百思不解的心事，也好像是在昭告普天下所有人，那位貌似包丞模樣的戲裝人朗聲說道：

「爾等沒聽說過『天理昭彰報應不爽』嗎？沒見過『人善人欺天不欺』嗎？近一個多個甲子的歲月裡，陽間無故生出了許多的事端，整個人世間越來越顯現出浮躁，狂熱，悲哀，迷茫的慘然氣息。血腥沖破九霄，民怨直達天庭，實在鬧得天庭嘩然，連上帝都震怒了。地獄亦然不得安寧，本王認為：陽間人世即使處在陽光下面，卻由於近一甲子來，邪靈魔道強過人間正道，竊賊宵小把持國運，就連太陽也常被烏雲遮蓋。因而，人間正氣殆盡，邪魔反倒猖獗，縱是陽光底下也不一定就光明。反之，冥間地府雖然處在黑暗之中，卻也不一定真正黑暗。就你們眼前這一乾作奸犯科的案犯，他們雖然犯案在陽世，案情卻延伸到了冥府陰間。現今已有眾多的冤魂怨鬼，都在本王的殿上告下了他們。他們在陽世依靠邪惡勢力作後盾，結黨營私、為虎作倀、造孽多多而罄竹難書，其篇篇御狀全都擺在了本王的案前。今已查明，他們果然罪惡昭彰，實在是天理難容。法不容情！陽世作弊，我們陰間秉公；陽世間的專制體制一味庇佑縱容，乃至教唆慫恿他等犯罪，我們冥府陰司卻一定要嚴懲不貸！因此，本王做主，依照律例典章，替天行道。特簽令抓來罪涉陰陽兩界的陽世姦雄一干人渣等，接受本王掌管下之冥府律法典章的公正審判！」

「接受審判？」曉微以為自己聽錯了。

小偉也喃喃自語道：「要審判他們？」

「完全正確，本王代表正義審判他們這一干黨棍惡徒！」

「可是，他們，他們……」小偉還是不敢相信。

曉微說：「他們是審判別人的人啊！有誰敢……審判他們？他們大都握有大權，擁有眾多的武警、公安、國保和號稱鋼鐵長城的數百萬正規的部隊……」

「他們有的還是省市裡面主管法律的大領導耶。」小偉附和著。

「在法治的地獄陰司，他們是觸犯了刑法律例的案犯！到了本王這裡，任誰哪一個人或是哪一個龐大無比的政治團體，都保不了他們接受律法典章的懲治。本王已經上書天庭明確表示：陽間邪惡已禍及冥間地府，從此地獄不再沈默！」

在小偉看來，要讓掌管政法權力的單罡等人接受法律的審判，只能是老百姓在背地裡宣泄怨氣的反動言論。真要能夠審判他們，或許還不是時候，至少不是近期能夠實現得了的。因為，中國歷史上的改朝換代委實不少，可每一個執政的當朝從奪得政權到失去政權，一般大都有數以百年的統治時期。有哪朝哪代的統治者，他們願意自動放棄已經掌握習慣了的權力呢？

曉微曾從老百姓的無數怨氣裡面體會到：善惡到頭終有報，審判他們不過是遲與早的事。但這遲早即或無需幾百年，可也絕非眼前啊！

真有這麼快嗎？

一切來得太突然了，曉微實在始料不及，那些組織豢養的黨棍、惡官、污吏接受審判的日子到來了。實在是大快人心！老百姓心裡的期盼轉眼就變成了現實，懲惡揚善的日子就在今晚，就在自己的眼面前。

好事兒來得太突然了，能相信嗎？

還是神能洞察一切，正當曉微仍然不敢相信眼前事實的時候，那洪亮的聲音再度響了起來，就在小偉曉微的耳邊清楚明白地說道：

「這裡是以公正無私的鐵的律法治理的幽冥地府，絕非世風日下並且越來越沒有了公理的陽間塵世。你們沒有聽錯，審判他們是經本王呈報天國並以得到批復，方才在此間時刻公然審判安陽城的這一幹緊跟著禍國殃民的主子貪贓枉法，而不敬天地、畏鬼神，不做善事、不積陰德的陽世奸雄、貪官污吏。邀請兩位到來，乃是上天特意的安排，目的就是要倆位陽世間人做一個活的見證——天上、人間以及冥界地府皆都具有各自的法度。自從上帝創世以來，陰陽兩界皆屬天國掌管，本當各司其職，共同維護天國、人間、地府的律例典章。可是，塵世邪教曾一度猖獗，撒旦座下群魔作亂，禍害人世百餘年。今日審判乃是開端，你倆返回陽世之後，須告予世人知道，各界一應律法典章絕非兒戲，熱鐵洋銅乃是專為伺候那些不法之徒而定。」

這一番話說得再明白不過了，而且鏗鏘有力，小偉曉微都聽得清楚明白，只是還不大敢相信。瞬間先是驚詫不已，稍後卻是又悲又喜。

是啊！那一幫犯上作亂的竊國大盜和眼前這一群魚肉鄉里的貪官污吏，他們哪一個不是天良喪盡，壞事做絕？本著天理公道，誰敢說他們不應該受到正義的懲罰？但誰又能夠輕易解開緊鎖在小偉曉微心頭上的那把枷鎖？

豈止小偉曉微心存疑慮，凡在這片土地上謀生的人誰又不知道，普天之下莫非紅土啊！小小的安陽城只不過是紅色天朝的一座城池，是先鋒隊組織治下的一處紅色地盤。小偉曉微心裡清楚，在這「王法」所及的「紅土」之中，除了王者魁首發號司令，王室之中動用組織家法外，又有誰敢在組織的一元化領導下，公開把一個市政法委書記以及副市長、市教委書記、主任等這樣大的領導幹部集中在一起，讓他們一同接受審判呢？

就這件事情的本身也實在令人難以置信，直叫小偉曉微不敢置信。他倆甚至懷疑是不是自己的感官、聽覺或者精神出了差錯……？

小偉曉微不能不質疑，倆人不約而同地出聲再問道：「真要審判他們？」

「是不是搞錯了？」

「一點也沒有錯，接受審判的正是他們！」包拯模樣的人不像是在做戲。他說話直率，乾脆利落，一點也不轉彎抹角，但還是不厭其煩地對小偉曉微解道「就是你們也有怨氣！數年來，包括你們在內的安陽民眾皆有怨氣。那怨氣源源不斷，久積成災，如今終於沖破雲霄，直達天庭。乃至於天國震驚！上帝震怒！上帝連連下旨，一定要懲惡揚善，鋤奸存真，以正人間正道。今天請你們來，就是要你們見證天地之間並非真的就沒有了講理的地方，見證上帝審判人類絕非虛言。如今人的世界皆被邪惡的撒旦徒眾所禍亂，他們不敬天地，不畏鬼神，完全徹底的背叛了上帝，他們更是陽間塵世的罪人。就你們賴以安身立命的那一座小小安陽城，本是上帝賜予子民的眾多城邑中的一座城池，如今萬事萬物皆被外邦邪魔所控制。邪魔挾持人類藐視天地、自然、人倫常綱，成為了一種反宇宙，抗天地的極其邪惡的勢力。那邪惡的勢力在這個古老的國度，已經造成了數不清的人間悲劇。民怨沸騰，全能的上帝全都清楚明瞭。你們的所怨、所恨；所控、所述結成的哀怨悲劇，實則僅僅只是諸多悲劇中的一個縮影。」

「打死他們！」

「讓他們受鋸刑之苦！」

「受火刑，烤焦他們！」

「割去舌頭！關進水牢！斬斷害人的魔爪！讓他們生生世世都再也害不了人。」

「把他們磨成肉醬！」

「把他們打入十八層地獄！」

從此地獄不再沉默

參加公開審判的冤魂怨鬼沒有八千萬，但也沾滿了廣場的角角落落，它們足以能把那一干人渣奸雄送進冥府地獄，同時也能把造成這些人渣姦雄的大本營徹底摧毀。此時，舞臺下面萬靈攢動，群情激憤，先前並不發聲的冤魂怨靈發出的一陣陣憤怒地呼喊，那聲音震天撼地，那場面驚世駭俗。小偉和曉微一同看見，那些激憤的新冤魂、舊怨鬼們一起喊，一起憤怒地視著正在舞臺上接受審判的那一干黨官、惡棍以及污吏、走狗們，它們個個激憤萬分，生前的仇與恨在塵世間的黨國天朝得不到申訴，到如今成了鬼魂亡靈，總算因為它們的冤怨撼動了天地神靈，也因為那幫禍亂人間的邪惡組織作惡多端，才使得它們盼來了應順天理的清算討伐。故而，憤怒的冤魂怨鬼被壓抑了半個多世紀的仇恨所激活，像是無法截止的火山爆發了一般，那情勢亦然還像在塵世間時一個樣，集體一同發出了震耳欲聾的陣陣怒號。

憤怒的吼聲滌盡了它們生前對殘害它們的專制統治的懼和怕，那震天地吶喊充滿了它們死後依舊對塵世強權及其走狗們的憤與恨。

那聲音像波濤，洶湧澎湃；

那聲音似海浪，一浪高過一浪；

那聲音如炸雷，一聲蓋過一聲；

那聲音喊得很響，傳得很遠……。

小偉和曉微也很激動，他們慶幸自己終於見證了邪不壓正，更預見了春風一定能度玉門關。在那很大很大的冥間廣場，那時候竟然成了冥間、陽世兩個界境共同懲惡的空前盛會，成了紅色黨國天朝的官僚、走狗俯首認罪的審判現場。

代表著廣大民眾意志的冤魂怨鬼要求懲治邪惡、拯救世界的呼聲、喊聲震耳欲聾，一切亦在表明：離地三尺有神明。天地冥界、陽世陰司，處處皆有律法典章，豈能容得撒旦邪教禍害陽世，滅絕人類？從此，地獄不再沉默。

釀文學168　PG1208

地獄不再沉默

——念賁長篇小說

作　　者	念　賁
責任編輯	鄭伊庭
圖文排版	周妤靜
封面設計	陳佩蓉
出版策劃	釀出版
製作發行	秀威資訊科技股份有限公司 114 台北市內湖區瑞光路76巷65號1樓 電話：+886-2-2796-3638　傳真：+886-2-2796-1377 服務信箱：service@showwe.com.tw http://www.showwe.com.tw
郵政劃撥	19563868　戶名：秀威資訊科技股份有限公司
展售門市	國家書店【松江門市】 104 台北市中山區松江路209號1樓 電話：+886-2-2518-0207　傳真：+886-2-2518-0778
網路訂購	秀威網路書店：http://www.bodbooks.com.tw 國家網路書店：http://www.govbooks.com.tw
法律顧問	毛國樑　律師
總 經 銷	聯合發行股份有限公司 231新北市新店區寶橋路235巷6弄6號4F 電話：+886-2-2917-8022　傳真：+886-2-2915-6275
出版日期	2015年1月　BOD一版
定　　價	410元

Printed in Taiwan

國家圖書館出版品預行編目

地獄不再沉默：念貴長篇小說 / 念貴著. -- 一版. -- 臺北市：釀出版, 2015.01
面；　公分. -- (語言文學類；PG1208) (釀文學；168)
BOD版
ISBN 978-986-5696-64-1 (平裝)

855　　103025300

讀者回函卡

感謝您購買本書，為提升服務品質，請填妥以下資料，將讀者回函卡直接寄回或傳真本公司，收到您的寶貴意見後，我們會收藏記錄及檢討，謝謝！如您需要了解本公司最新出版書目、購書優惠或企劃活動，歡迎您上網查詢或下載相關資料：http:// www.showwe.com.tw

您購買的書名：________________________________

出生日期：________年________月________日

學歷：□高中（含）以下　□大專　□研究所（含）以上

職業：□製造業　□金融業　□資訊業　□軍警　□傳播業　□自由業
　　　□服務業　□公務員　□教職　□學生　□家管　□其它_____

購書地點：□網路書店　□實體書店　□書展　□郵購　□贈閱　□其他

您從何得知本書的消息？

□網路書店　□實體書店　□網路搜尋　□電子報　□書訊　□雜誌
□傳播媒體　□親友推薦　□網站推薦　□部落格　□其他__________

您對本書的評價：（請填代號　1.非常滿意　2.滿意　3.尚可　4.再改進）

封面設計____　版面編排____　內容____　文／譯筆____　價格____

讀完書後您覺得：

□很有收穫　□有收穫　□收穫不多　□沒收穫

對我們的建議：________________________________

____

____

____

請貼
郵票

11466
台北市內湖區瑞光路 76 巷 65 號 1 樓
秀威資訊科技股份有限公司 收
BOD 數位出版事業部

....

（請沿線對折寄回，謝謝！）

姓　　名：＿＿＿＿＿＿＿＿　年齡：＿＿＿＿　性別：□女　□男

郵遞區號：□□□□□

地　　址：＿＿＿＿＿＿＿＿＿＿＿＿＿＿＿＿＿＿＿＿＿

聯絡電話：(日)＿＿＿＿＿＿＿＿＿＿(夜)＿＿＿＿＿＿＿＿＿＿

E-mail：＿＿＿＿＿＿＿＿＿＿＿＿＿＿＿＿＿＿＿＿＿